国家社科基金重大项目（17ZDA277）资助出版
中日文学关系史丛书
王志松 主编

日本现代文学研究史论
转型期的理论与中国视角

王志松 著

中国国际广播出版社

图书在版编目（CIP）数据

日本现代文学研究史论：转型期的理论与中国视角 / 王志松著. —北京：中国国际广播出版社，2023.7
ISBN 978-7-5078-5375-9

Ⅰ.①日…　Ⅱ.①王…　Ⅲ.①日本文学－现代文学－文学研究　Ⅳ.① I313.065

中国国家版本馆CIP数据核字（2023）第138355号

日本现代文学研究史论——转型期的理论与中国视角

著　　者	王志松
责任编辑	王立华
校　　对	张娜
版式设计	邢秀娟
封面设计	生生书房丨张胜　赵冰波

出版发行	中国国际广播出版社有限公司 ［010-89508207（传真）］
社　　址	北京市丰台区榴乡路88号石榴中心2号楼1701 邮编：100079
印　　刷	北京启航东方印刷有限公司

开　　本	710×1000　1/16
字　　数	230千字
印　　张	20.75
版　　次	2024年2月 北京第一版
印　　次	2024年2月 第一次印刷
定　　价	68.00元

版权所有　盗版必究

《中日文学关系史丛书》总序

王志松

　　文学史的书写始于欧洲，与各种现代文化制度相伴诞生。它开拓了以语言文字为媒介的美学研究领域，其中一个重要目的就是宣扬以语言为精神纽带的现代民族国家的意识形态。为此，欧洲各国的文学史书写从一开始就将各地方（各民族国家）用俗语写的小说、戏剧、诗歌等置于文学的核心位置。东亚地区的第一部文学史是日本学者三上参次和高津锹三郎撰写的《日本文学史》，出版于1891年。该书模仿了欧洲国别文学史的写法，将东亚地区曾经的公共汉文文体排斥在外，只收录使用和语写的作品，体现出鲜明的"国文学"性质。这样的文学史观不仅成为此后日本文学史书写的基本框架，也深刻地影响了中国的文学史书写，使得国别文学研究长期占据两国的学界主流。

　　然而不可否认的是，中日之间的文学交流源远流长，进入现代之后依然有千丝万缕的联系。概念史研究表明，现代概念的"文学"在"语言文字艺术"的词义上与英语的"literature"形成互译关系，便是中日双方对古代汉语词汇"文学"的挪用和转义等文化交流的结果。①有关现代中日文学关系的研究一直在零散地进行，至20世纪80年代在比较文学研究热潮中才蓬勃发展起来，近年更加兴盛，大有取代国别文学研究之趋势。

尽管如此，也要看到源自西方的比较文学理论以民族国家为前提的方法论存在明显局限②。这种方法论因强调"跨界"，便预设文学以民族国家为单位的分界线泾渭分明，而这样的理论框架难以涵盖现代东亚地区繁复混合又对立的复杂关系。汉字文化传统在中日现代文学形成过程中所扮演的重要角色自不待言，地理相邻性等因素又使得相互之间人员流动与交往、作品翻译与传播等十分频繁。即便在第一部日本文学史中汉文被刻意排除，但日本至20世纪中叶依然有大量汉诗文的创作，且日本帝国主义为了推行殖民扩张政策曾假借"同文"之名，而在21世纪的当下，为了打破东亚纷争僵局，又有中日学者热心地提倡回归汉字文化的共同传统。由此可见，中日文学的分界线并非固定和明确，而是变化交错的，常常和文化传统、国家政治、国际关系、社会情势等相联系。因此，本丛书在东亚现代历史的视野之下，将注重考察这些错综复杂的关系，探析分界线是怎样形成的，又是如何交错与变迁的，进而探明跨越或坚

---

① 鈴木貞美.日本の「文学」概念［M］.東京：作品社，1998：125-162.
② 王晓平.中外文学交流史：中国—日本卷［M］.济南：山东教育出版社，2014：总序3.

守分界线的状况和现代意义。

  本丛书的企划和出版主要依托于国家社会科学基金重大项目"近代以来中日文学关系研究与文献整理（1870—2000）"（17ZDA277），也包含其他科研项目资助，并得到中国国际广播出版社的大力支持，在此一并致以诚挚的谢意。

2022 年 12 月 22 日

前　言

　　日本学界对文学被日益边缘化的现状抱有很深的危机感。近年来，日本文部科学省关于大学文科学部改革以及大学入学考试国语科目改革的举措更是加深了这种危机感，引发了一轮轮激烈争论。然而，与一般论者的担忧论调不同，柄谷行人在《文学之衰灭》《现代文学之终结》等文章中力图从学理上论证文学衰灭的必然性。在此的"文学"是指"现代文学"。[①] 柄谷以

---

① 柄谷行人使用的日语原词是"近代文学"，但相关论述涵盖明治时期至20世纪70、80年代的文学。日语的"近代"和"现代"如何翻译成汉语，在翻译界和学界一直比较模糊。据『国語大辞典』（東京：小学館，1981：706）释义，日语的"近代"一般指从明治维新（1868年）至第二次世界大战结束（1945年）的时期，也泛指明治维新以后涵盖二战后的时期。"现代"（『国語大辞典』第833页）指二战后的时期；在广义上也指明治维新以后涵盖二战后的时期。从日语的实际用例看，二者也是互有交叉，很难严格区分。日本的学会杂志『日本近代文学』，英文名是 Modern Japanese literary studies，虽然名称是"近代"，但刊载文章包括二战后的内容。而『現代文学大系』（東京：筑摩書房，1953—1981年）和『日本現代文学全集』（東京：講談社，1960—1980年）虽然书名是"现代"，但囊括从明治维新时期至20世纪70年代的作品。有鉴于此，同时从该书所讨论的内容看，（接下页）

001

著作《日本现代文学的起源》享誉学界，该著被译成汉语，对中国学界也产生了广泛影响，因此他关于文学衰灭的思考值得关注。①

柄谷认为，日本的现代文学受西洋现代文学观的影响，在国民国家建构和言文一致体形成中发挥重要作用。在文类上以小说（novel）为中心，提倡写实主义，压抑近世其他类型的文学。这样的日本现代文学始于国木田独步的创作，并成为文坛主流，即一般所谓的"国文学"。但随着国民国家和言文一致体等现代化进程的结束，现代文学完成历史使命便退出历史舞台，其时间大约在20世纪70年代末。②尽管如此，柄谷从当时被排斥在主流以外的文学中也发现了新的可能性，如中上健次、津岛佑子、村上龙、村上春树、高桥源一郎等作家的创作。在他看来，他们的作品是现代文学形成过程中被压抑的文类的再生（文艺复兴）。然而到了90年代，"那样的文学骤然走向衰落，开始丧失了知性的冲击力。在某种意义上，可以说中上健次之死（1992年）象征着作为总体的近代文学之死。那已经不再是另一种可能性。只能是终焉"③。由此可知，柄谷所谓的"文学之

大体上统一使用"现代"一词。但也考虑到一些特殊情况，如二战后的"近代文学派"已经是文学史上的固有名词，因此仍保留日语原有的汉字。

① 林少阳.现代文学之终结？——柄谷行人的设问，以及"文"之"学"的视角［J］.文学评论，2021（1）：125-134.
② 柄谷行人.講演論集成1995—2015：思想的地震［M］.東京：筑摩書房，2017：29-50.
③ 柄谷行人.定本 柄谷行人文学论集［M］.陈言，译.北京：中央编译出版社，2021：335.

衰灭"是指，在国民国家和言文一致体等现代化进程结束之后，以小说为中心的文学丧失知性社会活力的状态。

柄谷特别指出了现代文学性质发生变化的两个时间点，即20世纪70年代和90年代。20世纪70年代，日本发展成为世界经济强国，就日本国内而言，可以说国民国家和言文一致体等现代化进程基本完成。90年代，冷战结束之后，随着工业产业链的跨国境、计算机国际互联网的形成、欧盟成立等区域统合趋势的强化，全球化浪潮猛烈袭来。在这样的形势之下，以国家为基本形态的现代化进程看似走到了终点。日本文部科学省从20世纪90年代开始为提高大学的全球竞争力实施大学法人化改革，也可以说是全球化浪潮使然。这一改革的结果加速了重理轻文的趋势。[1]

尽管如此，也很难断定现代文学已经终结。据日本的《出版年鉴》统计，从1996年到2016年新刊文学单行本种类数量仍然处于增加趋势。[2]村上春树文学从20世纪80年代末在日本流行，进而流行于东亚地区。在中国，村上文学的译介往往超出文学范围而成为社会现象。村上文学从90年代中期开始流行，与中国这一时期的急速城市化进程密切相关。近年《刺杀骑士团长》和《弃猫：当我谈起父亲时》也是一经翻译出版便迅速

---

[1] 吉见俊哉."废除文科学部"的冲击［M］.王京，史歌，译.上海：上海译文出版社，2022：27-31.

[2] 据『出版年鑑』(東京：出版ニュース社，1996年，2001年，2006年，2011年，2016年)统计，新刊文学作品种类2016年是10490种，2001年是11191种，2006年是13335种，2011年是12844种，2016年是13484种。

引发社会话题，其原因在于涉及南京大屠杀。其实有关南京大屠杀的著作有很多，也不乏更深刻的论述，但在中日之间能够引起如此广泛关注的作品，无疑首推村上文学。虽然这种关注不乏消费的眼光，但是在村上文学社会效应的持续刺激下，中日两国学者也展开了很多严肃的思考，努力建构新的身份认同和历史认知。

其实，冷战结束之后，全球范围内现代国家建构和建设的进程远没有结束。在欧洲，随着苏联的解体，又有许多新的国家诞生。当下的俄乌冲突依旧在严酷地叩问"国家""民族""语言"的内涵、边界和国际关系等问题。在东亚地区，长期被冷战格局压抑的日本战争赔偿等问题也是在20世纪90年代以后浮出表面，中、日、韩之间的民族问题变得异常敏感尖锐；在同一时期，日本进入经济停滞期，中国步入高速发展期，由此带来新的社会问题以及国与国之间的强力角逐，即现代化进程并未完成，而是还在进行之中。在认识这些社会巨变和新的身份认同上，文学依然发挥着重要作用。

当然必须指出的是，现在的文学观与柄谷所说的"国文学"观相比较已经发生很大变化。日本的"国文学"确实如柄谷所指出的那样，带有浓厚的国民国家建构的意识形态，是建立在对汉文学、女性文学、大众文学等一系列文学类型的排斥之上的。这样的"国文学"观受到冲击是从20世纪70年代开始的。20世纪70年代在日本取得巨大经济成功的同时，随着安保运动和学生运动接连失败，战后民主主义理想和现代化理论受到质疑，思想界处于迷茫和转换之中。从这一时期开始涌入日本的结构主义（structuralism）、解构主义（deconstruction）、叙事学（narratology）、女性主义批评（feminist criticism）、现象学（phenomenology）、文化研究（cultural studies）、后殖民主义（postcolonialism）等理论，从个人与社会的关系、性别、国家等角度不断修正现代化理论，使得支撑"国文学"的理论失去根据。这一变化过程最终导致以"国文学"命名的两种日本全国性期刊于21世纪初相继终刊。①

如果说柄谷所谓的"文学之衰灭"是指"国文学"的终结，那么这一终结反而有利于文学创作和文学研究范围的扩大。其实上述女性主义、文化研究和后殖民主义等理论在瓦解"国文学"的同时也开辟了新的研究领域，如女性文学研究、大众文学研究和殖民地日语文学研究等。因此，"国文学"的终结并不意味着现代文学的终结。

中国的日本文学研究从20世纪70年代末到现在也经历了自身的发展脉络。改革开放之后如何打破之前的各种禁锢是日本文学研究的最大课题。需要留意的是，用以打破这些禁锢的文学史知识是当时在中国最容易到手的一般日本文学史书籍，即"国文学"史。研究者们参考这些文学史，重新评价自然主义文学、新感觉派文学等，努力多元化地把握日本现代文学史，为促进新时期文学观的转型发挥了重要作用。此后随着中国社会环境和文化环境的变化，以及中日学界的广泛交流，不仅中日

---

① 日本的『国文学 解釈と教材の研究』于2009年、『国文学 解釈と鑑賞』于2011年相继废刊。

学界共享了许多研究主题，而且中国学界也在一些研究领域成绩斐然。其中最突出的是中日文学关系研究，将日本文学置于东亚文化场域展开考察，在冲击日本"国文学"观的同时，也修正了中国现代文学史书写的框架。

我阅读和研究日本文学，可以说与上述大背景分不开。我于20世纪70年代末上大学后开始接触日本文学，正好经历了中日两国文学观的变化过程。本书收录的内容，主要是在这一过程中自己就日本文艺批评理论变迁、文学史书写和学术史等问题所做的一些思考和探索，分为以下三编：

第一编《转型期的理论》主要考察70年代以后日本的文艺思潮和理论。第一章勾勒了这一时期文艺理论的大致发展脉络及其思想背景，其他五章分别梳理了叙事学和物语论，读者论，身体论，女性主义批评，后殖民主义批评。这些理论从不同角度反思日本的现代性，解构"国文学"观的同时也在探索新的研究视野，对于今天重塑文学概念具有启发性。

第二编《重审文学史制度》相关章节的写作，可以说受到上述理论的启发，但更与自己的文学作品阅读体验有关。我喜欢有趣的作品，包括推理小说等，尤其很多作品是通过译本阅读的，因此有意识地选择从大众文学和中日文学关系两个角度展开自己的思考，探索新的文学史书写之维度。

第三编《学术史与学术共同体》是有关中国学术史的内容。中国的日本文学研究起步晚，整体上还比较薄弱，无疑需要积极汲取国外的研究成果来推进发展。但日本文学在中国毕竟是外国文学的一种，其研究立场与日本的文学研究有所区别，因此梳理中国的学术史对于建立本土的学术传统至关重要。"不尊重和不汲取前人的研究成果，只能使研究停留在低水平的重复劳动上。当然，尊重前人的研究成果并不等于完全认同，真正的尊重应该是建立在批判基础上的吸收。"[①]这本来是学术常识，但在目前的学术环境下却有特别强调的必要。我在撰写第十一章《中国的日本文学史述评》时切身认识到这点，后来在其他学术史论著和书评中也努力这样去做，希冀能以此为建构中国的日本文学研究学术共同体略尽微薄之力。

自西方的文学概念传入日本之后，围绕"文学衰灭"的争论便没有停止过，只是不同时期的内容各不相同。福地源一郎在明治初年哀叹"日本文学之不振"，其是指以汉学为核心的文学的衰落。但日本现代文学就是从这样的"不振"的哀叹之中诞生的。20世纪50年代末，平野谦慨叹"纯文学的衰退"，其所指是以私小说为中心的文坛小说。但在"衰退"声中推理小说等大众文学逐步获得文坛的重视。近年，不只在日本，在中国和欧美学界也在广泛讨论文学危机和重建的问题。或许这正预示着一个新的转机。在当下的文学概念转型过程中，文学创作不会消失，文学研究不会缺席也不可能终结。

---

① 王志松.中国的日本文学史述评［C］//北京大学外国语学院日本语言文化系，北京大学日本文化研究所.日本语言文化论集（3）.北京：北京出版社，2002：362.

目　录

第一编　转型期的理论

第一章　日本现代文学研究的困境与转型 / 003

第一节　现代化理论的破绽与文学研究的闭塞 / 004

第二节　研究范式的转换 / 008

第三节　语言论转向 / 015

第二章　日本的叙事学与物语论 / 021

第一节　叙事人与作家的自我形象 / 022

第二节　叙事方式的社会性与历史性 / 027

第三节　物语论中的叙事人 / 033

第四节　故事结构与类型 / 036

第三章　读者论：文化研究的日本谱系 / 042

第一节　语言学和社会学视野下的大众读者 / 043

第二节 "国民文学论"和读者论的历史学研究 / 048

第三节 前田爱的现代读者论 / 052

第四节 媒介研究与读者视角的文学史 / 058

结语：重审读者的主体性 / 066

第四章 感性的现象学：日本的身体论 / 069

第一节 欧洲的身心观与梅洛-庞蒂的现象学 / 070

第二节 作为精神的身体 / 074

第三节 语言与主体性 / 079

第四节 现代化与身体规训 / 084

第五章 "魔女的理论"：日本女性主义批评 / 089

第一节 女性主义批评的三次浪潮 / 089

第二节 重新评价男性作家及其经典作品 / 092

第三节 挖掘女性作家及其作品 / 096

第四节 第三种类型的研究 / 100

第六章 后殖民主义批评与日语文学研究 / 106

第一节 东方主义与日本的殖民地问题 / 106

第二节 殖民地文学研究的兴起 / 112

第三节 日本岛外与岛内的"日语文学" / 117

第四节 日本版东方主义 / 119

第五节　对国别文学研究制度的反省 / 123

结　语 / 127

第二编　重审文学史制度

第七章　日本大众文学研究与文学史的重构 / 131

第一节　日本学界：从时代小说到推理小说 / 132

第二节　中国学界：大众文学现实主义观及其瓦解 / 139

第三节　超越纯文学与大众文学的二元对立 / 145

第八章　汉语翻译与汉语写作："日本文学"的另一个面向 / 151

第一节　北京官话翻译与现代汉语写作 / 153

第二节　萧萧及其翻译作品 / 160

第三节　21世纪的汉语写作——新井一二三的"日本趣味" / 167

结　语 / 176

第九章　日本现代文学在当代中国的接受 / 179

第一节　冷战结构下的翻译 / 179

第二节　新时期的翻译热潮与文学观的转型 / 188

第三节　大众文学与翻译的商业化 / 199

第十章　从"小说之发达"到"新文学的源流"：周作人的文学史观与夏目漱石文艺理论 / 207

引　言 / 207
第一节　文学史书写与现代文化制度 / 209
第二节　周作人与夏目漱石的"余裕论" / 212
第三节　"余裕论"再认识与"美文"的提倡 / 218
第四节　夏目漱石的《文学论》/ 223
第五节　心理学观照下的文艺思潮推移论 / 226
结语："文"与现代文学史书写 / 230

第三编　学术史与学术共同体

第十一章　中国的日本文学史述评 / 237

第一节　谢六逸的《日本文学史》/ 237
第二节　教科书中的文学史 / 240
第三节　面向一般读者的文学史 / 242
结　语 / 246

第十二章　中国的日本现代文学研究史：课题与方法 / 250

第一节　20世纪80、90年代的研究状况 / 251
第二节　21世纪初的研究趋势 / 255
第三节　最受关注的五位作家 / 261

第四节　其他作家和文学流派 / 268

第五节　女性文学 / 273

第六节　文艺理论 / 276

第七节　翻译文学 / 280

第八节　中国现代文学中的日本因素 / 286

第九节　日本现代文学中的中国因素 / 290

第十节　战争文学、伪满洲国文学和沦陷区文学 / 296

第十一节　总结与展望 / 300

后　记 / 307

第一编
转型期的理论

第一章　日本现代文学研究的困境与转型

20世纪70年代，日本的文艺批评出现新动向。欧美的各种理论蜂拥而至，结构主义、解构主义、符号学（semiotics）、叙事学、现象学、女性主义批评、接受美学（reception aesthetics）等纷至沓来，其热闹景象被三好行雄讥为"类似文明开化期的现象"[①]。的确，在介绍过程中不乏生吞活剥的现象。然而时至今日，"文本"（text）、"叙事"（narration）等术语已然成为文学研究的基本概念，女性主义批评提起的性别歧视也成为文学批评中不可回避的重要问题。可以说，研究范式已经发生重大变化。研究范式上的变化不单是形而上地对这些理论的应用，也包含与日本文化语境的互动。因此，本章就日本当代文艺批评理论展开的文化语境做一个考察，以期有益于理解这些理论在日本的接受。

---

① 三好行雄.バルトの理論はわたしには不要だ［M］//「近代文学研究とは何か」刊行会.近代文学研究とは何か：三好行雄の発言.東京：勉誠出版，2002：172.

第一节　现代化理论的破绽与文学研究的闭塞

20世纪60年代末至70年代初，日本现代文学研究出现闭塞状态。究其原因，久保田芳太郎认为，主要是研究流于琐碎的考证，而放弃了更高层次的价值判断。作为一种研究手法，实证主义本身并没有错，但考证不是文学研究的最终目的。他认为，"文学既然产生于人最根本的存在，那么文学研究专家就应该以某种方式参与人生和社会的批评"①。高田瑞穗也表达了类似的看法。他指出，当时大批量生产的"作品论"只专注于作品的细节分析，缺少对社会的关注和对人的关怀。②久保田芳太郎和高田瑞穗均指出人文关怀的缺失是当时文学研究中存在的最大问题，质疑所谓的文学研究的自律性。

早在20世纪50年代，三好行雄就曾将文学研究分为两种类型：其一是侧重文献调查，收集、整理、分析有关作品以及作者的材料；其二是侧重文学批评，通过解读和分析作品的美学特征和社会意义，展开社会批评，表达对人生的关怀。三好认为这两者并不对立，文献调查如果不建立在文学批评的基础上，

---

① 久保田芳太郎.近代文学研究が志向するもの—その方法についての雑感—[J].日本近代文学，1969(10)：171.
② 高田瑞穗.作品論の限界について—近代文学学界の動向（1971年後期）—[J].日本近代文学，1972(16)：165-170.

无异于社会学研究；反之，如果文学批评没有文献调查的实证支撑，其批评也如空中楼阁。总体上看，学院派的国文学研究属于第一种类型，文艺杂志上的文学评论属于第二种类型。①

二战之后，在日本现代文学研究形成初期，前一种类型的研究在挖掘资料、整理出版基础性文献上做出了很大贡献，如吉田精一和久松潜一共同编著的《近代日本文学辞典》（东京堂出版，1954年），吉田精一和本间久雄等成立"近代日本文学会"，发行杂志《明治大正文学研究》，以客观主义态度研究和解释文献，挖掘了很多资料。②

第二种类型的代表是"近代文学派"。"近代文学派"是以杂志《近代文学》的评论家同人为中心的文学流派，成立于1946年1月。他们的文学批评依据的是现代化理论。他们以欧美的现代理性主义和个人主义为基准，认为1945年以前的日本社会是"非理性主义的"，没有确立现代人的主体性和自律性，因此主张日本战后的现代化工程要从建立理性主义和确立人的主体性和自律性出发。

"近代文学派"认为，为了推进现代化，文学工作者的首要任务就是要从文学的角度批判现代日本社会文化和文学的封建性，以确立现代个人主义和文学的自律性，同时提倡文学的社

---

① 三好行雄.近代文学の胎動［M］//「近代文学研究とは何か」刊行会.近代文学研究とは何か：三好行雄の発言.東京：勉誠出版，2002：3-26.

② 三好行雄.近代文学の胎動［M］//「近代文学研究とは何か」刊行会.近代文学研究とは何か：三好行雄の発言.東京：勉誠出版，2002：11-12.

会化。评论家中村光夫虽然不是"近代文学派"的成员，但也站在与他们相同的立场。他们编写的日本现代文学史，无论是在整体把握上还是对作家的评价上都贯穿了一条主线——审视作家对自我的追求。没有"追求自我"的大众文学理所当然地被排斥在研究的视野之外。他们将批判目标对准日本自然主义文学和私小说。在他们看来，日本自然主义文学固然促进了写实文学在日本的发展，但由于日本现代社会的封建性，在接受欧洲自然主义文学的过程中剥离了其虚构性，描写的小说世界也缺乏社会性。也就是说，与日本现代的政治体制相同，日本在文学领域里也没有能够实现现代化。他们坚持认为只有剔除文学中这些"非现代化的成分"，才能恢复现代小说的两大要素——小说的虚构性和社会性，从而在文学领域里实现现代化。他们所谓的文学上的现代化方向是以欧洲的现代文学为目标的。

"近代文学派"以及中村光夫提出的以上文学史观对战后现代文学研究基本框架的形成产生了决定性影响。当然，在研究的方法论上，他们也积极吸收了国文学研究的实证性手法。事实上，第一种类型的国文学研究者和第二种类型的文学评论家共同完成了许多工作，如多种文学全集的编辑、文学史的撰写等，相互之间多有交流，并由此形成了特定的社会批评方法[①]。大体上看，这种社会批评方法是从"现代自我确立"的角度读

---

① 王志松.日本近现代文学全集与日本近现代文学史［C］//中国人民大学外语系,日本九州产业大学国际文化学部.日本学研究：日本学国际学术研讨会论文集.北京：中国人民大学出版社，2001：163-171.

解作品的社会意义，或通过作品的分析探究作者的思想及其思想生成的社会背景。这一时期的研究方法以作家论为主流，最具代表性的论著是江藤淳的《夏目漱石》（东京生活社，1956年）。江藤淳的"漱石论"是以否定日本自然主义文学为前提展开论述的。之所以要以夏目漱石作为研究对象，因为在他看来，《明暗》几乎是日本唯一可以和欧洲19世纪文学相媲美的现代小说。在此意义上，江藤淳塑造的存在主义式的"漱石形象"尽管突破了"则天去私"的传统观点，但在根本上也不过是"近代文学派"文学史观的再生产而已。

其实，进入20世纪50年代以后，"近代文学派"赖以依靠的现代化理论已经逐渐显出破绽。随着40年代末50年代初冷战结构的形成，为了阻止共产主义的扩张，以美国为首的占领军便很快改变了对日政策，释放战争罪犯，采取诸多限制民主主义发展的政策。这些事件暴露出日本战后初期的民主主义和现代化理论缺少民族独立视角的问题。1951年签订《日美安全保障条约》使得日本在战后长期处于美国军事力量的控制之下，丧失国家的独立性。因此，民族独立成为战后民主主义运动的新的主要课题。从50年代的"国民文学论"争论到60年代的"安保斗争"，都是围绕这一问题展开的。"安保斗争"尽管被称为日本史上最大的斗争运动，但是随着新安保条约的签订遭遇失败，其也让思想界陷入混乱之中。[①]

另外，日本在朝鲜战争中为美国生产军需物资积累了资金，

---

① 山田洸.戰後思想史［M］.東京：青木書店，1989：114.

经济逐渐复苏，从50年代中期开始步入高速发展轨道，至1968年成为世界第二经济大国。尽管物质生活水平有所提高，但对物质永不满足的欲望又将"现代化"的意义空洞化。与此同时，随着传媒业和影视业的迅猛发展，大众文化蓬勃兴起，不断冲击着文学界。这也使得日本的现代文学研究在60年代末逃避现实关怀的同时堕入琐碎主义。

第二节 研究范式的转换

20世纪70年代，山口昌男、中村雄二郎、广松涉和柄谷行人等人的人文社科研究和文艺批评给沉闷的日本知识界吹进新风，尤其是山口昌男的文化人类学对人文社会学科产生的影响最为显著。中泽新一说："山口昌男的知性确实改变了各个领域的时代色彩。"[①]那么，山口昌男的文化人类学究竟改变了何种时代色彩呢？

如前所述，二战后的思想主要来源于对战败的反思。"近代文学派"从反思战争出发，以欧美的市民社会作为基准，认为日本社会还处于前现代，因此将批判和根除前现代性当作主要任务。山口昌男也是从反思战败开始理论思考的，但他关注的角度不同。他关注的不是人们为什么在战争期间突然从民主主

---

① 中沢新一. 解説 [M]//山口昌男. 文化と両義性. 東京：岩波書店, 2000：295.

义立场转向军国主义立场,而是战败之后"为何人们在一夜之间能够从军国主义转向民主主义"。他说,自己无意于从变节的道德视角研究"转向"问题。有关从马克思主义立场转向右翼的研究有很多,但是关于从右翼转向民主主义的研究却几乎没有。他指出:"为了说明这样的意识转换,深切地感到需要从多种视角观察现实。"①

山口昌男认为,建立多种观察视角的前提是必须对战后盛行的社会结构史、实证主义、理性主义和"人性"概念进行清算。因为正是它们相互密切关联,形成了战后的现代化理论。他说,战后主宰历史研究的方法是社会结构史观。这种历史观以欧美的市民社会作为基准,将历史按时序排列为人性不断获得解放的过程,而推动历史前进的根本动力是生产力。在这样的历史观之下,收集资料证明这种历史过程的方法就是实证主义。但山口认为这种"生产力→社会结构→意识"的研究方式将历史进程过于简单化和线性化。如果不是所有的意识都会随着经济基础的变革而变化,那么就需要通过更为细微的个案研究,弄清楚流动的部分与不变的部分。②事实上,在他看来,历史研究所极力证明的文明化过程掩盖了西欧国家对非西欧国家的殖民化性质。他说,历史主义所谓的普遍原理,是西欧国家随着殖民地的扩张,将非西欧国家的空间进行时间序列化而创造出来的。③山口由此对西方"人性"概念的价值进行了质疑与

---

① 山口昌男.文化の詩学Ⅰ[M].東京:岩波書店,1983:190.
② 山口昌男.人類学的思考[M].東京:せりか書房,1971:350.
③ 山口昌男.新編人類学的思考[M].東京:筑摩書房,1979:6.

批判。

对理性主义所标榜的客观性和科学性，山口昌男也同样提出了疑问：

> （这种研究）从不怀疑他们把握对象时的自身主体问题。现在的历史学家的认识几乎没有摆脱非常朴素的实在论逻辑："因为对象在那里所以就在那里。"①

为了克服这种朴素的实在论和历史研究，山口昌男提出，首先，要认识到我们作为研究主体的意识和思维结构的相对性，当然也需要考虑对象的相对性。其次，还要认识到"人性"是受现代社会制约的过渡性概念，只是关于"人"的多种看法之一。因此，需要对"人性"概念进行具体定义。如若不然，将会导致无限制地乱用这一概念。②

为此，山口昌男提出在历史研究中要引入文化的视角。他援用美国心理学家卡丁纳（Abram Kardiner）《个人及其社会：原始社会组织的心理机制》（*The Individual and His Society: The Psychodynamics of Primitive Social Organization*）的理论对文化进行分析。卡丁纳指出，制约个人意识结构的文化分为两部分，即第一层次的制度（家族组织、有关性的各种制度、集团内部的组织、获取必要物资的技术、教育的规定和习惯）和同一文化中第二层次的制度（宗教、神话、价值体系、意识形态）。过

---

① 山口昌男.人類学の思考［M］.東京：せりか書房，1971：349.
② 山口昌男.人類学の思考［M］.東京：せりか書房，1971：351.

往的历史研究忽略了第二层次的制度，因此新的历史研究需要引入宗教和神话等。在此意义上，文化人类学是引入宗教和神话研究的一个重要切入点，可以由此建立有别于传统历史研究的新视角。①

如果说传统的历史研究潜藏着西欧中心主义，那么引入文化视角，也容易堕入"日本主义"之陷阱。在日本，"日本主义"的滥觞可以追溯至明治时期，在第二次世界大战期间更是走向极端，将天皇制神圣化。20世纪60年代，三岛由纪夫的"文化防卫论"就是其变种。1970年11月，三岛由纪夫闯入东京市谷陆上自卫队东部方面总监部的总监室，发表要求修改宪法的"檄文"。"檄文"说，战后日本"忘记国家根本，丧失国民精神"，其根本原因就在于保持真正武士灵魂的自卫队还是"违宪"的存在。三岛要求恢复自卫队的"国军"地位，认为"国军"是"守卫国体的军队"，建军的本意就在于"守护以天皇为中心的日本的历史、文化和传统"。三岛将战后主流的文化主义看作守护"博物馆式的死的文化"加以否定。他用"文化概念的天皇"来取代战后复古主义者提倡的"政治概念的天皇"，试图在"更为自由和广泛"的范围内复活天皇制。三岛说："菊花与刀的荣誉在根本上是源自天皇，因此军事上的荣誉也要由作为文化概念的天皇来赐予。"②

---

① 山口昌男.人類学的思考［M］.東京：せりか書房，1971：352-353.

② 三岛由纪夫.三岛由纪夫全集：33卷［M］.東京：新潮社，1976：400-401.

三岛由纪夫的文化论并非个别现象。随着20世纪60年代日本成为经济大国，传统文化的价值被重新评价，出现"日本文化论"热潮。对此，山口昌男有清醒的认识。他说，欧洲中心主义的思维方式固然是错误的，但崇古思想也有害。崇古思想将视野局限于日本，缺少普遍性。崇古思想与西欧中心主义的立场看似对立，但思维模式其实是一样的，即"中心主义"。不过前者是现代西欧中心主义，后者是日本中心主义。因此，为了打破这种"中心主义"的思维模式，山口在"人类学"研究中拒绝传统的民俗学的研究方法，而积极引入现象学和结构主义。

山口昌男说，他在对朴素的存在论抱有疑问而找不到出路时，是现象学为他指明了新的方向。他通过缪尔曼（Wilhelm E.Mühlmann）《民族学方法论》（*Methodik der Völkerkunde*）了解了现象学。在该书的第三章《相互关系论》中，缪尔曼从现象学的角度提供了有关现实的相对的视角。人类学研究的现实对象，不是作为客观的客体存在的，而只存在于研究主体和研究对象的意识的关系上。研究主体与研究对象相互关系的视角给予山口极大的启示。[1]

社会科学中有两种研究范式。其一是规范的范式，以19世纪的自然科学为典范。在这种研究范式中，社会现实是一元性的，且是与人毫无关系的客观存在。这就是传统的历史研究范式。其二是现象学的范式。这种范式否认将世界看成能够客观

---

[1] 山口昌男.文化の詩学Ⅰ[M].東京：岩波書店，1983：187.

定位的、与人没有关系的存在。第二种研究范式认为存在是不断流动状态的"多元的现实",人不断创造现实。作为行为者的人是动态的存在,对外来的刺激不是消极的反应,而是创造各种与之相关的现实,并且赋予其意义。人可以同时生活在各种现实之中。[①]山口昌男说:"在多数情况下,历史的叙述并不反映日常生活的所有现象,而是通过排除某些部分而形成的。因此,或许可以说历史是以特定的世界观为前提,以善和恶来划分世界的。"[②]他将历史看成某种特定历史观的叙述,从而解构了历史的客观性。当山口接受了这种现象学的研究范式时,就意味着他与以朴素存在论为前提的历史学告别了。而与当时的历史学告别,几乎就等于和同样以朴素存在论为前提的其他社会科学告别。[③]他本人由此实现了研究范式的转换。可以说,20世纪70年代初期,他通过文化人类学带给学界的正是这样一种研究范式思维的转换。

结构主义在突破"中心主义"的思维模式上也发挥着重要作用。山口昌男说,克洛德·列维-斯特劳斯(Claude Levi-Strauss)的结构人类学表明,社会认识实际上是由无数的对立概念组合形成的,如"圣俗""男女""左右"等二元对立概念。[④]一般认为这种二元对立的结构是亘古不变的,且前者高于后者。但山口认为,这种二元对立结构是动态的。世界观中最核心的

---

① 山口昌男.文化の詩学Ⅰ[M].東京:岩波書店,1983:207-208.
② 山口昌男.文化と両義性[M].東京:岩波書店,2000:223.
③ 山口昌男.文化の詩学Ⅰ[M].東京:岩波書店,1983:188.
④ 山口昌男.新編人類学的思考[M].東京:筑摩書房,1979:384.

对立是中心与边缘的对立,中心指文化,边缘指野蛮。但"令人感兴趣的是,我们的观念越是处于文化的中心,或接近中心的事物,就越是一元性的,强调差异性。相反,边缘性的事物越是远离明确的意识,就越具有'暧昧性'。暧昧即具有多义性"①。山口没有将边缘看成负面的消极状态,而是认为其中潜藏着变革的潜能。②

山口昌男关于"中心"与"边缘"的反转理论,在20世纪60年代末战后民主主义思想遭受质疑的状况下成为反抗权威的新的理论基础。大江健三郎的《小说的方法》(岩波书店,1993年)明显受其影响。他说,在描述现代社会时,要把握现代的危机的本质,就必须站在边缘,而不能依照中心指向去创作。要积极地将处于边缘的人、处于边缘条件下被"陌生化"的人创作为文学典型。他强调:"这是为了超越我们文化的中心指向性和单一化大趋势的想象力的训练。"③

山口昌男通过引入现象学和结构主义对当时的"中心主义"思维模式予以否定,给当时处于迷茫的知识界提供了新的视角。当然,促使这一知识布局变化的绝不止山口昌男一人。在有关认知的主客观问题和人的感性、语言等问题上,广松涉、中村雄二郎、市川浩等人不仅与山口拥有共同的问题意识,在寻求解决问题的方案上也有不少相通之处。

---

① 山口昌男.文化と両義性 [M].東京:岩波書店,2000:7.
② 山口昌男.文化と両義性 [M].東京:岩波書店,2000:228.
③ 大江健三郎.小説の方法 [M].東京:岩波書店,1993:194.

第一编　转型期的理论

第三节　语言论转向

这些新视角带给文学研究领域的重要影响首先是对语言的关注，具体而言是以"文本"概念取代"作品"概念。

早在20世纪50年代，江藤淳和吉本隆明就已经开始关注文学的语言问题。江藤淳在1959年出版的《作家要行动关于文体》一书中开首便说"文学作品是由语言书写的"，提出应该有意识地从语言的层面对文学作品进行批评。[①]吉本隆明说："过去的所有理论都缺乏真正意义上的理论性。必须从语言分析的角度或从精细解读作品的角度来建构文学理论，这就是我所得出的结论。"[②]于是他在三浦勉的语言学著作启发下开始构筑以语言分析为基础的文学理论——《对于语言美是什么》(劲草书房，1965年)。

在这样的背景之下，受到欧美"新批评"的刺激，文学研究界从20世纪60年代起出现文体学和"作品论"的研究动向，在一定程度上开始扭转过去注重作品外部研究的局面。"作品论"的提倡者三好行雄说："我是这样认为的，对于文学研

---

① 江藤淳.作家は行動する：文体について[M].東京：講談社，1959：7.
② 吉本隆明.解説[M]//三浦つとむ.日本語はどういう言語か.東京：講談社学術文庫，1976：270.

015

究最初也是最后的对象（或落脚点）就是具体的作品。离开作品，便不存在作家和文学。"[1]他又说，要把作品作为一个完整的结构来把握。[2]三好明确提出文学研究应该把重心放在对作品内部的分析上，而不是对周边史料的发掘上。显然，这样的主张与欧美的"新批评"有重合之处。只不过"新批评"认为，文本的意义不在于作者的意图，而在于文本的结构，彻底否认将作品的主题最终归结为作者的意图。与此相比较，三好依然试图寻求作品主题与作者意图之间的连接。他解释说，要在封闭结构中理解作品，其前提条件是作品必须是一个自足的完整结构。但日本现代文学缺少这样的前提条件。"私小说的传统使作品分析不可能拒绝所有的外在因素。因为私小说作家常常要求读者具备对作品重要部分的预备知识。"[3]因此，他认为不可能在分析作品时完全排斥"作者"的因素。应该说，三好的这一认识考虑到日本现代文学的特殊性自有其道理。

三好行雄在分析私小说代表作家志贺直哉的《暗夜行路》时，也确实将"作者"作为一个重要因素放在作品分析之中。

---

[1] 三好行雄.作品の内部表徴を追って[M]//「近代文学研究とは何か」刊行会.近代文学研究とは何か：三好行雄の発言.東京：勉誠出版，2002：114.

[2] 三好行雄.作品論と作家論[M]//「近代文学研究とは何か」刊行会.近代文学研究とは何か：三好行雄の発言.東京：勉誠出版，2002：130-131.

[3] 三好行雄.作品分析の方法[M]//「近代文学研究とは何か」刊行会.近代文学研究とは何か：三好行雄の発言.東京：勉誠出版，2002：136.

但需要注意的是，他在分析芥川龙之介的一篇完全虚构的小说《信徒之死》时，不仅把作品的主题和作者的意图相联系，而且还放在文学史的文脉上评价其意义。由此可以看出，三好"作品论"的真正目标，即"作品论"本身并不是自足的目的，而只是为了塑造"作家形象"，并最终构筑"文学史"的基础研究。因此，在面对那些以"新批评"来误读他的"作品论"的研究时，三好慨叹这些研究就像"没有出口的房间"。在他看来，这样的"作品论"是抓住作品中的一两个细节进行扩大化解释，当作对整部作品意义的理解，使作品解释完全处于不安定和无序的状态之中。①

　　结构主义批评就是在"作品论"走入"没有出口的房间"的尴尬境地时，被介绍到日本来的。结构主义批评对"作品"与"文本"的关系做了严格区分。罗兰·巴特（Roland Barthes）说，将语言创造的艺术看作"作品"，意味着作者是生产者，读者只是被动的接受者。"作品"中包含了作者的某种独创性意图，而这个"意图"需要读者通过阅读来破解。与此不同，"文本"则是一个各种意义交汇的场所。"文本"的原意是"织布"，就像布匹由纵横交错的丝线织成一样，"文本"也是一个包含多种要素的纵横交错体。"文本"是各种符码的相互交换场所，不同语言的对话场所，尤其是通过读者参与而产生意义的动态的场所。巴特说：

---

① 三好行雄.作品論は入り口のない部屋か［M］//「近代文学研究とは何か」刊行会.近代文学研究とは何か：三好行雄の発言.東京：勉誠出版，2002：159.

> "文本"是复数。并不是说"文本"具有几个意思，而是实现意思的复数性，这是不可还原的复数性（不单是容忍可能的复数性）。①

巴特否定了作者是文本意义产出根据的传统观点，将文本的解释权从作者手里解放出来，交到读者手中。从20世纪70年代开始，结构/解构主义批评、符号学、叙事学和接受美学等西方理论被大量翻译介绍到日本，"文本"概念被学界逐渐接受。

一方面，文本的意义既然是"不可还原的复数性"，那么与其探求文本的终极意义，还不如探究文本的结构。叙事学关注的是文本的编织方法，接受美学关注的是文本内部的阅读反应机制。由前田爱开创的都市论则吸收了符号学的理论，建立了文本中描写的城市空间和现实中的城市空间象征意义的联系，从而超越了文学批评而进入文化批评。

另一方面，文本概念的引入弱化乃至抹去了"实体概念的作者"，其结果必然对以作者为前提的"自我确立"文学史观形成冲击。在哲学层面上，对战后的"自我确立"文学史观进行哲理思索的是身体论。日本二战后有关"自我"的理解深受萨特存在主义的影响，是在与他者尖锐对立的关系上把握"自我"的，使得有关思考陷入封闭的死胡同。对此，市川浩的身体论将现象学引入他者与自我关系的把握上，强调他者对于自我建

---

① ロラン・バルト.物語の構造分析［M］.花輪光，訳.東京：みすず書房，1979：97.

构的重要意义，突破战后"自我确立"的独我论。①

可以看出，在结构主义和现象学影响下出现的叙事学、读者论、都市论和身体论从不同角度冲击着日本二战后的文学研究框架。这些研究与女性主义批评、后殖民主义、文化研究、左翼批评相呼应，在破除旧框架的同时积极探索文学研究的新领域。日本女性主义批评起始于20世纪70年代，但在文学研究上取得重大进展还是在90年代以后。女性主义批评从女性的角度质疑"现代性"，重新解读男性作家的经典作品，批判父权制社会对女性的压抑。与此同时，解读女性作家的作品，努力挖掘被埋没的女性作家的作品，建构女性文学史。后殖民主义批评通过对日本殖民主义时期的文学和文化的分析，在揭露日本帝国主义对亚洲殖民地的文化控制和侵略方面发挥了重要作用，并开拓出新的研究领域。文化研究主要关注大众社会出现以后的大众文化与国家、个人的关系，以及消费与媒体、意识形态的关系等问题。文化研究不仅尝试将"大众文学"纳入文学史叙述的框架之中，还反思迄今文学或文学研究制度的知识的存在方式和制度的历史性，尽力将文本与其他文化、话语关联起来解读，放在社会结构和历史中加以重新审视。左翼批评是日本马克思主义理论的一个传统，是对现实批判的一股重要力量。后殖民主义、女性主义批评、文化研究和左翼批评虽然名称各有不同，但在方法论上多有交叉，在理论资源上也有共享之处，总的趋势是重新将政治性和社会性带入文学研究之中，对日本

---

① 市川浩.精神としての身体［M］.東京：勁草書房，1975.

现代性进行反思与批判。

近年，日本现代文学研究又陷入新的危机之中。一方面，随着文部科学省推行国立大学法人化以期提高国际竞争力，文学学科被边缘化，在很多大学，文学、历史、语言学科被统合到文化、情报、交流学科下，日本文学、日本史、日本语言被统合到日本文化之中，日本文化又被统合到"地域"学科之中。另一方面，随着"文学"概念及其疆界的不断扩大，文学研究也有被消解在文化研究之中的危险。可以说，日本现代文学研究正面临一个新的重大转换时期。

（本章内容以题目《日本当代文艺批评理论展开的思想背景》原载于李征等主编的《日本文学研究：东京·上海·广州——漂泊的身体与文本》，青岛出版社，2016年）

第二章 日本的叙事学与物语论

在日本，对作品叙事的关注有较为久远的历史，早在中世纪就已经开始对《源氏物语》的"草子地"（叙事文字）进行分类和注释，但作为一种自觉的批评理论和研究方法，叙事学是自20世纪70年代起从西方介绍到日本的。在翻译介绍叙事学的同时，一些学者也开始尝试对叙事学理论展开研究，如篠田浩一郎既是罗兰·巴特《随笔·评论家》（晶文社，1972年）的译者之一，也出版了《结构与语言——书写的理论》（现代评论社，1978年）和《批评的符号学》（未来社，1979年）等。进入80年代，叙事学在欧美后结构主义和历史主义的夹击之下走入低谷[①]，但在日本却呈现出一派活跃之势，许多学术杂志推出特辑专刊，也出版了一批有学术分量的著作，如前田爱《文学文本入门》（筑摩书房，1988年）、小森阳一《作为结构的叙事》（新曜社，1988年）和《作为文体的物语》（筑摩书房，1988年）等。

---

① 申丹，韩加明，王丽亚.英美小说叙事理论研究［M］.北京：北京大学出版社，2005：207.

尽管在叙事学的介绍和研究中不乏盲目套用西方理论和堆砌外文术语的现象，但不可否认，叙事学对于日本学界将文学研究从对作品周边的史实挖掘和作家意图的推测转向对作品本身的分析起到了不可替代的重要作用。

第一节　叙事人与作家的自我形象

叙事学在日本学界迅速引起巨大反响，除与日本对"物语"的叙事研究有长期的学术传统有关外，与学界自20世纪50年代以来对文学作品语言的关注也密切相关。

在日本现代文学研究中，"叙事人"这一虚构的言述主体最早被注意是在对二叶亭四迷所著《浮云》的研究中。杉山康彦在《长谷川二叶亭的言文一致体》一文中通过文体分析指出，小说开始部分的言述主体虽然不是小说中的一个人物，但却是一个非常明显的第三者。这个言述主体不是像说书人一样直接对听众讲述，而是在小说内部对景物进行现场描述。[1] 龟井秀雄进一步指出，这个言述主体虽然内在于作品之中，却与能够自由出入于作品各处的"作者"有所区别，因此将其称为"无人称叙事人"。[2] 但龟井没有进一步说明"无人称叙事人"与"作

---

[1] 杉山康彦.長谷川二葉亭における言文一致[J].文学，1968(9)：42.
[2] 亀井秀雄.感性の変革[M].東京：講談社，1983：15-16.

第一编　转型期的理论

者"之间的关系,尤其是没有解释小说的"作者"与"现实作者"之间的关系,使得他的讨论在阐明作品的叙事结构上无法进一步展开。80年代初,小森阳一引入叙事学理论,发表了围绕《浮云》的"叙事人"、"叙事"以及"文体"的系列论文,才实质性地推动了现代文学中的叙事研究。

叙事学的一个理论前提是,只有摆脱了此前文学研究中"作品"主题从属于"现实作者"意图的观念,才能将"叙事人"的概念引入。小森阳一是在"信息传输"的模式中观察"作者的死亡"现象的。他说,"现代小说"是铅字印刷,通过纸媒体从发信者的作者传输到收信者的读者,在传输线路中存在多重曲折和阻断。首先,在传输过程中,书写行为和阅读行为在时间和空间上被分离开。读者不可能从"现实作者"那里直接接收语言信息,只能按照一定速度将毫无表情的铅字连缀起来,形成一个词、一个句子乃至一篇文章。其次,为了读出文本中所包含的意思,读者需要在自己的大脑中建立一个生成文本意义的框架,才能进行意义编码,即通过读者的阅读行为,书籍才生成为文本,最终完成传输过程。在这一传输过程中,小森认为,"现实作者"消失在铅字背后,作为言述主体已经"死亡"。[①]

但是,日本的叙事学没有满足于宣称"作者的死亡",而是在此基础之上探索建立新的"作者"与"作品"之间的关系。西方经典叙事学受结构主义语言学的影响,排斥"作者"因素,

---

① 小森陽一.構造としての語り[M].東京:新曜社,1988:8-9.

追求叙事语法的科学性。巴特认为，文本是由各种引用文本编织而成的，并在这一意义上宣称"作者的死亡"。小森也对此表示赞同。因为无论是小说的叙事文还是作品中人物的语言，都是从各种文本的集合中由作者选择出来的"他者的语言"，从其中的某个片段中发现作者的思想和主题是虚妄。但小森同时认为，小说这一文类无论是对其他文本的引用还是叙事方式本身，都并不是毫无意义的语言堆砌，而是一种"表达自我"的方式。①他说：

> 所谓小说，即集合多种"他者语言"，将各种要素安排在一定的结构布局中形成的文本。这些要素包括"开始"与"结束"，情节、故事内容（可以概括的题材结构）、叙事方式（不可概括的表达过程）以及叙事语调等。
>
> 肉身的作者在结构布局的过程中有时与"他者语言"产生矛盾，有时则对其表示赞同。在结构布局中，"他者语言"形成一个相互纠葛的"场"的时候，肉身的作者作为"作家"在文本背后形成了一个"自我形象"。我们读者通过阅读铅字印刷的文本所看见的仅仅是这种意义上的"作家"。②

的确，"现实作者"隐没于铅字背后已经"死亡"，即不能

---

① 小森陽一.構造としての語り[M].東京：新曜社，1988：15.
② 小森陽一.構造としての語り[M].東京：新曜社，1988：16.

将作品主题简单地归结于"现实作者"的意图,但并不等于说作品与"现实作者"毫无关系。小森认为,"肉身的作者作为'作家'在文本背后形成了一个'自我形象'"。对文本中形成的这种"自我形象",小森使用了"作家"这个词,显然是为了区别"现实作者"的概念。他将此前笼统的"作者"概念分为三个层次,即"现实作者"、"作家"(又称"内含作者")和虚构的言述主体(又称"叙事人")。这三者的关系既有断裂的一面,也有相连的一面。

在承认"现实作者"与"作家"存在一定程度连续性的问题上,日本叙事学从一开始就与西方经典叙事学表现出不同倾向。关于这点,显然受到现代日本语言学的影响。龟井秀雄在《感性的变革》一书的后记中承认"无人称叙事人"这一概念的发现受到三浦勉语言学理论的启发。他说:"三浦指出,我们在表达什么的时候,会出现现实中的肉身的'自我'与被描写出的想象世界中出现的'自我'的二重化现象。我所谓的作者的'自我'就是指后者,在论述中常常被称作叙事人。"[①]显然,这里指明了"叙事人"是作者的另一个"自我"。同样受三浦勉影响的吉本隆明在构筑以语言分析为基础的文学理论的时候,也指出语言表现是"自我表出"和"指示表出"两个侧面的结合。"自我表出"与作者的自我意识活动有密切关系。

小森阳一在日本现代文学研究中引入叙事学的时候,也毫不隐讳对三浦勉语言观的借鉴。他在《缘的物语——〈吉野葛〉

---

① 龟井秀雄.感性の変革[M].東京:講談社,1983:59-60.

的修辞》一书的后记中提到，在本书的分析中给予他理论支撑的是三浦勉有关代名词的理论。第一人称的讲话者在观念上将现实的自己分裂开，形成讲话者和对象的关系，并以第一人称的形式表现出来。在这样的第一人称结构中可以看出"现实作者"、"内含作者"（"作家"）、"叙事人"之间的关系。① 为了更好地阐明"现实作者"、"内含作者"（"作家"）、"叙事人"和与之对应的"现实读者""内含读者""受述人"的关系，小森阳一在雅各布逊的"信息传输"模式的基础上做了如下改进②，如图2-1所示。

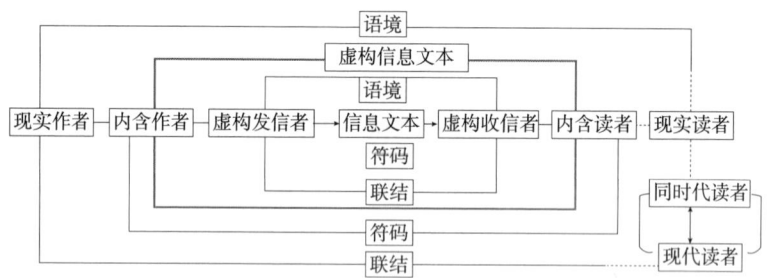

图2-1 文本传输模式

在这一模式中，"虚构发信者"即"叙事人"，"内含作者"即统合整个"虚构信息文本"的"言述主体"。以《浮云》为例，小森指出，"叙事人"的语言（叙事文）和作品中人物的"语言"（会话）"相互交错"，这两种不同语言的交错和纠葛是这部作品的文体特征和根本的创作方法。③ 也就是说，"叙事人"

---

① 小森陽一.縁の物語：「吉野葛」のレトリック［M］.東京：新典社，1992：121-122.
② 小森陽一.文体としての物語［M］.東京：筑摩書房，1988：325.
③ 小森陽一.構造としての語り［M］.東京：新曜社，1988：49.

虽然是"现实作者"分化的另一个"自我",但是"言述主体"的意图并不完全在"叙事人"上,而是在和其他人物"语言"的相互交错之处。小森说,"言述主体"既通过显在的"叙事"表达意图,也通过"没有印刷为铅字的地方,在作品的空白和沉默之处,用作品时间的错综和结构布局在表达着什么"①。与此同时,还需要注意的一点是,受巴赫金和"接受美学"的影响,小森强调"叙事"本身并不是透明的,它包含了文类意识和社会性。

第二节　叙事方式的社会性与历史性

西方经典叙事学于20世纪80年代在欧美学界遭遇批判,很重要的原因是过度关注作品的叙事方法以及语法归类的研究,而忽略作品内容以及历史社会语境。欧美学界对作品内容以及历史社会语境的关注是从80年代中后期开始的②,而日本则更

---

① 小森陽一.構造としての語り[M].東京:新曜社,1988:17.
② 申丹等指出,20世纪80年代欧美学界出现了五个方面的新动向:一是从作品本身转向了读者的阐释过程;二是从符合规约的文学现象转向偏离规约的文学现象,或从文学叙事转向文学之外的叙事;三是在探讨结构规律时,后经典叙事学家从其他领域借用了一些新的分析工具;四是从共时叙事结构转向了历时叙事结构,关注社会历史语境如何影响或导致叙事结构的发展;五是从关注形式结构转为关注形式结构与意识形态的关联。比起共时叙事结构他更重视历时叙事结构的研究。参见:申丹,韩加明,王丽亚.英美小说叙事理论研究[M].北京:北京大学出版社,2005.

早就重视作品内容阐释和历时叙事结构研究。总体上看，日本叙事学有以下三个特点。

一、重视作品内容的阐释

日本叙事学从一开始就重视作品内容的阐释，这在很大程度上是受了三浦勉语言学的影响，认为"叙事人"是"现实作者"的另一个自我。由于没有完全排斥"现实作者"，因而形成了独特的"言述主体"（"作家"）概念，其结果必然关注"言述主体"所表达的内容。因此，在日本，叙事学的引入非但没有取代"作品论"，反而更加激活了"作品论"的繁荣。但也需要留意的是，"作品论"和叙事学对文学研究的基本立场毕竟有所不同，在方法论上也有所区别。这点最为典型地体现在80年代中期围绕夏目漱石的小说《心》的争论上。

1985年，叙事学研究的主要推进者小森阳一[1]和石原千秋[2]同时发表关于《心》的论文，对此前偏颇的阅读方法提出尖锐批判。小说《心》由三部分构成，《上：先生和我》《中：父母和我》《下：先生和遗书》，但是此前的研究全都集中在第三部分，将"先生"看作作者夏目漱石，在"先生的遗书"中寻找作者的思想。这样一种阅读方法在学界成为定论，以至形成教育制度，中学课本也只收录第三部分。小森阳一和石原千秋首

---

[1] 小森陽一.「こころ」を生成する「心臓（ハート）」[J].成城国文学，1985(1)：41-52.

[2] 石原千秋.『こゝろ』のオイディプス反転する語り[J].成城国文学，1985(1)：29-40.

先指出小说的整体结构问题,"上"和"中"是学生以第一人称写的手记,"下"是"先生"以第一人称写的手记,将两种角度写的手记排列在一起不是毫无意义的,它们之间存在着深刻的对话关系。因此,如果只分析"下",显然无视小说的整体结构。而事实上,他们认为小说的真正主题,并不在"下"的"遗书"中的自我剖析中,而恰好是在对话关系的结构中。他们注意到,在"上"的开头部分"不愿意使用生疏的字母"这一叙事方式暗含了对"下"的叙事方式的批判。因为在"遗书"中"先生"称朋友为"K"。小森分析说,这不仅是称呼的差异,同时也表明学生"我"与"先生"的生活态度的不同。使用字母称呼朋友表明两人关系是一种冰冷的物化关系,最后导致他们的自杀。与此不同,学生"我"称遗书作者为"先生"是用"心"和"生命"在与人交往,体现了新的生活方式。从小说的整体结构和细微的叙事方式论证至此,应该说小森的观点新颖,也具有相当大的说服力。但是为了强调这种新的生活观,小森进一步暗示小说的最终结局是"我"和"夫人"的结合,并生有孩子。争论主要围绕小森最后这个结论是否妥当,但其实暴露了论者各方对作品叙事结构的不同理解。

　　三好行雄之所以将作品主题的阅读重点放在第三部分的"下",是因为他把学生"我"仅仅看作"站在作者立场上叙事的无私记述者"[①]。这个"无私记述者"其实是一个含混的用语,

---

① 三好行雄.ワトソンは背信者か—『こころ』再説—[J].文学,1988(5):7-21.

没有将"作者"和"叙事人"分开,尤其不承认"我"是小说中的一个人物。"上"和"中"都只是为揭开"下"的谜底所做的铺垫。这种看法显然限制了对"我"作为人物功能的理解,最终导致对作品整体结构把握的偏颇。而小森则把学生"我"既看成叙事人,又看作积极参与小说故事进程的人物。尤其值得注意的是,他将学生"我"正在进行中的、形成小说文本的写作手记本身也看成他在小说世界中的一个行为。正是基于对这一点的关注,他提出了新颖的见解。

在这场争论中,即便是反对方也对作品的叙事结构和叙事方式表现出极大的关注,其结果促进了叙事学在日本学界的传播。"新作品论"提倡者田中实虽然也对小森这种随意的解读提出批评,但在具体作品分析中并不拒绝叙事学。[①]可以说,叙事学已然成为作品分析不可回避的基本方法。

不过,这场争论并非叙事学的全面胜利,也暴露出一些问题。比如,小森对学生"我"的写作行为的关注虽然见解独到,但所做的进一步解读却远远超出了文本范围,即由这个写作行为推导出小说文本中并不存在的、将来可能会发生的"我"和"夫人"的结合。这样过于随意的解读无疑助长了反对阵营的气势,也引起对叙事学的诸多误解。再如,对学生"我"的角色定位,三好与小森显然不同。对这种不同现象是简单地以产生于欧美文学的理论为基准予以判定呢,还是应该考虑日语语境

---

① 田中実.小説の力:新しい作品論のために[M].東京:大修館書店,1996.

的因素呢？双方争论到最后依然是各持己见。也许应该将"现实作者""作家""叙事人"等概念及其相互关系放在日语文本和日语语言特色之中加以分析，再回头看争论各方的差异。

二、重视历时叙事结构的研究

在经典叙事理论中，注重叙事语法规则的分类，视叙事为透明的声音。但比起这样的共时叙事结构研究，日本叙事学更重视历时叙事结构研究，关注社会历史语境如何影响或导致叙事结构的发展。小森阳一在20世纪80年代初研究《浮云》时，受俄罗斯形式主义的文类记忆和巴赫金语言学的影响，已经注意到叙事方式与文化、社会历史语境之间的密切关系。他说："统一叙事文的'言述主体'的语言可以大致分为属于书写的各种文类的语言和属于口语的各种类别的语言。书写语言和口语虽然在文体上不同，但是在所有的语言形式上都被赋予了历史的、社会的、文化的和阶层的属性。"这种"统一小说叙事的'言述主体'的语言根据其从什么样的文类中的选择，它的'语言形象'不仅包含了所属文类的价值观和评价标准，同时还包含了在文本内'开始'和'结束'的类型、情节展开的类型、描写和省略的叙事行为类型"[①]。他通过对同时代其他小说以及先行小说的叙事方式和故事结构的关联和对照分析，探讨了被视为现代小说起始的《浮云》的叙事结构的特点及其挫败的原因。

90年代，与媒体研究相结合，历时叙事结构的研究取得很

---

① 小森陽一.構造としての語り[M].東京：新曜社，1988：18.

大进展。杂志《文学》(岩波书店)于1993年和1994年刊出两期关于媒体研究的特辑,探讨了甲午战争和日俄战争期间日本报刊言述体制是如何在政治和商业媒体的合力作用下形成的,以及这些报刊言述体制与作品的叙事内容和叙事方式的变化又有怎样的互动关系。[①]

三、重视读者、受述人在叙事中的功能

热奈特(Gerard Genette)在《叙事话语 新叙事话语》中分析了受述人在叙事结构中的作用,将其分为故事内和故事外的受述人。与故事内的叙事人相对应,故事内的受述人是指小说内的一个人物;而故事外的受述人则指潜在的读者,是不参与故事的。[②]热奈特虽然讨论了受述人的职能,但他自己也承认这还过于简单。小森阳一在叙事学研究中引入"接受美学"的"空白"等概念,重视受述人对故事逻辑的建构,探讨了读者与文本结构的交互作用。他在《作为故事的叙事》中运用"内在读者"概念,考察了读者在围绕主人公的叙事中所发挥的功能。[③]小森在《叙事》中则提出了叙事人与受述人的互相转换的问题,对热奈特将叙事人明确地分为故事内外的分类进行修正。他说,在泉镜花的小说中,故事不是一个人叙事的,叙事的人也是听别人说的,那么在此受述人和叙事人可以转换,形成镶

---

① 金子明雄.新聞の中の読者と小説家—明治四十年前後の『国民新聞』をめぐって—[J].文学,1993(春):38-49.
② 热奈特.叙事话语 新叙事话语[M].王文融,译.北京:中国社会科学出版社,1990:184-185.
③ 小森陽一.構造としての語り[M].東京:新曜社,1988:125-162.

嵌式结构。"传闻的形式意味着叙事人在其内部包含了曾经是受述人的自我，并且还包含了其他叙事人的言辞，这样就形成了叙事人和受述人多重重叠的叙事。"①

第三节　物语论中的叙事人

在日本古典文学研究中，有关叙事和叙事人的研究一直是以《源氏物语》为中心展开的。中世纪学者就已经开始关注《源氏物语》中"草子地"的功能。"草子地"指作品的叙事文，藤原正存在《一叶抄》（1493年）中第一次使用该术语。明治时期以后，"草子地"也一直是重要的研究题目之一。西尾光雄从"辞"的属性来确定是否为"草子地"，并对其进行分类。他认为"草子地"是作者控制物语的语言，以"草子地"为线索探讨《源氏物语》的物语性。②中野幸一则更多关注内容，将"草子地"分为"说明""批评""推量""省略""传达"等五个类别加以考察。③虽然侧重点不同，但他们均把"草子地"看作作者直接表达思想的语言。

---

① 小森陽一.語り［M］//石原千秋，等.読むための理論：文学・思想・批評.横浜：世織書房，1991：94-99.
② 西尾光雄.源氏物語の文章，源氏物語講座：7［M］.東京：有精堂，1971.
③ 中野幸一.『源氏物語』における強調・感動・傍観の草子地［M］//源氏物語探究会.源氏物語の探究：第3輯.東京：風間書房，1977.

与此形成对照的是，玉上琢弥的《物语音读论序说》等一系列研究[①]。玉上从"音读论"的立场提出了一套独特的"叙事人"的见解。因为是在叙事学形成之前提出的，因此在术语上使用的是"作者"，但所含之义并不是指"现实作者"，而是更接近于"叙事人"之义。他认为，《源氏物语》在日本物语发展史上是一个分水岭，以前的物语并没有固定的完成文本，一般只有物语的梗概"文本"。"叙事人"在叙事时以梗概"文本"为基础自由地充填细节最终完成物语。他解释说：

> 《源氏物语》以前的物语，即古物语是由那些掌握文字的男性汉学者编写的。并且另有册子画，将这些册子画敬献给物语的享受者，即上流社会的公主们。公主一边看画，一边让女官阅读文本。虽然文本由男性编写，但要由女官朗读才能成为物语，并且朗读的时候朗读者不是原封不动地读，而是可以适宜地充填细节和改变表达方式。就是说，物语是语言艺术，本来不是文字艺术，因此在文本作者之外还有文本朗读者。[②]

日本的古物语发展到《源氏物语》时，"文本"的性质发生了很大变化。从不确定的梗概"文本"变成细节被具体固定化的"文本"，即物语发展到《源氏物语》时摆脱了口头讲述而进

---

① 玉上琢彌.物語音読論序説[J].国語国文，1950(12)：1-12.
② 玉上琢彌.源氏物語の読者[M]//源氏物語評釈：別巻一.東京：角川書店，1966：252.

第一编　转型期的理论

入语言书写的阶段。玉上认为《源氏物语》的成书经历了以下过程：一个曾经在源氏身边侍奉的女佣将自己年轻时耳闻目睹的有关源氏的生活讲述给不直接认识源氏的晚辈宫中女官，听者之一便把故事记录和编辑而形成基本"文本"，然后另有一个宫中女官夹带自己的感想将这个基本"文本"讲述给皇妃听，最终形成了完整"文本"。

可以看出，这里有"三个作者"参与了书的完成，即第一个是见闻源氏生活的女佣；第二个是将故事记录编辑的宫中女官；第三个是讲述给皇妃听的宫中女官。玉上否定了"现实作者"紫氏部是"作者"的看法。玉上的观点是，"作者"的立场是由上述"三个作者"分别承担的。

"三个作者"的见解对近代以来形成的单一作者观无疑是冲击，但将《源氏物语》的享受方式仅限于"音读"，以及将文本中的"作者"实体化，也遭到种种质疑和批判。[1]三谷邦明借鉴叙事学理论对叙事结构进行了重新分类。他说，文本不是由"作者"控制的，而是由"话者"控制的。与玉上的实体化的"作者"概念不同，三谷的"话者"不具备人格和肉体，是透明和中立的。"话者"之下有"叙事人"。[2]其结构如图2-2所示。

---

[1] 中野幸一.古代物語の読者の問題―物語音読論批判―[J].学術研究，1963（12）.

[2] 三谷邦明.源氏物語における〈語り〉の構造―〈話者〉と〈語り手〉あるいは「草子地」論批判のための序章―[C]//日本文学研究資料叢書 源氏物語Ⅳ.東京：有精堂，1982：185-186.

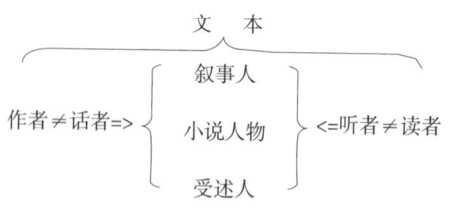

图 2-2　文本传输模式

三谷将玉上所谓的"三个作者"纳入"叙事人"的范畴。他强调,"叙事人"和作品中的人物一样也受到"话者"控制,具有人格和肉体。玉上使用"作者"概念确有不少暧昧之处,不容易将"作者"与"叙事人"区分开。因此,三谷将"三个作者"划归为"叙事人",在此之上设立作为控制文本的"话者",在概念上更为清楚。但同样存在问题。三谷虽然将"三个作者"均纳入"叙事人"的范畴,但玉上明确指出第一个和第三个作者是两个不同层次的"作者"。第三个作者既然要对小说世界中的故事发表意见和感想,显然处于小说世界的外部。那么,如何以三谷所谓的透明中立的"话者"概念来处理这样一个处于小说世界外部且具有"肉身形象"的"作者"依然是个问题。

第四节　故事结构与类型

叙事学研究还有一个重要领域就是故事结构分析,这方面主要受到日本民俗学的影响,其中最有代表性的故事结构是民俗学家折口信夫提出的"贵种流离谭"。故事结构如下,一个具有高贵血统的英雄,因某种缘由离开都城流浪于偏远蛮地。在流离颠沛中,他也许会悲惨地死去,但也可能得到随从和女性的帮助,经受住考验,最后返回都城享受荣华富贵。当然,主人公也有女性、神仙等。据折口分析,这一故事结构贯穿于整个日本文艺史,在《竹取物语》《伊势物语》《源氏物语》等小说中都不难发现其踪影。①

在传说和民间故事中,主人公虽然不一定是"贵种",但类似的"流离谭"有很多,如《浦岛太郎》等。高桥亨在《贵种流离谭的构造》一文中根据主人公的身份不同将"流离谭"的故事结构分为两大类,其一是主人公身份高贵,如皇子、神仙、仙女等。这类故事结构大致是主人公从异乡来到现世中游历,然后返回异乡。其二是主人公是平常人。第二类故事结构与第一类正好相反,是主人公离开现世到异乡游历,然后又返回现世。高桥根据这两类故事结构制作了以下图式(如图2-3所示)。

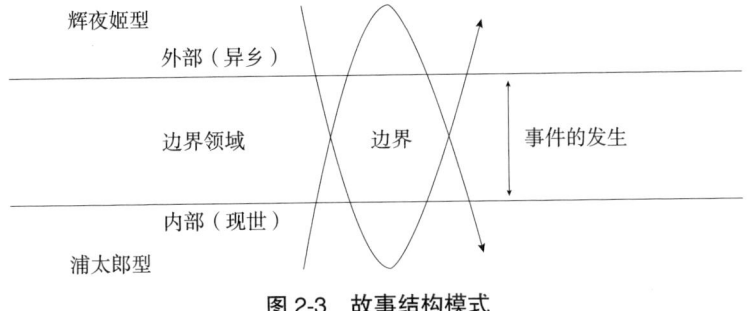

图2-3 故事结构模式

---

① 折口信夫.古代研究[M].東京:中央公論社,1995.

这个图式包含了一个故事的完整结构,由平衡到不平衡,又回到新的平衡。两种类型的游历方向正好相反,但经历的过程是相同的,主人公从异乡/现世到现世/异乡,再返回异乡/现世。高桥强调了这个图式中"边界"的重要性。"边界"既不属于现世,也不属于异乡,是这两者的交会处,也是人与神相遇的处所。他说,从故事结构的理论来讲,在"边界"相遇,人随神去异乡,或神随人来现世,这两种可能性都存在。根据主人公的身份不同而展开不同的故事,如在竹林的"边界",老翁遇见少女并将其带回家,这是《竹取物语》;在海边的"边界",少年遇见变身海龟的美女随其去了大海,这便成了《浦岛太郎》的故事。[1]

上述故事结构模式对日本现代文学故事结构的分析也具有启发意义。小森阳一认为,这种分析方法通过将两项对立的意义空间分节化,成功地抽出了故事的结构模型;与此同时,由于关注到"边界"的功能,也为解构故事的类型结构、发现意义的多样性提供了新的可能。为了展示现代心理小说的结构,小森阳一在高桥模式的基础上做了如下修改(如图2-4所示)。

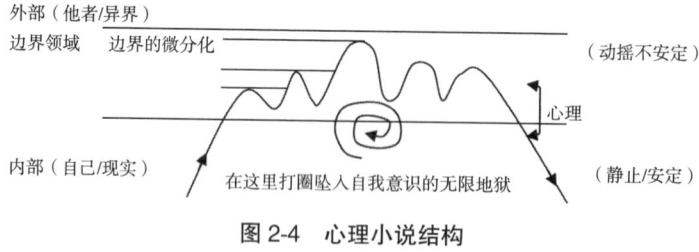

图2-4 心理小说结构

---

[1] 高橋亨.貴種流離譚の構造[J].国文学 解釈と鑑賞,1991(10):125.

小森解释说，如果说穿越"边界"意味着发生事件，那么没有事件发生的小说就是没有超越"边界"，而是在"边界"内不停地往返。他将这种故事结构的小说称为心理小说。① 遗憾的是，小森阳一没有据此具体分析作品，因此很难判断这种故事结构模式的有效性。

石原千秋也根据高桥的故事结构模式将前田爱关于日本现代小说的分类图式化。前田指出，日本现代文学的故事类型可以分为两类，一是"立身出世型"，二是"反立身出世型"。在现代日本，从农村共同体来到城市追求新生活的青年，最典型的就是在塞缪尔·斯迈尔斯（Samuel Smiles）的《西国立志编》（*Self-help*，又名《自己拯救自己》）和福泽谕吉的《劝学篇》的鼓舞下负笈进京的书生们。描写这些书生的第一部作品是坪内逍遥的《当世书生气质》。在这部小说中，书生们为了"立身出世"来到东京，但他们在文明开化的东京四处游玩。该作品虽然是"立身出世型"的小说，但也描写了有悖于立身出世的内容，因此是一个具有两义性的文本。"立身出世型"或"反立身出世型"还有很多变形，前者如岛崎藤村的《家》描写了主人公从共同体的旧家中挣脱出来成立新家的故事；后者是描写零落者的故事，如永井荷风写的花柳小说。② 石原的现代小说故事结构模式如图 2-5 所示。

---

① 小森陽一.語り［M］//石原千秋，等.読むための理論：文学・思想・批評.横浜：世織書房，1991：26-27.
② 前田愛.文学テクスト入門［M］.東京：筑摩書房，1988：112.

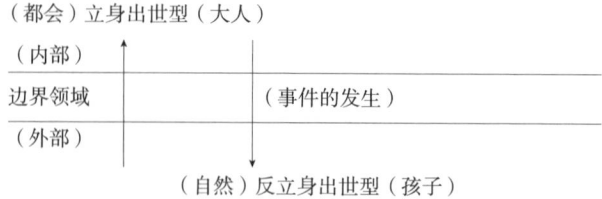

图 2-5　现代小说故事结构模式

石原将前田的"立身出世型"的内涵做了引申，指"成长为大人"＝"成长"的故事，这在现代以后就是指成为都市人。多数通俗电视剧属于这种类型。而将"反立身出世型"解释为退化为"孩子"＝"退婴"的故事。在这类故事中，如果只描写堕落行为，属于颓废者的故事。但其中如果包含了"回归自然"的内容，则会变为"发现另一个自我的故事"，成为"纯艺术"。①

石原的故事结构模式虽然保留了"边界"概念，但对高桥的结构模式进行了根本性的修改。高桥结构模式的最大特点是主人公做抛物线路程的游历又返回，但石原的结构模式却是单向行进线路。实际上这样的模式无法全部解释他所列举的小说，例如德田秋声所著的《愚者》的主人公是一个从小地方到东京学习的年轻人，就此而言是"立身出世型"。但是由于他的意志软弱，最后并没有成功。因此，按照这样的故事结构很难认为是单向的直线发展，应该有一条抛物线，至于这条抛物线是否返回则另当别论。

总而言之，与数量众多的叙事话语研究相比较，在日本现

---

① 石原千秋.テクストはまちがわない：小説と読者の仕事［M］.東京：筑摩書房，2004：76.

代文学研究中，故事结构研究还比较薄弱，这在一定程度上阻碍了对大众文学的深入研究。

20世纪90年代中期以后，随着文化研究和后殖民主义研究的兴起，日本叙事学研究热潮迅速消退。但这并不意味着叙事学就此被否定。一方面，文化研究和后殖民主义研究在文本分析上运用叙事学，从而深化了相关研究，如小森阳一在《日语的现代化》中，通过对颁布于1882年的《军人敕谕》和1890年的《教育敕语》的叙事结构的分析，尖锐地批判了这两个文本在建立民族国家过程中所发挥的政治功能。[①]另一方面，从其他研究领域汲取养分，也丰富和发展了叙事学理论本身。

（原载《日语教育与日本学：第17辑》，华东理工大学出版社，2021年）

---

① 小森陽一.日本語の近代［M］.東京：岩波書店，2001.

第三章　读者论：文化研究的日本谱系

在日本，读者问题首次受到知识界关注是在20世纪20年代。当时，随着印刷技术的发展，印刷品急速增加，大众文学迅猛发展，对传统的文坛产生了巨大冲击。尽管大众文学被广泛阅读，但是文学评论家总体上对此持否定态度，将其驱逐到文学史书写之外。文坛还发明了"读书阶级"一词以区别于喜爱大众文学的读者。所谓"读书阶级"是指接受了高等教育的精英阶层，而一般工人和农民则趣味粗鄙，受大众传媒蛊惑耽读大众文学。[①]由此，"读者"逐渐被建构为一种少数精英读者与大众读者对峙的二元对立结构。第二次世界大战之后，一些知识分子出于对战争相关问题的反思，试图打破这种二元对立结构。如"思想之科学研究会"的创立者鹤见俊辅便认为，知识分子在战争现实中无法发挥社会作用，是因为他们接受了高等教育，痴迷于抽象的西洋知识和概念，在思想上游离于日本大众，不理解大众的思维和情感。在鹤见等人看来，被知识分

---

① 永嶺重敏.モダン都市の〈読書階級〉[J].出版研究，2000(30)：44.

子排斥的大众文学拥有广泛读者，是最典型地体现大众与知识分子精神隔阂的文类，因此理解大众思维方式的一条重要途径便是研究大众文学。[①]他们希望以此作为在战败的废墟之上重建日本文化的基础。大众文学以及大众读者就是在这样的问题意识之下再次进入知识界的，随着相关研究的展开，形成日本独具特色的读者论。

日本的读者论与德国的"接受美学"（Reception Aesthetics）不同，在读者层的考察、社会变动与读书关系的分析等方面倒是与"文化研究"（Cultural Studies）更为接近。尽管读者论在各个时期所讨论的具体问题不同，但始终关注大众读者和传媒，并从这一角度不断叩问以纯文学为主流的日本现代文学史书写框架。本章尝试梳理读者论的形成和变迁，考察其所关注的读书与传媒、大众文化与国家之间的关系等问题，为重审日本现代文学提供一种参照。

第一节　语言学和社会学视野下的大众读者

鹤见俊辅等人于1946年创立"思想之科学研究会"。该研

[①] 鹤见俊辅「日本の大衆小説」最早发表于"思想の科学研究会"编『夢とおもかげ：大衆娯楽の研究』（東京：中央公論社，1950年）。参见：鶴見俊輔.日本の大衆小説［M］//大衆文学論.東京：六興出版社，1985：190-191.

究会之所以关注大众文学，是为了重建二战后的日本文化，希望在大众喜爱的大众文学中发现日本庶民的哲学思想。①他们的研究成果相继发表在杂志《思想之科学》及1950年由中央公论社出版的《梦与风貌：大众娱乐研究》之中。鹤见俊辅在该著中撰写了长篇论文《日本的大众小说》，创造性地引入语言学的信息交流模式来分析文学的生产与消费问题。他认为，大众小说作为信息交流的一种社会现象，包括以下四个要素，即发送者、信息线路、信息和接受者。②鹤见曾于1939年至1942年在美国哈佛大学学习，师从实用主义哲学家威拉德·冯·奥曼·蒯因（Willard Van Orman Quine），并修读符号学家查尔斯·莫里斯（Charles William Morris）的课程等，接触了结构主义语言学和实用主义等新知。③他的信息交流模式显然受到相关学说的影响。

关于"接受者"的定义，鹤见引用《社会科学小辞典》（霞书房，1948年）解释说，大众小说的接受者是大众。所谓"大众"即"人民和国民被看作大量均质存在的一个称谓"。④在此意义上，大众是未经组织的社会集团，其本身没有阶级的属性。在当时的社会背景下，大众大多经济窘迫、教养低下，日常没

---

① 鶴見俊輔.大衆小説に関する思い出［M］//大衆文学論.東京：六興出版社，1985：11.
② 鶴見俊輔.日本の大衆小説［M］//大衆文学論.東京：六興出版社，1985：202-210.
③ 陈立新.撬动战后日本的"庶民"思想家——鹤见俊辅［M］.北京：光明出版社，2014：23.
④ 鶴見俊輔.日本の大衆小説［M］//大衆文学論.東京：六興出版社，1985：220.

有余裕的时间，因此他们阅读的大众小说是易懂和消遣的读物。①可以说这个释义是当时有关大众小说读者的一般看法。但鹤见没有停留于这样的一般释义上，而是结合日本的情况做了进一步分析。他指出，读者和大众小说并非一成不变。自大众小说在20世纪20年代出现之后，读者群体在短短的三十年间发生了几次阶段性变化，每次新读者群的加入都会给大众小说带来新的变化。最初的读者群是都市工人，后来是都市的中下层家庭妇女的加入，再往后是战争时期士兵的加入，二战后读者群又进一步扩大。鹤见的这一分析实际上对前述习见进行了修正。第一，家庭妇女并非没有余裕时间的群体。第二，他根据统计发现，读者随着阅历的增加，逐渐离开纯文学，开始阅读大众小说。②由此可见，阅读大众小说的读者并非教养低下。

需要注意的是，鹤见没有将"发送者"限定于作者，而是认为应该包括公司老板、编辑、印刷工等。他说，以大量销售为前提创作的大众小说，受到贩卖者和资本家意志的束缚。因此，一方面大众小说不完全代表大众自身的思想；另一方面也应该看到，在大众小说的实际生产过程中发挥主要作用的是编辑，其次是作者，而并非资本家。③鹤见将"发送者"细分为这样几个部分，有利于摆脱那种认为大众小说必然受到资本家

---

① 鶴見俊輔.日本の大衆小説［M］//大衆文学論.東京：六興出版社，1985：220.
② 鶴見俊輔.日本の大衆小説［M］//大衆文学論.東京：六興出版社，1985：220-221.
③ 鶴見俊輔.大衆小説に関する思い出［M］//大衆文学論.東京：六興出版社，1985：12.

控制的庸俗的社会学观点。

在这样的视野之下，鹤见指出，读者对大众小说的接受，绝不是消极被动的。大众的确受到现代社会结构的压制，但他们还是会选择自己喜爱的小说，并不会对大资本提供的大众小说全盘接受。连资本家自身为了确切知道大众的喜好，还会在公司内部设立调查部，或依靠舆论调查了解大众的反响。[①]这种对读者主动性接受的把握与鹤见在读者分析中引入信息交流模式分不开。在他看来，信息交流，需要靠发送者、信息线路、信息和接受者等四个因素共同完成，缺一不可。接受者对信息的接受有选择的自由。因此，他特别指出，大众小说要成为大众阅读的小说必须得到大众的选择。读者的主体性就体现在读者对小说的选择权利的行使上。

1948年，鹤见俊辅受聘京都大学教职之后，又与桑原武夫、多田道太郎、梅棹忠夫、樋口谨一等一起成立"大众文化研究小组"，并参与《宫本武藏》的集体研究。1950年，讲谈社出版了桑原武夫著《〈宫本武藏〉与日本人》。宫本武藏是日本战国末期至江户初期的著名剑术家。以宫本武藏为题材的作品有很多，尤其是吉川英治创作的长篇小说《宫本武藏》受到读者热烈追捧，长年霸占畅销书榜首。《〈宫本武藏〉与日本人》一书重点考察了读者对该作品的接受问题。桑原在该书前言中说，过去的文学研究注重作品的内容，而忽略对读者接受的考察。

[①] 鶴見俊輔.日本の大衆小説［M］//大衆文学論.東京：六興出版社，1985：202-205.

"这对于研究具有社会性产品性质的作品而言是不充分的。尤其是关于那些拥有众多读者的作品，如何把握读者的接受，需要尝试科学的和量化的研究方法。"①桑原武夫在《〈宫本武藏〉与日本人》中导入社会学方法展开对读者接受状况的调查，通过读者访谈和问卷调查得出结论，大众喜爱《宫本武藏》主要不在于其艺术性，而是在于与其中的思想产生巨大共鸣，从中获得精神安慰和人生指南。该书最后一章分析了《宫本武藏》的思想在农村、渔村和城市三个地区得到读者支持的差异。

关于大众文学的特点，桑原武夫在《文学入门》中还分析说，大众文学回答了"人应该如何生活"的问题，向读者提供生活的精神食粮，因而得到广泛支持。与此形成鲜明对照的是以私小说为代表的文坛文学，封闭在狭隘的自我世界之中，不关心民众的生存和社会问题，因此大众也不可能喜爱这类作品。就此而言，大众文学有值得肯定的一面。②但同时桑原也指出，大众文学中宣扬的生活态度多依赖传统的伦理道德，包含了封建社会的意识形态，而这样的意识形态无形之中迎合了政府的统治需要，成为国家主义统治的重要基础。因此也需要对此保持警惕和予以批判。③

如上所述，"思想之科学研究会"和"大众文化研究小组"是为了把握日本现代文化而研究大众文学以及大众文学读者的。

---

① 桑原武夫.『宫本武藏』と日本人[M].東京：講談社，1950：4.
② 桑原武夫.桑原武夫全集1[M].東京：朝日新聞社，1968：132-134.
③ 桑原武夫.桑原武夫全集1[M].東京：朝日新聞社，1968：134-135.

桑原说，大众小说发行量巨大，因此研究大众小说是研究日本人和日本文化的新方法。正确地把握日本人拥有的信念和价值体系，使其成为理解日本文化的基础。① 他们希望通过重新评价明治维新以来被西化潮流压抑的日本传统文化和民间文化，为重建二战后的日本文化打下基础。尽管他们在大众文学中也发现了一些封建糟粕以及大众传媒强大操控力的问题，但是在战败的特殊背景下，为了树立日本人的自信，他们更倾向于挖掘其中有积极意义的一面。因此，他们反对将大众文学读者看作被大众媒体控制的均质存在，而是认为大众文学读者具有时间的流动性和地域的差异性，蕴含着选择作品的主体可能性。同时，在方法论上，相关研究是由多个领域研究人员合作展开的，因此具有跨学科的特性，比如，引入语言信息交流模式和运用田野调查的社会学方法等。这些构成日本读者论的基本特征，为后续的读者论发展奠定了基础。

第二节 "国民文学论"和读者论的历史学研究

20世纪50年代初，竹内好提出"国民文学论"，其动机与上述的"思想之科学研究会"和"大众文化研究小组"的问题

---

① 桑原武夫.『宮本武蔵』と日本人［M］.東京：講談社，1950：13.

意识有许多相通之处。首先，竹内同样不满于日本现代文学的两极分化状态，即私小说的封闭性和大众小说的盛行。其次，不满于知识分子回避社会现实的价值取向。但在对大众文学的认识上，竹内与鹤见他们不同，持一种消极态度。他认为大众文学浅薄，对大众传媒也持否定的态度，因而积极探索改变现状的方案。

竹内主要关注的是作者的读者意识。他说，造成日本现代文学封闭的一个重要原因是现代文学强调个人独立，却没有将个人独立与全体国民的独立联系起来。私小说可谓一种仅仅专注于个人独立问题的小说样式，预先有意识地将一般大众排除出读者群。二战后，"近代文学派"主张的个人独立也回避了国家和民族的独立。因此，虽然他们一心想打破旧文坛的封闭性，但实际上很难做到。20世纪50年代初期，私小说随着"第三新人"登上文坛而复活。"新日本文学会"[①]虽然关注到阶级解放的问题，但在题材和读者意识上过于注重无产阶级，而有排斥其他阶级的倾向。因此，这两股二战后最大的文学势力缺乏广泛的读者基础，不得不沿袭文坛封闭的痼习。[②]另外，随着二战后传媒的迅猛发展，大众小说欣欣向荣。可以说，大众文学的盛行和文坛的这种封闭性互为表里。因此，为了避免文学上的这两种极端化倾向，竹内好提倡要创造一种面向广大读者的国民

---

① "新日本文学会"是1945年12月成立的文学协会，9位发起人是战前无产阶级文学作家，创办了杂志《新日本文学》。
② 竹内好.竹内好全集：第七卷［M］.東京：筑摩書房，1981：48-49.

文学。[①]

那么国民文学应该如何面向广大读者呢？竹内好认为，面向广大读者绝不意味着文学家要放低身段，一味地迎合读者，也不是反过来高高在上地教育读者。他提出，如果文学家与读者在社会生活的层面上立场一致，且直面共同的时代课题和拥有共同的问题意识，两者之间便会自然产生联系。他说："我并不认为，重建国民道德只是文学家的责任。这是全体国民的责任。"[②]就20世纪50年代的日本社会而言，最突出的时代课题是如何面对民主主义运动受挫和国家主权完整性受损的问题。在第二次世界大战之后，日本虽然依靠美国的军事力量，强制性地推进非军事化和民主化改革，解体军国主义的旧体制。但是一些敏锐的知识分子也看穿了这种"民主"和"自由"其实是美国"配给的"。果然，在美苏形成对立格局以后，美国很快改变对日政策，采取了许多限制民主主义发展的措施。这些政策的变化使得日本知识分子更清楚地意识到日本还处在被占领之中，没有获得国家与民族的真正独立。因此，1950年前后，如何实现民主主义和国家独立的课题，又重新摆在二战后日本知识分子的面前。面对局势的新变化，以"近代文学派"为代表的文坛主流主张"艺术至上"，回避政治问题。竹内的"国民文学论"就是要将日本面临的时代课题引入文学之中，打破文坛

[①] 王志松.20世纪日本马克思主义文艺理论研究［M］.北京：北京大学出版社，2012：315-316.

[②] 竹内好.亡国の歌［M］//竹内好全集：第七卷.東京：筑摩書房，1981：26-27.

的封闭性。在他的"国民文学论"方案中,并不是要求作者直接面向读者书写,而是希望作者直面时代课题,从而获得和读者同样的立场,由此建立起和读者的广泛连带关系。

竹内好提起的"国民文学论"引起热烈争论,虽然最后没有得出明确的结论,但是读者问题由此吸引了学界的广泛关注。1958年学术杂志《文学》刊出"近世小说的作者和读者"专辑。在专辑论文中晖峻康隆指出:"为了立体把握作为社会存在的文学,不能像迄今那样仅从作者的角度研究,更应该认真考察使作者和作品社会化存在的读者问题。"[1]如上所述,桑原武夫研究当代的读者问题采用了社会学的田野调查,而古代文学研究显然无法沿用这样的研究方法,因此开拓新的研究方法成为推进读者论的一个重要课题。

野间光辰在专辑论文《浮世草子的读者》中说:"读者是分散和流动的,非常不稳定,难以捕捉。"为了捕捉如此流动不居的读者群,野间对近世租书店的账本、大户人家的藏书目录、读书人的日记、作品中的相关描写等资料展开综合研究。他认为,近世初期的书籍大致分为三个层次,即学术书籍、教养书籍(教训、启蒙、实用书)和通俗书籍。浮世草子是通俗的娱乐书籍,属于下层次读物。浮世草子最初被称为假名草子。井原西鹤以前的假名草子是以启蒙和实用为主,属于中层次的教养书籍。但井原西鹤以后的假名草子即浮世草子,则如浮世本、好色本、色草子等名称所示以通俗猥杂的娱乐读物为主,因此

---

[1] 晖峻康隆.仮名草子の作者と読者[J].文学,1958(5):62.

下降到下层次。但浮世草子其实也有相当多的中上阶层读者，比学术书和教养书的阅读群体广泛。①野间光辰在此指出了一个重要事实，读者阶层与书籍层次并不完全对应，呈现出交叉状态，不仅同一读者会阅读不同层次的书籍，某一层次的书籍也会被不同阶层的人阅读。晖峻康隆在《假名草子的作者与读者》中则通过分析作品的序言和内容结构等，考察了假名草子在近世如何被町人阶层接受的问题。②

可以看出，"近世小说的作者和读者"专辑引入历史学方法，拓展了研究材料的范围，在方法论上推进了读者论。③同时，关于读者阶层和书籍层次的非对称性的分析，打破了精英读者与大众读者二元对立的把握模式，不仅对于理解读者的复合型问题具有启发性，对于多视角评价大众文学的价值也提供了学理根据。

第三节　前田爱的现代读者论

前田爱的著作《现代读者的形成》出版于1973年，是日本读者论的集大成之作。该著所收录的论文最早发表于1960

---

① 野間光辰.浮世草子の読者［J］.文学，1958（5）：69-73.
② 晖峻康隆.仮名草子の作者と読者［J］.文学，1958（5）：56-62.
③ 横田冬彦.日本近世書物文化の研究［M］.東京：岩波書店，2018：3.

年。前田说，他是在"国民文学论"的退潮和周刊杂志大流行的背景下开始研究读者问题的。[①] 竹内好在20世纪50年代初提倡"国民文学论"，主张通过直面共同的社会问题，将作者意识和读者意识连接在一起。但是随着50年代末周刊杂志的流行，竹内的看法有所改变。他说："在今天，创作者和接受者之间插入了传媒业这种无人格的强大意志，作家屈从于这种强大意志，割断了与读者的联系。这种意志非常强大，不仅把作家当作奴仆，还人为地制造读者。"[②] 竹内哀叹在周刊杂志等大众传媒面前，读者处于被控制的软弱地位。对此，前田爱认为，面对大众传媒的攻势，"采用什么方法才能保护弱势的自立的大众读者，应该成为国民文学论的新课题"[③]。前田承认在大众传媒面前读者处于弱势，但是对大众传媒的接受并不总是消极被动的，读者也有"自立"的一面。他的读者论力求在大众传媒发达的状况下寻找现代读者的主体。可以说，这个问题意识贯穿于《现代读者的形成》整部著作之中。在方法论上，他积极汲取鹤见俊辅的信息交流模式和"近世小说的作者和读者"专辑的历史学方法。

《从音读到默读——现代读者的形成》是该著中宏观考察日本现代读者形成的论文。前田认为，随着社会环境的变化、教育的普及和印刷技术的发展，人们的阅读方式从近世到现代发

---

① 前田愛.近代読者の成立［M］.東京：岩波書店，1993：375-377.
② 竹内好.生活と文学［M］//竹内好全集：第七卷.東京：筑摩書房，1981：270-282.
③ 前田愛.近代読者の成立［M］.東京：岩波書店，1993：371.

生了根本性变化,即从均质的读书变为多元的读书(或者从非个性的读书变为个性的读书),从共同体的读书变为个人的读书,从音读到默读。这三个变化一方面塑造了读者的现代性主体,另一方面读者的现代性主体的形成反过来也加剧了阅读方式的这些变化。其中,默读方式作为读者获得现代性主体的重要体现尤其值得一提。关于这点,前田从文体的角度分析说,默读不仅是读者的阅读形式的变化,也是作者的书写方式的变化。言文一致体的文章是从"使用口语写作"或"记录口语"的意识转向"像说一样写"的意识。在他看来,言文一致体的"言"不是一般的"口语",而是只有通过作者主观的带有作者固有语气的"口语"时,才获得作为现代小说文体的资格。作者洗去韵律和传统文章的修饰规范,用他自身的"真实的声音"直接向读者叙述。前田说:"这是作者根据自我觉醒、内心世界的冲动所选取的表达方法。正是作者的书写方式的改变才会影响读者的阅读方式的改变。"[1]读者通过这样的"真实的声音"倾听作者的内心隐秘故事。只有被允许参加这种私密仪式资格的读者才是现代小说的读者。[2]前田笔下的这种现代读者形象带有浓厚的精英意识,但在言文一致体形成的初期能够接受这种新文体的读者毕竟是少数。随着言文一致体的普及,读者也普遍接受了默读方式。在大众传媒的攻势之下,虽然不是所有默读都具有主体性,但不可否认,默读这种形式依然内含读者主体的可能性。前田之所以撰写此文,大概认为在60年代一片否定

---

[1] 前田愛.近代読者の成立[M].東京:岩波書店,1993:195.
[2] 前田愛.近代読者の成立[M].東京:岩波書店,1993:208.

大众读者主体性的论调之中有必要先确认读者论的前提——在现代传媒的攻势之下读者的主体是否有存在的可能性。他通过分析阅读行为在现代的变化，确认了现代读者的主体形成，为具体探讨现实社会中读者的购买和阅读行为打下基础。

事实上，就整部著作的内容而言，前田更关注的是在读书方式现代化的总体趋势中存在的差异性和个别性，并力图从中发现读者的主体性。关于这点，前田在论文《鸥外的中国小说趣味》中对森鸥外阅读史的考察饶有兴趣。森鸥外是日本现代文学的开创者之一。文学史也多侧重从他与西方文学的关系角度来把握他的文学特质。但是前田通过考察鸥外文库所藏的汉诗文书籍，指出他的汉诗文趣味与其文学观的关系。森鸥外的青少年时期正值欧化思潮风起云涌，一般青年学子都政治意识高昂，热衷于约翰·穆勒（John Mill）的《论自由》（*On Liberty*）和斯宾塞（Herbert Spencer）的《社会平权论》（*Social Statics*，又译《社会静力学》）。而与此相对照，鸥外却耽读汉诗文。①在汉诗文杂志中，森鸥外喜欢的不是流行的《东京新志》，而是优雅的《花月新志》。"这是鸥外的文学趣味洗练、品位高雅的明证。"②在前田看来，读者的主体性并不是体现在跟着社会风潮抢读《论自由》上，而是体现在根据他自己的志趣进行选择性阅读。森鸥外阅读《花月新志》看似与现代化的社会潮流背道而驰，实则这种基于主体性的阅读孕育了他独特的现代文学观。

---

① 前田愛.近代読者の成立［M］.東京：岩波書店，1993：114.
② 前田愛.近代読者の成立［M］.東京：岩波書店，1993：113.

关于畅销书的分析，前田也避免一刀切式的论断，而是尽力把握不同层次的接受差异。日本现代最初的畅销书首推福泽谕吉的《劝学篇》和中村正直的《西国立志编》。他在论文《明治立身出世主义的谱系》中讨论了福泽谕吉和中村等启蒙家鼓吹的"立身出世主义"以什么形式感染明治初期的读者，又以什么形式成为文学主题。《西国立志编》于1870年出版，《劝学篇》初篇于1872年出版。前田认为，这两部著作的庞大读者群按照世代可以分为三代，即父辈代、哥哥辈代和弟弟辈代。以这两部著作的出版年份1870年至1876年间为基准看，哥哥辈代在这个时期进入青年期，弟弟辈代则是"明治新学制"的第一代小学生。①

前田认为，这三代人对《劝学篇》中"人生而平等"这句话的理解各不相同。所谓的父辈代其实主要指明治维新之后没落的武士阶层。他们以这句话激励子女重振家名，恢复丧失的权利，而并非要建立平等的社会。哥哥辈代对《劝学篇》的"人生而平等"的理解，是超越个人立身出世的层面作为民权扩张的原理接受的。这一代人在青年期积极参与自由民权运动。弟弟辈代是在新学制的教室里从教科书中学习《劝学篇》的。这一代人将《劝学篇》中的"人生而平等"作为个人立身出世的目标而接受。但他们进入青年期之时，自由民权运动业已退潮，于是陷入迷茫。②前田进一步论证说，在文学上1884年出

---

① 前田愛.近代読者の成立［M］.東京：岩波書店，1993：120.
② 前田愛.近代読者の成立［M］.東京：岩波書店，1993：124-126.

版的菊亭香水的《惨风悲雨 世路日记》是第一部关于"立身出世"主题的小说。主人公久松菊雄是地方高等小学的教师,因不满地方教育界的停滞与腐败,为了寻求独立自主而离开故乡去往大城市。但在大城市里,立身出世的宏大目标和平凡琐碎的现实所形成的落差,让他焦虑不安、饱尝挫折。[①]文学史上著名的《当世书生气质》《浮云》《舞姬》等作品,都是在《惨风悲雨 世路日记》这条延长线上的,所描写的不是立身出世的成功,而是主人公的一连串挫败。这类作品的作者和热心读者都是接受"立身出世"影响的第三代。日本现代文学就是从这个特殊群体起步的。

如果说以上研究主要关注的是男性读者,那么《大正后期通俗小说的展开——妇人杂志的读者层》一文则把关注焦点对准女性读者。女性读者的大量涌现是现代读者大众化的一个重要现象。前田在该文中考察了女性读者与小说类型变迁之间的关系。他指出,1919年、1920年(大正八年、九年)妇女杂志刊载的主要是"家庭小说",情节曲折的悲剧吸引女性读者,主题是谨遵家庭道德。但是到了1926年(大正十五年),妇女杂志刊载的则主要是"通俗小说",作者换成菊池宽等新一代作家。前田指出,正是菊池宽的《珍珠夫人》将女性解放的观念引入小说,创造了新的小说类型——"通俗小说"。"通俗小说"的读者群是大正时期的"新女性",主要是受过中等教育的新中间层女性群。她们对贤妻良母主义美名下隶属于家长制的传统家庭文化

---

① 前田愛.近代読者の成立[M].東京:岩波書店,1993:141-142.

感到不满，探索女性进入社会的途径。前田认为，菊池宽的创新性就在于将大正时期女性所处的封闭状态与她们内心希求解放的理想连接起来，在两者之间架上桥梁。"他提供的'自由世界的描写'不是真实的，不过是'火焰'。正因为是幻想，才可能给新中间层的女性读者提供替代性的满足。"[①]《珍珠夫人》的出现受到女性读者的广泛欢迎，并引发许多后继模仿者，形成一种"通俗小说"类型。由此可见，女性杂志提供的"家庭小说"的悲情故事不能满足新中间层女性读者的期望，她们用拒绝阅读的方式淘汰了"家庭小说"类型，同时积极购读"通俗小说"，催生了新小说类型。这是读者的选择反作用于创作的现象。

总体而言，前田爱对随着现代印刷技术的进步和教育普及出现的阅读大众化趋势持肯定态度。当然，这并不意味着他认可所有的大众化阅读。毋宁说他充分意识到在大众传媒攻势下读者处于被动状态的现实，因而不断在大众化阅读中寻找差异性和反作用性，由此发现读者的主体性。这在一定程度上回应了竹内好对大众传媒发出的悲观哀叹之声。

第四节　媒介研究与读者视角的文学史

进入20世纪90年代，受德国接受美学和麦克卢汉等人的媒

[①] 前田愛.近代読者の成立［M］.東京：岩波書店，1993：266.

介理论影响，日本的读者论出现新的动向，即有关文学接受的研究分化为两个方向，其一，专注文本内部"空白"和"不确定性"的分析；其二，聚焦于媒介技术对人的认知和存在产生的形塑作用的考察。新动向突出地体现在1991年石原千秋等人所著的《为了阅读的理论——文学、思想和批评》的相关条目内容上。

该书是日本当时一批中坚学者集体编著的文学研究指南，简要介绍各种理论和术语。其中《读者》和《媒介论》的条目由小森阳一执笔。小森在《读者》中指出，应该重视前田爱倡导的社会学与媒介论相结合的读者论，即在媒介和技术、出版形态与印刷技术的关联上综合性地动态把握读者。[1] 但遗憾的是，该条目并未就此展开论述，而是主要介绍了德国的接受美学。接着，小森在《媒介论》条目中介绍了现代印刷技术的发展对文学形态的影响乃至对文学内容的影响。他说："印刷页面的整齐划一性和反复性，一方面与时间和空间的连续可测定性的思维方式相结合，将自然的世界与权力的世界非神圣化。同时，整齐划一的印刷体语言，也解体了由方言相连接的部族社会，将其改变为经过均质语言规训的个人联合体，以有利于用大众传媒统治的国家主义。"[2] 这段话有两点值得注意，第一，页面整齐划一的印刷物因大量印刷获得一种新的权力，解体了

---

[1] 小森陽一.語り[M]//石原千秋，等.読むための理論：文学・思想・批評.横浜：世織書房，1991：81.

[2] 小森陽一.語り[M]//石原千秋，等.読むための理論：文学・思想・批評.横浜：世織書房，1991：335.

传统的思维方式和行为方式；第二，这种印刷物在建构国民国家上发挥了重要作用。90年代以后，日本的媒介研究大体上是围绕这两点展开的。

关于第一点，红野谦介在《书籍的现代化：媒介的文学史》中考察了书籍形态的变迁对现代读者和现代文学形成的影响。他说，近世小说中有大量插图，因此读者可以忽略文字叙述的景色，但现代小说的书籍形态摒弃了大量插图，转变为完全依靠细致的景色叙述。由于没有了诱发读者想象的视觉插图，读者只能通过逐行追逐铅字各自在大脑里描绘出视觉形象。因此红野认为，坪内逍遥在《小说神髓》中提倡写实主义和强调叙述的整体性、逻辑性，在很大程度上是与书籍插图的消失有关联的。[①]在此红野指出了媒介形式的变迁对文艺思潮变化的影响。

1993年，学术杂志《文学》刊发的"媒体的政治力"专辑，可以说也是在这一延长线上的。该专辑讨论了20世纪初期日本报刊栏目的设置与现代小说阅读机制形成的相互关系。比如"私小说"由于其封闭性常常成为众矢之的，批判者大都认为，绝对天皇制阻碍了市民社会的形成和自我的确立，使得作品充斥着私人性而缺乏社会性。对此，中山昭彦在《"作家肖像"的再编成》中认为，1907年前后许多报纸开设的《文艺消息》栏大量报道作家的动向和散布各种小道消息，从而在社会上形成

---

① 紅野謙介.書物の近代：メディアの文学史［M］.東京：筑摩書房，1992：38.

了"作家形象",与此同时还披露小说的人物原型。由此形成一种日本独特的阅读机制——"从作品到人",然后再"从人到作品"的阅读方法。① 金子明雄在《报纸中的读者和小说家:明治40年前后》中以《国民新闻》为对象具体探讨了《文艺消息》栏散布的作家消息在作品阅读中所发挥的作用。② 这些考察指出"私小说"的形成与传媒的商业主义产生的特殊阅读方法关系密切。

关于第二点,则见于永岭重敏等人的研究之中。永岭重敏从90年代起出版了多本媒介研究专著。他在《"读书国民"的诞生》的前言中特别说明:"我之所以在本书中采用这个术语('读书国民'——作者注),是因为对于把握明治30年代(1897—1906年)读书史的变化,这是最合适的术语。迄今前田爱的'现代读者'概念被广泛使用,但它却不能准确地把握这一现象。因为明治时期的阅读变化尽管确与现代性的形成有关,但是更与国民性的形成关系密切。在现代日本,铅字媒介接受者的读者公众(reading public)的形成,与国民国家的形成是同步进行的。"他们的读书行为受到国民国家政策的深刻影响,因此"读者公众就是读书国民"③。很显然,他不使用前田爱的"现代读者",而使用"读书国民",意在更强调现代读书制度

---

① 中山昭彦."作家の肖像"の再編成:「読売新聞」を中心とする文芸ゴシップ欄、消息欄の役割[J].文学,1993(2):24-37.
② 金子明雄.新聞の中の読者と小説家:明治40年前後の「国民新聞」をめぐって[J].文学,1993(2):38-49.
③ 永嶺重敏.まえがき[M]//〈読書国民〉の誕生:明治30年代の活字メディアと読書文化.東京:日本エディタースクール出版部,2004:6-7.

和售书网络的形成对国民塑造的决定性作用。成田龙一在论文《〈少年世界〉与读书的少年——1990年前后都市空间中的共同性和差异》中以《少年世界》为研究对象，考察了该杂志在日俄战争期间通过发送多重信息让少年读者形成一个共同体从而植入国民国家意识的现象。①

　　媒介研究呈现出这样的倾向，除上述的学术影响外，还与80年代末社会环境发生的重大变化有关。一是计算机技术和网络技术的迅猛发展改变了人们的写作、传达和阅读方式，引发人们重新思考现代媒介问题。二是柏林墙的倒塌造成了资本主义全面胜利的错觉，现代化过程中的阴暗面被遮蔽，重新审视现代化的历史性成为人文社会科学的紧要课题。于是媒介研究成为思考这些问题的一个切入口。就是说，90年代以后有关读者的研究，将其放在政治意识形态、媒介话语空间等错综复杂的关系之中把握。尤其是以媒介为对象试图详细地复原小说话语与同时代媒介上其他话语之间的互文关系，从一个新的层面揭示同时代读者的阅读生态。其所贯穿的"国民国家意识形态批判"不仅对既有的文学研究框架是一个冲击，对于反思日本的现代化历程也具有重要参考意义。

　　但是从文学研究的角度看，这些研究存在一个不可忽视的问题，即文学作品的意义被消解在媒介的互文关系之中。对此，藤井淑祯批评说，这种研究是以"国民国家"等概念作为关键

---

① 成田龍一.『少年世界』と読書する少年たち：一九〇〇年前後、都市空間のなかの共同性と差異 [J].思想，1994(11)：193-221.

词反思整个现代文化的,是一种非常意识形态化的研究,由于其指向并不在于对文学作品的理解,因此最终取消了文学的独特价值。藤井认为,回归文学作品评价的关键是重视读者的主体性。

藤井重新将读者提升到一个重要位置,展开其读者论阐述。他在《经济高速期受欢迎的文学》中指出既有的文学史和媒介研究存在双重谎言。关于前者,他分析说,一个时代的文学应该包括那个时代所有的文学动向,即那个时代写作、出版和购买、阅读的文学作品的所有动向,但实际上要了解一个时代的文学状况,打开文学史书籍所看到的不过是新作品发表的历史而已。比如,按照一般文学史的见解,从1945年到20世纪70年代的日本二战后文学史是按第一次战后派、第二次战后派、第三新人和内向一代的顺序排列的,但这样的排列只重视作品的初刊,并将大众文学排斥在外。他质问道:"文学史上的这些作品到底销售了多少,到底有多少被阅读是值得怀疑的。除了少数作品受欢迎外,大多数没有得到读者的支持。从这样的角度看迄今的文学史很难说反映了一个时代的文学状况。"[①]这便是他所谓的文学史的谎言。

与此相对,媒介研究关注书籍的销售状况,具体而言就是重视畅销书。但藤井认为,畅销书排行榜看似客观,但也同样存在巨大的谎言。因为日本畅销书排行榜按规定只收录近一年出版的书籍,不收录两三年前出版的书籍和重版的书籍,因此

---

① 藤井淑禎.高度成長期に愛された本たち[M].東京:岩波書店,2009:1-3.

这两类书籍即便畅销，也无法登上畅销书排行榜。由此可知，仅仅依靠畅销书排行榜并不能准确知道销售的情况。在此他引入另一个资料《读书舆论调查》。这是每日新闻社根据每年举行的"读书舆论调查"编辑而成的书，其中"你的书店销售最好的书籍"的数据不限定新刊，在数据上对畅销书排行榜是一个很好的补充。对于藤井而言，更具有参考价值的内容是对"你认为的好书是什么""所喜爱的作家和作品是什么"这类问题的调查。因为书籍畅销并不等于读者也认可这些书。藤井认为，新的读者论应该重视读者认可的"好书"。①

在藤井看来，一般的日本二战后文学史之所以没有反映出这个时代的文学状况，是因为抹杀了大众读者的阅读状况和评价。大众读者拒绝接受由费解的哲学包装的战后文学，而是愿意阅读有趣的大众文学，以及明治、大正和战前的名著。因此如果按照大众读者的阅读状况和评价来描述这段文学史，则会呈现出另一种风貌。藤井在《经济高速期受欢迎的文学》中以《出版年鉴》和《读书舆论调查》为材料考察了20世纪50年代至70年代的读书状况，打破了大众文学和纯文学的界限，尝试勾勒出另一种战后文学史。他指出，以纯文学和新作品构成的二战后文学史突出的是创新性和自我中心主义，但以大众读者为视角的文学史凸显的是读者的感情共鸣和伦理性。②

---

① 藤井淑禎.高度成長期に愛された本たち[M].東京：岩波書店，2009：4-11.
② 藤井淑禎.文学が庶民に愛されていた時代—高度成長期の読者—[J].日语学习与研究，2009(1)：7.

从藤井对大众读者的情感共鸣和伦理性的重视中，不难发现他的读者论继承了50年代鹤见俊辅和桑原武夫的大众文化研究的主题，即将作品受欢迎的原因与大众的情感和伦理相联系。只是鹤见和桑原的大众文化研究是将大众文学当作理解日本文化的材料，而藤井则与此有所不同。首先是他并不将受欢迎的作品限定于大众文学，也包括夏目漱石等作家的名著；其次是他把研究重心放在作品的评论上。

但是藤井在此也面临一个问题，即如何看待大众的情感和伦理的内涵。他在《经济高速期受欢迎的文学》一书的终章说，战后的读书是朝着一个宏大目标出发的，"即在绝不重蹈覆辙的忏悔意识和反省意识之下，获取民主精神，建设民主主义国家，由此摆脱三等国、四等国的状态，追赶欧美，最好是超越欧美"[1]。他认为，战后广受欢迎的作品蕴含了这种现代化理念，因此得到大众读者的共鸣和支持。但也正因为他将这种现代化理念与大众的情感和伦理等同起来，所以当日本在70年代跃升为经济大国而基本达成所谓的现代化之时，藤井便不得不悲观地宣称日本现代文学的终结。[2]藤井的悲观论其实流露出他对社会环境急速变化和文学观转换不知如何应对的迷茫。

---

[1] 藤井淑禎.高度成長期に愛された本たち［M］.東京：岩波書店，2009：189.

[2] 藤井淑禎.文学が庶民に愛されていた時代—高度成長期の読者—［J］.日语学习与研究，2009（1）：7.

结语：重审读者的主体性

读者的主体性是日本读者论始终关注的一个核心问题。在读者论视域下的主体性包含两个侧面：其一是被明治维新以来西潮排斥的大众读者（日本庶民）的主体性问题；其二是在现代商品生产社会和现代国民国家建构中读者的位置和作用的问题。

二战后鹤见俊辅等人关注大众读者是为了重建日本文化，希望从大众喜爱的大众文学中发现日本庶民的哲学思想。竹内好也是为了建构二战后的新日本国民，提出"国民文学论"试图消除精英读者和大众读者的二元对立结构。但由于他对大众传媒持否定态度，致使"国民文学论"半途而废。

90年代兴起的媒介研究对媒介的形塑力有更深刻的分析，在"资本主义"全面胜利的喧嚣中揭露文学及其媒介在现代国民国家建构中的思想操控作用，在一定程度上弥补了鹤见等人多少有些忽略的媒介控制力问题。但是媒介研究过于强调媒介对阅读的控制影响，从而取消了读者的主体性，也消解了文学的价值。对此，藤井淑祯的读者论则注重大众读者的主体性，并试图勾勒出大众读者视角的文学史。然而，藤井也同样将文学的意义置于现代国民国家建构之上，因此认为现代化在日本基本达成的70年代，文学的价值消退了。

造成这种文学终结论的原因很多,其中之一就是没有将读者的主体性置于国民国家建构、媒介和读者群体以及读者个体的动态辩证关系上加以把握。在这一点上,有必要更重视前田爱的读者论。他力求在大众传媒发达的状况下寻找现代读者的主体性。前田在森鸥外的汉诗文阅读中发现了作家森鸥外独特的现代文学观,在接受立身出世主义的第三代读者中发现了日本现代文学的起源,在大正时期新中间层女性读者的阅读趋势变化中发现了促使新小说类型"通俗小说"诞生的力量。他在大众化阅读中发现了读者的差异性和反作用性,尤其将读者问题置于生产环节加以把握,这对于理解现代读者的主体性具有重要意义。

进而言之,这对于反思欧美的"文化研究"也提供了一个参照。欧美的"文化研究"虽然也有关于大众的抵抗潜能和实践的阐释,但其根本问题是将接受者从生产环节中排除,因而无论怎样的反抗都是消极被动的。[1]而前田爱发现了读者的差异

---

[1] 伯明翰学派的霍尔在《电视话语中的编码与解码》中认为,电视节目作为"有意义的话语"是由符码构成的,一方面是制作人通过编码赋予意义,另一方面观众也要通过解码赋予意义,从而把观众要素纳入大众文化的意义生产之中。参见:霍尔.电视话语中的编码与解码[J].肖爽,译.上海文化,2018(2):33-45,106. 美国学者费斯克也十分重视接受者的主动性问题,在受众的消费行为中努力发现抵抗国家意识形态和大众传媒的可能性。但是正如一些学者所批评的那样,费斯克"刻意凸显体制本身的脆弱性,高扬消费者偷袭、挪用、抵抗宰制力量的能动作用与行动效力",实际上不过是学院内造反而已。参见:宋伟杰.译后记[M]//费斯克.理解大众文化.王晓珏,宋伟杰,译.北京:中央编译出版社,2006:229.

性和反作用性,将其与生产环节相联动,把它看作促使文学创作演变的重要因素,打破了那种认为读者在信息交流结构中始终处于被动位置的既有观念。

(原载《外国文学动态研究》2023 年第 1 期)

第四章　感性的现象学：日本的身体论

身体作为研究对象是从19世纪末开始进入西方哲学家视野的。第二次世界大战之后，相关研究既对人类学、社会学等学科产生影响，反过来这些学科研究的进展又推动了有关身体的哲学思考。日本关于身体的思索有其独特的学理传统，汤浅泰雄在《身体论：东洋的身心论与现代》中从《古来风体抄》《风姿花传》中归纳出古代日本人关于艺道与身体关系的思考，同时考察了现代哲学家和辻哲郎和西田几多郎的身体观。[①]20世纪七八十年代兴起的身体论则主要受西方哲学思潮的影响。当然，这并非对西方时髦理论的简单横移，而是包含了对二战后盛行的存在主义的反思，也是对60年代学生运动引起的思想震荡的回应，同时延续了战后学界对日本现代化和文学史的批判性思考。

---

① 湯浅泰雄.身体論：東洋の心身論と現代[M].東京：講談社，1990.

第一节 欧洲的身心观与梅洛-庞蒂的现象学

在西方传统哲学中,与精神相比较,身体长期处于次要地位。柏拉图(Plato,Πλατών)认为,人的身体在得到力量和美(和健康结合在一起的)的时候虽然也能达到一种可贵的状态,但心灵比身体更为可贵,而作为一个理智的人,要"时刻为自己心灵的和谐而协调自己的身体"[①]。在柏拉图看来,身体有一定的价值,但与心灵相比还是要低一个等级,其最终价值在于协调心灵的和谐。身体彻底成为被压抑和排斥的对象是在中世纪的神学之中。现代的启蒙哲学虽然积极肯定人,但肯定的是理智,而对身体依然持排斥的态度。笛卡尔(René Descartes)将精神和身体明确分开,形成身心二元论的哲学观。以此为开端,精神如何认识世界成为现代哲学的主要课题,其集大成者是黑格尔哲学体系,认为世界是理性和精神的显现。与此同时,现代迅猛发展的自然科学将身体当作物体看待并进行研究,是一种缺乏主体性的客观主义。

这种身心二元论的对立图式一直延续至19世纪末才遭受

---

① 柏拉图.理想国[M].郭斌和,张竹明,译.北京:商务印书馆,1986:385.

质疑。费尔巴哈（Ludwig Andreas Feuerbach）和马克思（Karl Heinrich Marx）都对人的身体存在表现出兴趣，最明确地提出批判的是尼采（Friedrich Wilhelm Nietzsche）。尼采说："肉体乃是比陈旧的'灵魂'更令人惊异的思想。"并直言："要牢牢地保护我们的感官，保持对它们的信仰——而且接受它们逻辑的判断！迄今为止，哲学对感官的敌意乃是人最大的荒唐！"[1] 尼采挑战西方历史上传承已久的逻各斯中心主义的身心二元论，试图把身体从精神的压抑下解放出来，将客体性的身体还原为主体性的身体。进入20世纪之后，身体在哲学上受到更多关注。涂尔干（Émile Durkheim）在《宗教生活的基本形式》中将人的身体分为"生理性身体"和"较高层次的道德化社会化的身体"，阐明身体与社会文化的关联。[2] 瓦勒里（Paul Valéry）在《关于身体的朴素考察》中指出了身体的四种属性："第一身体"是主体生存的身体；"第二身体"是被他者所把握的社会关系的身体；"第三身体"是作为对象的解剖学上的身体；"第四身体"是想象上的身体或非存在的身体。[3]

梅洛-庞蒂（Maurice Merleau-Ponty）的研究更加推进了对精神与身体关系的认识。梅洛-庞蒂说，以往的心灵和身体、主

---

[1] 尼采.权力意志：重估一切价值的尝试［M］.张念东，凌素心，译.2版.北京：中央编译出版社，2005：32，7.
[2] 涂尔干.宗教生活的基本形式［M］.渠东，汲喆，译.上海：上海人民出版社，1999：303-304.
[3] ヴァレリー.身体に関する素朴な考察［C］//学灯社.別冊国文学 知の最前線：身体論とパフォーマンス.清水徹，訳.東京：学灯社，1985：24-34.

体和客体的二元对立论将身体及其重要作用排除在知识的获得过程之外，无法充分解释人的生命。但心灵和身体之间其实并不存在明确的界限，身体的生命承载有心灵，而心灵又存在于身体之中。他依照身体在知觉、知识和意义之中所扮演的重要角色，提出了身体—主体的观念。梅洛-庞蒂发现，现象的实在是作为有意义的整体或格式塔——作为现象场呈现出来的。就像任何一个格式塔现象一样，这些前景和背景根据人的注意点的随意改变而突出或隐退。因此，这些背景和前景所具有的意义会随着知觉的变化而改变。在知觉中，有一种能动的东西，使人的意向弧不论在内或在外都能投向所有方向，即把人置于世界之中的能力。由于是身体使得能动成为可能，所以，正是身体—主体才是所有经验的前提条件，才是人类认识的主体的前提条件。这表明人的身体是所有认知的意义中心。因此，身体使人的知觉角度的改变和变换成为可能，进而使其和其相随的意义的改变和变换成为可能。他认为，意向弧使人能够拥有一个不断发展着的意义之线，这种意义之线把生活的各种时刻联结成一个个人经历的联合体，或个人的身份。[1]

但这并不意味着身体—主体是一种超然的存在，梅洛-庞蒂指出了身体—主体所处的网络状态。首先，在意义的获得上，词语的意义是先于个体的意义赋予行为的，即在个人理解词语意义之前，词语的意义已经形成，并在很大程度上制约个

---

[1] 普里莫兹克.梅洛-庞蒂[M].关群德，译.北京：中华书局，2003：8-20.

人对它和对周围世界的理解。因此，结构主义语言学认为语言结构规定了人的思维和存在。梅洛-庞蒂在一定程度上也赞成这种观点，但同时指出，语词、术语以及符号这些被认为纯粹是认知意义上的东西，在达到我们时必定经由物质的、身体感到的符号和标记。因此在确定意义时，身体扮演了一个原初的角色。符号通过身体的活动和器官而被"说"出来或被知觉到，从而被"听者"理解，并对他具有意义。这便是个体带给词语和世界的新的意义。每个人从各自的时间和空间的先决条件出发，读解它们，并把各自的意义和新的生活加到词语以及加到概念上时，就重新构造了意义。正是由于通过身体构造，词语的符号体系不是固定的，而是不断变化的。符号本身就是带着人类解释以及意义构造的历史。① 其次，梅洛-庞蒂认为，人的主体性确立于社会网络的关系之中。人通过身体定义自己，并且通过身体而被别人定义。人通过身体的公共性而知觉和被知觉。这种存在方式是模糊的，但却是人类的存在方式。Self（自我）就是世界和 Ego（自我）的辩证的综合，并且生存于人的身体之中。这个身体是公共的身体，因而也就是社会的、物质的，并被时空条件制约着的身体。这样，人的自由不是绝对的，而是被人的处境所调整和限制的。② 梅洛-庞蒂通过对感官的分析，

---

① 普里莫兹克.梅洛-庞蒂［M］.关群德，译.北京：中华书局，2003：21-29.
② 普里莫兹克.梅洛-庞蒂［M］.关群德，译.北京：中华书局，2003：38.

将心灵和身体、主体和客体历史辩证地连接在一起，推动了对身体的研究。

第二节　作为精神的身体

身体从20世纪60年代中期也逐渐成为日本学界关注的重要问题之一。梅洛-庞蒂的著作于1967年开始被翻译介绍到日本，其中《知觉现象学》有竹内芳郎、小木贞孝[①]和中岛盛夫[②]的两个日译本。同时出现了一批研究著作，如市川浩《作为精神的身体》（劲草书房，1973年）、汤浅泰雄《身体——东洋的身心论的尝试》（创文社，1977年）、中村雄二郎《共通感觉论》（岩波书店，1979年）等。

学界的这一动向与日本二战后思想发展和社会变迁有关联。战后，存在主义对日本思想界产生重要影响。出于对战争的体验和反省，突出了存在主义的两个方面，其一认为在这个"主观性林立"的社会里，人与人之间必然产生冲突，充满了丑恶，一切都是荒谬的；其二主张"自由选择"。人如果不能按照个人意志"自由选择"，就等于失去"自我"，不能算是真正的存在。

---

① メルロー＝ポンティ.知覚の現象学 1, 2 [M].竹内芳郎，小木貞孝，訳.東京：みすず書房，1967—1974.

② メルロ＝ポンティ.知覚の現象学 [M].中島盛夫，訳.東京：法政大学出版局，1982.

这两方面均强调自我与他者之间不可调和的对立，在根底上是重视精神的绝对自由和忽视身体的社会存在。存在主义的这种观念在20世纪六七十年代已经失去了解释日本现实的效力。竹内芳郎在日译本《知觉现象学》的"解说"中指出，萨特的存在主义与梅洛-庞蒂的身体论均是从现象学出发的，但两者有根本性的不同。萨特的存在主义带有排斥他者的倾向，梅洛-庞蒂的身体论则是在"我的存在"结构中带入他者。[①]而这一观点成为市川浩身体论的一个基本命题。

市川浩在《作为精神的身体》中说，人对自己身体的主观把握并不是真正意义上的自我把握，即不能称之为自我意识。幼儿在比较早的时期就可以将自己的身体从自己以外的物体中区别开，但不能因此说拥有了自我意识。与对身体的自我把握并行的是，将意识视野中的各种对象赋予各种价值，配置在自己的周围，进行分节化。为了形成自我意识，在进行自我中心化的同时，必须通过对他者的身体的呼应，对另一个中心化的他者进行把握。主体的自我形成与对主体的他者的把握是相关的，也是对"对他存在"（对于他者的客体）的自我的把握。就是说，在对自他主体性把握的同时，必须认识到主客视角交换的可能性。例如，婴儿最初处于未分化的原初的共生和混沌的状态中，对人的脸和玩具都会同样笑，之后逐渐开始害羞和分辨人。开始有羞耻心的时期（3—5岁和思春期）既是敏锐地意

---

① 竹内芳郎.解説［M］//メルロー＝ポンティ.知覚の現象学2.竹内芳郎，小木貞孝，訳.東京：みすず書房，1974：397-399.

识他者的时期，也是自我意识清晰的时期，由此可以看出自我意识与他者意识的根源性关联。自我是通过对他者的把握被意识的，他者是随着自我的自觉逐渐分化的。市川指出，这样的原初的共生和由此产生的他者的分离之所以可能存在，表明人既不是单纯地被封闭在皮肤里的个体，也不是无法个体化的纯粹的共生性的存在。自我从发生开始，一半是私人的同时，一半是他者的，始终被他者浸透着。他者的存在对于私人性的"我"的存在具有结构性，并非比邻相处的偶然存在。"我"绝不是独我论者所思考的那样是自我完满的存在，也不是绝对中心，而是关系性的、依他性的存在。[①]

然而，通过角色交换所把握的自我，也不能说具备了充分的人格。人与人之间的"地位"和"位置"都是可以交换的非人格性的东西。在此，如果他者仅仅是在"我"面前的、隔着外在距离而单独存在的对象，那么两者的内面距离是不论外面距离的远近都是相距很远的。当"我"与"他"在人格上没有关联时，"他"就沦落为"它"，"我"就像对待物品和工具一样对待他者。因此，当将他者作为第三人称的"他"或者"它"来看待时，"我"也就停留于人格的第三人称的表层，并以此形成自我。这样的自我是缺少人格的。市川认为真正的人格自我的形成应该是这样的：

> 人格的自我是把他者称呼为"你"，在与"你"

---

① 市川浩.精神としての身体［M］.東京：勁草書房，1973：82-88.

的交往中,形成"我—你"的"我"。在此,他者无论外面距离远近在内面上几乎没有距离地显现在"我"面前,"我"与他者之间形成深化两者存在的内面关系。因此,自我把握的加深,即人格性的加深与他者把握的加深是相关的,他者把握的加深再次引导自我把握的加深。①

市川分析说,对于由此形成的"间人格"的自我而言,既不存在将他者对象化、物化的完全自由,也不存在被他者对象化的非自由。自由是在被他者的自由内面制约下显现于自我的。

身体论对自我的这种新认识,无疑对突破战后存在主义影响下所把握的封闭性"自我"具有启发意义,因此很快被运用到文艺批评和研究上。吉田熙生在《代助的感性〈从此以后〉的一面》中说,夏目漱石的《从此以后》过去一般都是被置于与夏目漱石的伦理思想的关联上议论,但需要将其作为独立的感性世界来理解。对于代助的存在,感性与思索同等重要。代助对自然环境、色彩以及人与人的关系很敏感,非常感性。因此小说中描写了很多身体和生理现象。吉田依据市川浩的身体论,发现代助的存在方式很特别,是以自我为中心缩小或扩大感性空间,由此认为《从此以后》与其说是一个自我觉醒的故事,还莫如说是一个自恋主义者的故事。小说开头描写了代助在浴室洗脸时入迷地观看自己的身体,就是自恋的典型事例。自恋主义者只是接受限定的他者,并进行自我同化,如小说中

---

① 市川浩.精神としての身体[M].東京:勁草書房,1973:89.

的三千代、梅子；反之则持排斥的态度，如他的父亲和平冈等。①吉田通过这样的解读，指出代助的超脱世俗的生活方式并不是由于自我觉醒，而是自我没有社会化，拒绝成人的体现。

　　藤木俊二的论文《憧憬"静谧"》同样分析了小说《从此以后》。藤木认为，代助始终生活在与世隔绝之中，在感性上无法与周围社会同化。这种疏离感在他内心渐次生成厌恶感，并由此形成他的孤独感。他憧憬的静谧处所只有睡眠、花香等，这是他将自己与外界社会隔开的地方。代助也是在这个意义上追求与三千代的爱情的。但小说结尾，代助必须出去寻找工作，不能沉浸在与世隔绝的静谧之中。三千代没能成为代助的拯救者，让他向另一个层次的世界升华。代助的自我意识进入"疯狂"的世界，或在厌恶的现实世界中永远徘徊。②石原千秋则在《〈路边草〉中健三的对他关系的结构》中分析了夏目漱石的另一篇小说《路边草》，从身体论的角度考察健三的对他关系结构，同样指出漱石小说中的主人公缺乏他者意识的问题。③铃木启子在分析泉镜花的《外科室》时认为，他者性是恋爱的前提："越是希望和对方融合，对方就越是变成不可捉摸的他者，

---

① 吉田熙生.代助の感性─『それから』の一面─[C]//大田登,等.漱石作品論集第6卷：それから.東京：桜楓社，1991：116-127.

② 藤木俊二.〈安らぎ〉への憧憬──『それから』論[C]//大田登,等.漱石作品論集第6卷：それから.東京：桜楓社，1991：176-188.

③ 石原千秋.『道草』における健三の対他関係の構造[C]//小森陽一,等.漱石作品論集第11卷：道草.東京：桜楓社，1991：244-256.

反之要保持情色之爱的张力关系也必须不断挑战相互之间的他者性。"[1] 铃木启子从这个角度分析了《外科室》中的恋爱结构。

从以上这些研究中可以看出，他者不再是负面因素，而是成为生存的前提条件，那种缺少他者的"自我觉醒"成为被批判的对象。

第三节　语言与主体性

身体与语言的关系也是身体论的一个重要论题。《知觉现象学》日译本译者竹内芳郎在"解说"中介绍说，该书批判了传统的语言观，即认为思维和认识在语言表达之前已经以完成的形态存在。对此，梅洛-庞蒂指出，语言不是超越其自身而存在的思想，语言本身潜藏着思想、"语言中的思维"。梅洛-庞蒂探寻的不仅是被语言所表达的内容，而且是潜藏于语言之内并与此不可分割的语言的意义，即"语言的概念意义下"潜藏的"存在的意义"。在此，语言与思维、标记与意义相互包含，融为一体。词语和语言不仅是指示对象和思维的一种方法，而且是其自身思维的感性世界的显现；不是思维的衣服，而是思维的表征或思维的身体。感性世界显现的典型例子莫过于艺术的

---

[1] 鈴木啓子.溢れでる身体、そして言葉—泉鏡花『外科室』試論—[J].日本近代文学，1998(58)：26.

表达和文学语言。①这一观点，对20世纪80年代以后文学语言方面的思考具有启示意义。

其实，日本学界从20世纪50年代起就已经开始关注文学的语言问题，三浦勉、吉本隆明认识到语言与存在的紧密关联，批判了语言工具论，或将语言当作透明物的看法。龟井秀雄在《现代的表现思想》中追溯三浦勉和吉本隆明的语言观，并根据梅洛-庞蒂的身体论分析语言的性质。龟井认为，梅洛-庞蒂将人的身体理解为现势层和习惯层的两重结构。现势层指生物学意义上的身体，习惯层指相互合力养成的文化共通性。语言便是身体的这种两重结构的体现。②以这样的认识为前提，龟井在《感性的变革》中从身体论的角度具体分析了日本现代文学史中的"无人称叙事人"问题。

迄今的哲学史是理性压抑感性，要恢复人的整体性就需要重新评价感性。就现代的一般事象而言确实如此，但就日本现代文学史而言，龟井秀雄认为在日本文学史上被压抑的不是感性，而是理性。龟井说，日本的语言表达过于感性，缺乏知性，其结果是感性泛滥，无法形成社会性的视界。他以《浮云》的叙事人为例，分析了日本文学如何从一开始就丧失知性的过程。龟井首先关注到小说开头部分的描写。他指出，二叶亭四迷在此的注意力不是放在对从官厅下班的官员的写实描写上，而是放在如何将这样的场面传达给读者的叙事人身上。这个叙事人

---

① メルロー=ポンティ.知覚の現象学1 [M].竹内芳郎，小木貞孝，訳.東京：みすず書房，1967：373-374.
② 亀井秀雄.現代の表現思想 [M].東京：講談社，1974：161.

在作品中表现自我，但是绝不自称"余"或"我"，也不参与故事的展开。但它既不是抽象的、旁观的眼光，也不是可以进入作品任何地方的、处于特殊地位的叙事人，而是依附于主人公内海文三。龟井将其命名为"无人称叙事人"。这个叙事人在第一编中的表达方式相当夸张，但是从第二编的后半部开始逐渐隐身消失。这种夸张的表达方式很难说是作者二叶亭本人的感性和趣味的体现。在这一意义上，这个"无人称叙事人"和作者是有区别的。①

在此，龟井提出了语言表达与作者的关系问题。他说，语言表达上的"私"性展现是指作者对自己的感性有一定自觉，并用自己的表达方式进行书写的文体。二叶亭的"私"性最为充分的展现之处，是紧扣主人公内海文三的心理活动和感觉进行叙事的地方。正是这些段落包含了作者的自我假托，也就是文学史上所称的现代自我意识。因此，在自我意识被看作现代小说的根本特征的文学史框架下，"无人称叙事人"的消失不仅对于作者有其必然性，在文学史评价上也一般受到肯定。然而，龟井反问，对于小说叙事而言，这样的无人称叙事人难道真的是多余吗？的确，无人称叙事人的插科打诨的口吻和作者的感性有距离，但是这种口吻是针对读者的，即表明无人称叙事人与读者共有某种感性，并且背负着与读者共有的这种感性存在于作品内。正因如此，无人称叙事人能够做出与作者不同的事物判断，在小说中制造出不同的声部，从而保障小说世界

---

① 龟井秀雄.感性の変革［M］.東京：講談社，1983：11-16.

的客观性。如果作品中丧失这样的不同声部，只是作者的"私"性的一味展现，必然使作品的内部结构平板和叙事贫乏。最终，无论作者的主观意愿如何，都会滑向私小说。在这个意义上，龟井认为私小说的起源可以上溯到日本现代文学黎明时期的《浮云》。①

龟井秀雄对语言表达上的"私"性问题进行剖析，是基于对20世纪60年代学生运动失败后日本社会状况的反思。一方面龟井说，我开始着手这个研究课题的时候学生运动开始沉静下来。尽管受到制度压抑出现"沉默"，但大家从根底上重新把握语言的形态，摸索新的语言表达的主题。他对这一动向表示赞同。但另一方面他也发现，当时所说的"沉默""孤立"，还有认为文学是"自我确立"的最后的堡垒等看法，终究是旧制度的思维方式，因此有必要打破金字塔式的文学观。于是，为了恢复语言的主体，在身体论的影响下，他开始探索超越"沉默"和"孤立"的方法。因此，与学界一般认为的无人称叙事人的消失是获得客观描写的看法不同，龟井认为这是滑向私小说的第一步。龟井同时强调，他发现的无人称叙事人的概念与当时兴起的结构主义和符号学的叙事人在概念上是完全不同的，使用的意义甚至是相反的。②龟井对语言表达上知性的强调，在某种角度上对60年代学生运动中无节制的冲动是一种反思，对纯文学脱离大众的状态也是一种反思，但他没有提出无人称叙

---

① 龟井秀雄.感性の変革［M］.東京：講談社，1983：16-18.
② 龟井秀雄.あとがき，身体·表現の始まり［M］.東京：レンガ書房新社，1982：253-254.

事人在新的小说中应该如何变革的问题。因为随着时代的发展，即便无人称叙事人在小说中应该占有一席之地，也不能以旧有的姿态继续存留下去。

高桥世织的《宫泽贤治的即兴演奏，或即兴身体》则是以宫泽贤治为例对现代媒体的发达压抑身体书写所带来的书写均质化现象进行了考察。高桥认为，铅字印刷媒体带给人们的精神结构是"书写=阅读"均质化现象的产生。在现代社会中，无论何时、何人、在何种状况下翻开铅字版书籍，都呈现同样的表情，展现同一内容。且书籍通常是大量印刷才有意义和价值，因此这种均质化现象广泛发生，是一场从根本上改变文化的存在方式的划时代事件。此前，人们的生活、文学艺术是采取声音、叙事、手势、抄写、听录等以身体为媒介的交流方式。这些交流方式具有一次性特征，根据当天的天气和身体状况会有所不同，即兴的气氛和精神也很重要。高桥认为，一方面，宫泽贤治文学的里层就保留有前现代的传统故事、口传文艺的世界。在他生活的日本东北，20世纪20年代是急速都市化过程中绽放这些前现代文化光芒的最后时期。另一方面，他的文学的表层有他所学专业的化学、土壤学、农业技术、科学技术等现代主义的要素。这两方面融合在一起形成了宫泽贤治独特的文学特色。当然，宫泽贤治对铅字书籍媒体也抱有极大的热忱。铅字书籍媒体的特点是同一性和正确性，在一定程度上也是资本主义社会的一大特点。在这个意义上宫泽贤治制作"勘误表"，不仅是技术问题，而且包含对被书籍媒体压抑的身体性、自在地与世界交流的即兴的身体的复权的企图。①

第四节　现代化与身体规训

　　现代化过程不仅是思想精神的革新过程，也是对身体的重新塑造过程。1886年，作为教育制度的一套军队体操被引入学校教育中，可以说是对日本人进行的系统性的身体改造。②对身体的改造是为了给资本主义工业输送合格的劳动力，也是为了与西洋文明接轨的文明开化。由此造成对传统身体的压抑，而描写对这种身体压抑的反叛便成为现代文学中的重要主题。

　　山崎正和在《不愉快的时代》中所探讨的"不愉快"，实际上就是身体与规训之间矛盾的体现。例如，山崎以社交舞会为例探讨了西洋礼仪对日本传统身体的侵蚀。山崎认为，现代的西洋在社交性上具有特别开化的文化，在社会的"公"与"私"之间的领域创造出了独特的人际关系的风俗。社交舞会就是其典型，从宫廷的晚餐会到家庭的招待宴会、剧场，现代西洋产

---

① 高橋世織.宮沢賢治におけるインプロヴィゼーション、あるいは即興の身体［J］.文学，2001（7/8）：168-170.
② 成泽光在《现代日本社会秩序：探究历史起源》（現代日本の社会秩序：歴史の起源を求めて［M］.東京：岩波書店，1997）中指出，学校作为规训的示范和集团训练的场所，在训练民众掌握有规律的语言、动作和有秩序的空间管理能力以及重视集团行动上发挥了重要作用。

生的社交场所都带有公私中间的性格。在家庭妇女被邀请的这一点上是私人性，但在场所的运作、礼仪上明显带有公的性质。招待宴会是以宫廷的正式宴会为原型的。在时间上也是处于白天的公务生活和晚上的私人生活的中间。与此不同，以游里为主要原型的日本的社交场所在近世是纯粹的私人世界。游里产生了文学、音乐等，但这是与武士统治的公共的法律和世界观无缘的场所，在伦理上是被当作"罪恶的场所"，社会的上层人物到这种地方游冶要隐瞒自己的身份。在游里内部，社会的阶级秩序可以完全被无视，在浅酌低吟中形成日本独特的社交风俗。但是进入现代之后，西洋的风俗将日本社会重新划分为"公"与"私"。明治初年的"风俗改良运动"是推行社交公共化的运动，其带来的结果是与人情没有关联的虚礼。"演剧改良运动"仅仅是将剧场的建筑西洋化，没有在内部诞生新的演剧表演和新的观众风俗。另外，以游里为代表的传统的社交场所被剥夺了市民权，这里也变成了完全的享乐场所，不再产生文学和音乐。①许多现代文学作品反复描写主人公在西洋式的社交场所感到的格格不入的疏离和不愉快的情绪。山崎探讨了贯穿于现代文学中这种不愉快的身体、心理、伦理和社会原因。

除了形体上对身体的控制外，还有现代医学知识对身体的控制。柄谷行人分析了德富芦花《不如归》中的结核病问题。他说，使女主人公浪子死去的并非继母、小姑和什么坏人，而

---

① 山崎正和.『それから』の時間［C］//大田登，等.漱石作品論集 第6巻: それから.東京: 桜楓社，1991: 103-104.

是结核病。对她的丈夫武男来说，使她成为难以接近的人的正是这个结核病，不是人与人之间的矛盾纠葛或者"内面"使她变得孤独，而是所谓眼睛看不见的结核杆菌带来了她与世界之间的距离。换言之，在这部作品中，结核乃是一种隐喻。而浪子因结核变得美丽病弱是作品的关键之处。许多人已经指出浪漫派与结核的联系，而据苏珊·桑塔格（Susan Sontag）的《作为隐喻的病》，结核神话得到广泛传播时，对于一般人来说，结核是高雅、纤细、感性丰富的标志。可以说，《不如归》所散布的首先是这种流行式样。与实际上的结核病之蔓延无关，这里所蔓延的乃是结核这一"意义"。柄谷指出，在日本，和其他法律制度一样，国家医疗制度是于明治20年代（1888—1897年）被建立起来的，而这正是相当于在西欧病原体理论开始成为支配性理论的时期。[1]

在现代化过程中，理智取得主导地位，感觉被压抑。在感觉中，视、听、触、嗅、味等五感也被重新分节化，视觉被置于五感的中心地位。对于这个问题，中村雄二郎在《共通感觉论》中做了考察。他说，在欧洲的中世纪，处于五感中心地位的是听觉，触觉是第二位，视觉是第三位。因为基督教把权威建立在语言的基础之上，信仰就是要聆听。听觉的中心地位在16世纪依然受到神学的保障。聆听神的语言就是信仰。但是进入现代之后，眼睛成为知觉的最大器官。这与文艺复兴的解放

---

[1] 柄谷行人.日本现代文学的起源[M].赵京华,译.北京：生活·读书·新知三联书店，2003：95-107.

第一编　转型期的理论

自然的感性有关。但是现代文明没有朝着感官协调的方向发展，而是朝着视觉中心的方向发展。这是因为现代文明是朝着与物、自然保持距离，以视觉为中心的方向发展的。现代画的几何学透视法、现代物理的机械论自然观以及现代的印刷术就是这个方向的代表性产物。与此同时，也是有力朝着这个方向推进的动力。在这一过程中，时间和空间全部被认为是可以量化的，其结果是人的时间和空间被剥夺了宇宙论的意义，被非圣化。并且，利用透视法的错觉将视觉上的某一点进行描绘，当作眼睛看得见的、秩序井然的、永恒的东西，但这其实只是另一种幻影而已。[1]

在日本的现代化过程中，感性在功利主义和教养主义等意识形态的主导下被压抑，在效率论和精神主义之下被边缘化。但也正因为被压抑和被边缘化，感性总是被赋予对抗同时代主流的价值。文学在现代伴随着默读文化的形成，一方面强化了视觉中心主义的体制，另一方面也具有积极地书写被体制压抑的身体、声音等的作用。[2]坪井秀人在《感性的现代：声音、身体、表象》中通过分析日本现代文学、艺术等多种文类的感觉表象和感觉言说，探究了现代的感性问题，尤其关注了被视觉边缘化的触觉世界、皮肤感觉的世界。冈庭升在《性的身体——"走调"和"歪曲"的文学史》中则对理智压抑的身体进行了考察。他说，长达近半世纪的明治时期是现代制度获得全面胜利的

---

[1] 中村雄二郎.共通感覚論[M].東京：岩波書店，2000：54-56.
[2] 坪井秀人.感覚の近代：声・身体・表象[M].名古屋：名古屋大学出版会，2006：20-21.

时期。在政治上形成天皇专制，文学上的制度是写实中心主义。从明治30年代中期（1897—1906年）开始形成的自然主义文学成为现代文学的主流，由此压抑了描写身体感官、暴露社会黑暗的各种故事和戏作。这些被排挤的故事和戏作后来成为大众文学的源流。因此冈庭升提出只有恢复这部分被压抑的文学史，才能构成一部完整的文学史。①

综上所述，日本的身体论在哲学上通过分析身体的社会化结构，否定他者缺位的"独我论"，对人的理解突破了身心二元对立的图式。在其影响下，一方面现代文学研究领域长期盛行的"自我确立"主题和抹掉"无人称叙事人"的所谓现代文体遭到质疑；另一方面，在以往研究中被忽略的触觉、听觉等被当作研究对象，成为重要的文学主题。总之，身体论作为一种方法论对于重构日本文学史、阐释日本文学作品发挥着重要的作用。进入21世纪后，哲学、社会学等领域对身体的关注进一步高涨，也会丰富文学研究的方法和切入的角度。

（原载《日语教育与日本学：第15辑》，华东理工大学出版社，2020年）

---

① 岡庭昇.性的身体：「破調」と「歪み」の文学史をめぐって[M].東京：毎日新聞社，2002：93-95.

第五章 "魔女的理论":日本女性主义批评

第一节 女性主义批评的三次浪潮

欧美的女性主义批评是伴随欧美女性主义运动发展而产生的一种文学理论。欧美女性主义运动出现过两次浪潮,第一次浪潮是在19世纪末至20世纪初,主要斗争目标是争取女性的选举权、受教育的权利和与男性平等的就业权利。尽管在这三方面取得很大成就,但是传统的性别角色规范却没有得到多大改变。第二次浪潮发生在20世纪60年代,从民权运动、和平运动以及反种族运动等中产生。这次浪潮超越了政治和经济的范围,进一步关注女性的社会角色和文化构成等问题,批判西方父权制社会的文化传统。在第一次浪潮及其余波中,虽然也涌现出了伍尔夫(Adeline Virginia Woolf)、波伏娃(Simone de Beauvoir)等人的批评理论,但女性主义批评和性别理论主要还是在第二次浪潮中形成的。

欧美的女性主义批评大致可以划分为三个阶段。第一阶段是20世纪60年代末到70年代末，从女性主义的视角重新解读男性作家的经典作品，批判父权制社会对女性的压抑，揭露男性文化对女性形象的歪曲。第二阶段是70年代末到80年代中期，从女性主义的角度解读女性作家的作品，认为女性作家的文学体现了女性意识，具有一种独特和连贯的文学传统；批判原有的文学史排斥女性文学的观点，努力挖掘被埋没的女性作家的作品，建构女性文学史。从80年代中后期开始进入第三阶段，引入社会性别理论，与解构主义、形式主义、符号学、马克思主义、拉康的精神分析等理论相结合，质疑和修正以男性的书写和阅读体验为基础建构的理论前提。

在欧美女性主义运动的影响下，日本的女性主义运动也经历了两次浪潮。第一次是大正时期至昭和初期（1920—1930年）。第二次是20世纪70年代至今，形成了日本的女性学和女性主义批评。女性学通过对宗教、民俗、意识、思想及制度等多方面进行考察，分析性别概念的形成过程和性别差异文化的结构。女性学既承认性别特质又否定性别歧视，同时主张在社会和文化方面消除男女之间不公平的统治与被统治的关系。女性主义批评的最早尝试是驹尺喜美的《魔女的理论》（不二出版，1978年）、《高村光太郎》（讲谈社，1980年）、《魔女的文学论》（三一书房，1982年）和水田宗子《从女主人公到男主人公》（田畑书店，1982年）等。女性主义批评真正在日本学界受到广泛关注却是在80年代中后期。《日本文学》于1987年3月和

1992年11月刊出特辑,日本文学协会的会员从1991年开始发起"新女性主义批评会"。关于"新女性主义批评会"的发起缘由,会员回忆说:

> 现在"表面的男女平等"观念正在渗透进社会的各领域。但是我们的意识依然受到传统的性别角色观的控制,真正实现男女平等社会的道路并不平坦,仍然需要今后的不断努力。这一点在日本文学研究领域也绝不例外……"女性主义"虽然获得了市民权,但是在学界依然被看作异端。然而,引入女性主义视角的阅读,能够发现迄今被忽略的地方,能够发现让人心灵战栗的魅力,或者反过来勾勒出悲惨的图景。因此,我们再次学习女性主义,想运用这种方法重新阅读作家和作品,于1991年3月成立了"新女性主义批评会"。[1]

一方面,"新女性主义批评会"陆续出版了《重读樋口一叶》(学艺书林,1994年)、《走向女性主义批评——阅读近代女性文学》(学艺书林,1995年)、《阅读〈青鞜〉》(学艺书林,1998年)等。与此同时,也陆续刊行了一些专著,如关礼子的《阅读樋口一叶》(岩波书店,1992年)、西川祐子《私语樋口一叶》(里布罗波特,1992年)、岩渊宏子《宫本百合子:家族、政治以及女性主义》(翰林书房,1996年)、渡边澄子《日本近代女性文学论——冲破黑暗》(世界思想社,1998年)等。另

---

[1] 日本文学協会新・フェミニズム批評の会.樋口一葉を読みなおす[M].東京:学芸書林,1994:313-314.

一方面，从70年代开始一些女性作家文集和全集相继出版，如《湘烟选集》《紫琴全集》《田泽稻舟全集》《田村俊子作品集》《尾崎翠全集》《冈本鹿子全集》《宫本百合子全集》《佐多稻子全集》《大庭美奈子全集》等。村松定孝和渡边澄子所编的第一部女性文学辞典《现代女性文学辞典》（东京堂出版）于1990年刊行。这些基础性工作为女性主义批评的展开打下了良好的基础。女性主义批评将性别政治学和政治性别带入文学研究中。因此，在女性主义批评被学界接受的过程中，必然带来政治概念的重新定义和"文学"领域的重新划分。

日本女性主义批评由于兴起的时期与欧美女性主义批评第三阶段重合，因此没有欧美那样明显的三个阶段，而是几乎在同一时期出现了三种倾向的批评研究。下面就这三种倾向分别进行爬梳和评述。

第二节　重新评价男性作家及其经典作品

第一种倾向是从女性主义的角度重新评价文学史上的重要男性作家及其经典作品。

"恋爱"与"自我"是日本现代文学史上两个十分重要且有关联的主题，尤其是北村透谷的恋爱观更被高度评价为通过恋爱确立自我、反抗世俗和国家权力的典范。这一评价构成现代文学史观的重要支柱之一。因此女性主义批评的锋芒首先指向北村的恋爱观绝非偶然。井上辉子在《恋爱观与结婚观的系谱》中指出，日语里本来没有"恋爱"这个词，是明治以后新造的。现代恋爱观的系谱既不在町人的男女关系上，也不在青楼的男女关系上，而是在封建武士的忠诚上。这是一种对君主的宗教般的皈依和绝对忠诚。从这一角度，井上对北村透谷的恋爱观进行了剖析。北村用赞美恋爱的形式表达对个人内面的自由乃至对解放的追求。也是在这一意义上，北村将恋爱当作与现实世界斗争的堡垒予以高度评价，而恋爱一旦日常化，直至结婚，他又以将人拖入现实世界为由而剥夺恋爱的价值。也就是说，从男性知识分子看，女性尽管作为恋爱的对象受到赞美，但一旦结婚，妻子作为"世俗的存在"又成为被侮蔑的对象。[①]由此可以看出北村的恋爱观隐藏着男性中心主义，且是在以反抗封建残余以及国家权力的名义对女性进行压抑。正是这种恋爱观对现代文学产生巨大影响，构成男性中心主义的文学史观。井上辉子是女性学家，并不是专门的文学研究者，但这篇文章对现代的恋爱观和结婚观的意识形态所做的批判性分析成为日本女性主义批评的基调。

驹尺喜美在《魔女的理论》中也将恋爱当作分析的重要对象。驹尺认为，高村光太郎的诗集《智惠子抄》被誉为"纯爱之书"，其实是对智惠子为爱做出牺牲的"补偿之书"，是"残

---

① 井上輝子.恋愛観と結婚観の系譜［C］//井上輝子，上野千鶴子，江原由美子.日本のフェミニズム 6：セクュアリティ.東京：岩波書店，1995：59-62.

酷物语"①。驹尺在《伊豆的舞女——相遇的结构》中对川端康成的名作《伊豆舞女》也提出了严厉的批判。该小说的"人格升华"主题一直被学界津津乐道，但驹尺指出这不过是男主人公的自我满足而已。因为男主人公与舞女之间存在着社会地位和男女地位的巨大差异，从来就没有平等的交流。由于地位悬殊，男主人公与舞女的交往就好像是施舍给她的"恩惠"一样，获得了她的感激，称赞男主人公是"好人"。正是在这样的感激中男主人公才获得了精神上的安慰和自信，却并没有和舞女加深感情的意愿，最后适时悄然退身。②

进入90年代以后，"恋爱"依然是女性主义批评关注的一个重要内容，其中具有代表性的著作是三枝和子的《恋爱小说的陷阱》③。该著以现代十个男性作家的"恋爱小说"为对象，从女性的角度进行重新阅读，指出文学作品也是"性"与"政治"的文本。她将日本现代男性作家的恋爱小说分为两大类。一类是夏目漱石，他受欧洲恋爱小说的影响，渴望与女性平等地交流，但却难以发现合适的交流方式，最终将男女关系描绘为上下等级关系。另一类以川端康成为代表，将对女性的彻底蔑视偷换成对女性肉体的执着和渴望。在三枝和子看来，这两种类型都没有逃脱"恋爱小说"的陷阱，即反复描写的是男主人公无视作为他者的女性的自我和肉体而对女性的占有。

---

① 駒尺喜美.『暗夜行路』にみる貶められた女の性 [M]//魔女の論理.東京：不二出版，1982：4.
② 駒尺喜美.伊豆の踊子：ふれあいの構造 [C]//原善.川端康成『伊豆の踊子』作品論集.東京：クレス出版，2001.
③ 三枝和子.恋愛小説の陥穽 [M].東京：青土社，1991.

对男性经典作家和作品最具挑衅的批判著作是富冈多惠子、上野千鹤子和小仓千加子合著的《男流文学论》[①]。她们三人是社会学家、心理学家和作家,也都是女性主义者。该著以对谈讨论的方式,不仅在内容上对文学史上的男性作家及其作品进行彻底批判,其调侃讥讽和尖酸刻薄的话语方式也使得批判更具有刺激性和攻击性,引起社会的广泛关注。

水田宗子则是以宽广的比较文学视野对欧美与日本现代男性作家笔下的女性形象进行了分类和批判分析。她认为可以将日本的女性形象分为三种类型。第一,理想的女性形象。这类女性可以满足社会制度对女性的性别分工的期待,如清纯的处女、贤妻良母、脱俗的老女人、忠实正直的妻子等。第二,叛逆的女人。这类女性不服从性别分工、智慧超常、有自我意识、不想在制度的藩篱下顺从地生活。如独身女人、不生孩子的女人被视为异端,被排斥在制度之外;不受婚姻制度约束的女人往往被看作淫邪的代表。第三,在制度外或是超越制度塑造理想的女性形象,特别是拯救类型的女性。这类女性被描述为体现女性本质或女性原理的永恒女性。欧美女性主义一般将女性形象分为天使和妖女,而水田根据日本文化传统所做的三分法超越了欧美的两分法。她指出,日本现代文学中的女性神话化是男性现代自我意识的投射。现代文学一直把在工业文明发展中个人的挫败感当作自我意识的主要根据之一来追求。其实女

---

① 上野千鶴子,小倉千加子,富岡多恵子.男流文学論[M].東京:筑摩書房,1992.

性也生活在同一个环境中,也在做同样的思考。但是,男性往往认为女性与男性的自我苦恼无缘,所以把女性当作自我意识的净土来憧憬。夏目漱石的《心》的女主人公是纯洁无瑕的象征。女性作为母性、自然、纯洁无瑕的象征出现,成为与自我斗争、苦恼疲惫的现代男性回归的故乡、藏身的避难所。她们是站在历史之外作为原则而存在的。这样,现代文学中女性的神话化反映了男性把现代个人自我意识的苦恼化解在憧憬女性中,也反映了男性在与女性自我的纠葛中,通过把女性置于制度、历史之外将其象征化的意图。①

第三节 挖掘女性作家及其作品

第二种倾向是从女性主义的视角重新解读或挖掘女性作家及其作品。

日本现代文学史长期以来是以男性文学为主流,"女性文学"被称为"女流文学",被排斥在社会和文化的边缘,相关作品没有得到充分的关注和解读。因此如何解读这些女性文学并从中发现独特的美学是女性主义批评的一项重要工作。首先是对经典女作家的重新阅读。比如宫本百合子在既有的文学史

---

① 水田宗子.女性幻想诸相:文学中女性的神话化与自我表现[M]//水田宗子,叶渭渠.女性的自我与表现:近代女性文学的历程.北京:中国文联出版社,2000:10-13.

上已经占有重要的位置，但对她的评价充满了男权思想。她的代表作《伸子》虽然被评价为反映了女性的自我觉醒，但具体到对女主人公两次离婚原因的分析时，则多指责是伸子的自我中心主义作祟。然而从女性主义批评的角度看，驹尺喜美认为，第二次结婚表面上好像是平等的，但是暗藏了婚姻制度的问题。夫妻关系不是平等的，而是上下关系，结婚对于妻子就是出让自己的主体。正是通过描写这两次离婚才充分暴露了婚姻的不平等结构，因此对伸子的离婚行为给予肯定。[①]岩渊宏子认为，该小说不单描写了伸子从家庭中的解放，而且还以工作和爱情为线索描写了她努力实现自我的鲜明形象，以及"对他者关系思想"的展开。[②]樋口一叶作为经典作家也积累了很多研究，但以往有关她的研究也存在男性中心主义的评价倾向，其中最大的问题就是忽略她的晚期两部作品——《里紫》《我自己》。女性主义批评在这两部作品中发现了樋口一叶摸索追求具有精神和肉体自主的女性形象，认为这是樋口一叶小说的一个新的飞跃。[③]

其次，挖掘被历史埋没的女作家。如明治初期的清水紫琴在自由民权运动中曾一时叱咤风云，在文学创作上也留下作

---

① 水田宗子.女人的失败和成长：宫本百合子和西尔维亚·普拉斯[M]//水田宗子，叶渭渠.女性的自我与表现：近代女性文学的历程.北京：中国文联出版社，2000：67-73.
② 岩淵宏子.宮本百合子：家族、政治、そしてフェミニズム[M].東京：翰林書房，1996：42-43.
③ 日本文学協会新・フェミニズム批評の会.樋口一葉を読みなおす[M].東京：学芸書林，1994：251-281.

品。紫琴的小说不多,主要有《毁坏的戒指》《一个青年异常的述怀》《移民学园》《心中之鬼》《谁之罪》等。前两篇和后三篇在内容和手法上不同,把评价的重点放在何处会出现很大的评价差异。以往的研究将评价放在前两篇上。"明治女流文学"研究权威盐田良平说紫琴的早期作品在性格描写和心理挖掘上没有深刻之处,也缺少独创性,文体陈旧,属于戏作调女流文学,完全持一种否定的态度。这一评价影响极大,造成了紫琴的文学在很长时期内被文学史埋没。渡边澄子的论文通过分析《毁坏的戒指》,试图在文学史上重新给予新的评价。她将该小说与明治20年代坪内逍遥的《妻子》和樋口一叶的《十三夜》相比较,认为《毁坏的戒指》在塑造努力冲破旧伦理道德的新女性形象上具有开创性。[1]通过这样的研究重新定位紫琴在文学史上的地位。

岩渊宏子等编《国文学解释与鉴赏 编年体近现代女性文学史别册》(至文堂,2005年)是第一部编年体女性文学史,以每年的"社会时事"和"文学状况"为背景记述了女性文学的展开。该文学史不仅吸收了当时的研究成果,还挖掘了被埋没的女性作家及其作品,关注没有充分论及的现代女作家的丰富性和独特性。该著不仅对女性文学研究的发展有意义,对解构以男性文学为中心的现代文学史也有启发性。例如,明治21年(1888年)的记述,按以往的现代文学史写法一般是将二叶亭四

---

[1] 渡辺澄子.清水紫琴論:明治二十年代前期小説『こわれ指輪』の意味[J].信州白樺,1983(53/54/55合併号).

第一编 转型期的理论

迷的《浮云》、坪内逍遥的《妻子》(1889年)和森鸥外的《舞姬》(1890年)定位为黎明期的最早的近代作品。但编写者认为这一年三宅花圃的《丛林中的莺雀》虽然长期被忽略，但作为女性最初的现代小说远远超过同一时期的《当世书生气质》的成就，在女性形象的塑造上也比《浮云》新颖，具有广阔的社会视野。花圃文学的出现具有划时代意义。①女性作品登上现代文学史的标志一般认为是樋口一叶的《除夕》(1894年)，因此对花圃文学的挖掘将其年代提前了6年，从而改写了文学史。

　　水田宗子则致力于寻找女性作家独特的自我表达方式。她在《女性的自我与表现——近代女性文学的历程》中说，女性虽然有表达的空间，但最终还是必须获得男性批评家的首肯。她们的表达难以逃脱男性支配的文化市场。日语里本来有男性用语和女性用语之分，但现代之后女作家不得不使用作为公共用语的男性用语。女作家除了在写作策略上要表明自己是女性而故意端容正坐外，还要学会不触及社会性别差异这一敏感话题，所以女性的自我表达便成了把性别隐蔽起来的"具有男根的女性"表达。这对于精神上属于少数派的女作家来说，是一个根本性的考验。女性在这种环境中必须摸索表达自己内心的方法。在水田看来，文学上的女性自我表达关键在于逃离"女性文化"中泛滥的主流文化的话语，寻求那些远离反映父权社会女性观的家庭故事。例如，野上弥生子的《真知子》利用找

---

① 岩渊宏子，等.国文学解釈と鑑賞 編年体近现代女性文学史別册[M].東京：至文堂，2005：15.

夫婿的主题写了女性教养小说，但是其中反映的教养是男权社会的价值标准。①反而是宫本百合子的《伸子》通过描写婚姻失败反映女性的内心世界，可以说是一部以离婚为主题的成长小说。②水田认为，《伸子》突破了老故事的框架，显露个性，描绘了一个具体的女人成长的轨迹。在现代文学初期，樋口一叶为了表达自我，在语言运用和文体方面故意使用了女性雅文。20世纪70年代的女作家也不断地实验，寻求与男性话语不同的、女性特有的表达方法。她们不依靠改变词的含义、语法、文章逻辑结构进行标新立异，而使用节拍和隐喻的新手法。水田认为，现代日本女性文学的发展，是新女性不愿被父系文化的精神束缚而摸索叙事话语的历程。③

第四节　第三种类型的研究

进入20世纪90年代以后，日本女性主义批评对执着于女性

---

① 水田宗子.结婚竞争的胜者与败者：女性教养小说［M］//水田宗子，叶渭渠.女性的自我与表现：近代女性文学的历程.北京：中国文联出版社，2000：46-66.
② 水田宗子.女人的失败和成长：宫本百合子和西尔维亚·普拉斯［M］//水田宗子，叶渭渠.女性的自我与表现：近代女性文学的历程.北京：中国文联出版社，2000：67-79.
③ 水田宗子.结婚竞争的胜者与败者：女性教养小说［M］//水田宗子，叶渭渠.女性的自我与表现：近代女性文学的历程.北京：中国文联出版社，2000：46-66.

立场的批评策略和欧美理论的生搬硬套进行反思，从而形成了第三种类型的研究。

从女性主义的立场批判男性作家的男性中心主义，或重新评价女性作家的文学价值，固然对于纠正以往的文学史的偏颇具有重要意义，但一味地强调女性立场也存在强化男女二元对立思维模式的危险。饭田祐子指出，强调女性的视角其实是将压抑/被压抑的两项对立带入分析，关注作品中的女性人物，发现作品中的女性故事，运用于男性作家就是对男性的批判，运用于女性作家就是对被压抑的女性故事的发现。但这样的研究存在以下问题。其一，执着于女性视角会将作品狭隘化，并将女性看作一个整体。其二，性别被理解为实体。将男女二元对立的文化差别赋予生物学的根据，形成文化本质主义。其三，没有在现代文学的领域中探讨这个体系本身的历史性和特殊性，只是重复社会研究的结果。[①]针对这些问题，第三种类型的研究在以下三个方面开展了新的研究。

第一，既自觉地从女性的角度进行阅读，又有意识地打破男女二元对立的思维模式。关礼子说，上野千鹤子等的《男流文学论》确实对既有的男性中心主义文学史进行了辛辣的讽刺，但这种讽刺由于缺乏必要的自我反省和批判，容易流于轻浮，其结果非但不能解构文学史的男性中心主义，反而会成为男性中心主义文学批评再生产的帮手。因此"只有通过对自己的批

---

① 飯田祐子.彼らの物語：日本近代文学とジェンダー［M］.名古屋：名古屋大学出版会，1998：16-17.

评方法进行反思,才能够在批评和研究文体形成的过程中,与我们自己已经内在化的'男流'批评和研究做真正的告别"①。由此,"新女性主义批评会"试图在《阅读男性作家》中通过分析男性作家文本所具有的两性的非对称性故事的各种现象,超越规范化的性别差异界限,尽可能开放性地阅读文本。江种满子在《诱惑与告白——〈新生〉的文本战略》中一方面揭露《新生》男主人公岸本的伪善,另一方面也指出女主人公节子自身在精神上的软弱无力,而这一切都是受制于当时的学校教育:"节子那个时代的女学校,在国家教育的统制之下,将贤妻良母定为女子的人生目标进行高等教育。节子自身和节子周围都不具备超越这样偏狭的教育制度的能力。""这个时代性别歧视的基本结构,使得她们没有自由地锻炼自己内在的能力。"小说的叙事结构尽管充满了作者意欲开脱男主人公的罪恶感的意图,但江种指出小说的最后包含了超越作者或叙事人意图的描写,暴露了《新生》破绽的真实。②因此江种满子没有简单地将《新生》和作者加以彻底否定,而是努力发现超越性别歧视的艺术成就。小林富久子的《金子光晴的性别和境界的思考》则称赞金子光晴不仅是"反战诗人"和"抵抗诗人",而且突破了"男—女""西欧—非西欧""中心—边缘"这样的支配—被支配结构的二元对立思维方式,与后殖民—女性主义的作者有相通

---

① 関礼子.はじめに[C]//江種満子.男性作家を読む:フェミニズム批評の成熟へ.東京:新曜社,1994:2-4.
② 江種満子.誘惑と告白:『新生』のテクスト戦略[C]//江種満子.男性作家を読む:フェミニズム批評の成熟へ.東京:新曜社,1994:31-32.

之处。[①]关礼子的《作为男性=男声物语的〈人间失格〉》对太宰治的男权思想的批判,也没有简单地停留于思想层面,而是深入叙述方式和故事框架,揭示更为复杂的结构。她细心分析了太宰治的《人间失格》的叙事结构,认为这个文本在"上京小说"和"贵种流离谭"的框架下编制出"自我"的故事。太宰治运用前现代的叙事方式,压抑了"叙事女声"。[②]

第二,引入社会性别概念,分析由性差符号形成的体系及其形成过程。社会性别理论不仅分析女性故事,而且将女性故事作为男女结构的要素之一来看待,从而消解执着于女性视角的弊端,避免陷入文化本质主义。在日本现代文学研究中,性别歧视问题主要局限于家族、性和女性等领域。但社会性别理论可以对所有文学事项进行分析,消解以往女性主义批评的边缘性。饭田祐子的《他们的故事:日本现代文学与社会性别》可以说是这方面研究的一个具体实践。她引入社会性别概念,阐释具体作品内涵以及文学制度上各种性别化的状况。例如,在第一章她关注明治30、40年代(1897—1907年)的"家庭小说"的变迁。"家庭小说"在明治30年代曾获得很高评价,但是明治30年代末随着艺术和通俗二元对立的形成,对其评价迅速降低。在评价的变迁中,读者层由"绅士、女性、孩童"的家

[①] 小林富久子.金子光晴におけるジェンダーと境界的思考:「自伝三部作」を中心に[C]//江種満子.男性作家を読む:フェミニズム批評の成熟へ.東京:新曜社,1994:286.
[②] 関礼子.男性=男声物語としての『人間失格』[C]//江種満子.男性作家を読む:フェミニズム批評の成熟へ.東京:新曜社,1994:64.

庭全体成员变为单一的女性。她由此论证了"艺术"的形成与性别排斥紧密相结合的现象。① 饭田祐子在另一篇文章《读书姑娘的文学欲望——"女子文坛"的教室》中探讨了明治40年代（1907年）"男性作者—女性消费读者"这种非对称性的交流格局。②

第三，重视日本的文化语境。有研究者指出，现在的女性主义批评以欧美的女性主义理论为前提，但这些女性主义理论是建立在一神教的逻各斯中心主义、俄狄浦斯情结的家族观、父权家族制度之基础上的，因此不能简单地套用欧美的女性主义批评。③ 山下悦子在《恋母文学论》中认为，日本战前的社会不是男权的家父长社会，而是父亲不在的、母子密切接触型的社会，可以称之为"恋母型家父长制"。这是因为日本社会不是父系制，而是父系、母系并存的"双系制"原理的社会。在日本需要建立立足于本土的自我认同的女性主义，需要探索关于"差异"的新的女性主义科学批评之视角和方法。水田宗子也关注到女性主义中的东方思想。她说，女性原理神话化的思想背景是，现代人在与自我的格斗中感到疲惫和绝望之际所产生的冲动，即想逃避到超越个体的共同体里，以及东方的自然中去寻求拯救。特别是当自然、共同体不能作为超越个人的思想存

---

① 飯田祐子.彼らの物語：日本近代文学とジェンダー［M］.名古屋：名古屋大学出版会，1998：32-73.
② 飯田祐子.愛読諸嬢の文学的欲望—『女子文壇』という教室—［J］.日本文学，1998（11）：22-35.
③ 山下悦子.マザコン文学論：呪縛としての「母」［M］.東京：新曜社，1991.

在时，母性原理就作为后现代的思想发挥了主要的作用。①

当然，也有研究者对此提出批评。尽管她们也认可山下悦子批评的西洋中心主义的单线性历史发展观，但担心过于强调日本的特殊性，是否会忽略性别歧视的普遍性问题？因为运用山下悦子的视角来分析日本现代文学，必然会导致如下结果：赞扬传承了传统的"妻子""母亲"的性别角色，反而指责那些为现代女性解放而探索的行为是任性。②因此，在母性神话根深蒂固的日本，随着从20世纪80年代末到90年代有关母性的议论高涨，尤其要警惕其与男性中心主义的同谋。

进入21世纪，随着日本女性主义批评的深入展开，不断有论著涌现，如饭田祐子所编《〈青鞜〉的空间：文学、性差、"新女性"》（森话社，2002年）、关礼子《一叶以后的女性表达：文体、媒体、性差》（翰林书房，2003年）、江种满子《我的身体，我的语言——从性差阅读日本现代文学》（翰林书房，2004年）、北田幸惠《书写的女性：从江户阅读明治的媒体、文学、性差》（学艺书林，2007年）等。毫无疑问，女性主义批评是日本现代最具活力的研究动向之一。

（原载《日语教育与日本学：第1辑》，华东理工大学出版社，2011年）

---

① 水田宗子.女性幻想诸相：文学中女性的神话化与自我表现［M］//水田宗子，叶渭渠.女性的自我与表现：近代女性文学的历程.北京：中国文联出版社，2000：13.
② 北田幸惠.フェミニズム文学批評の「現在」（日本編）［J］.ニュー・フェミニズム・レビュー，1991（2）：48.

第六章　后殖民主义批评与日语文学研究

后殖民主义思潮起始于欧美的20世纪70年代，其研究范围大致包括殖民话语与西方对东方的文化再现、文化与帝国主义、第三世界的文化抵抗、全球化与民族文化身份认同等问题。后殖民主义涉及的这些问题，对于战后未能及时解决与亚洲殖民地国家之间关系的日本来说具有很强的现实意义，因而20世纪80年代中期萨义德（Edward Said）的《东方主义》（*Orientalism*，1978）一经翻译介绍到日本便引起学界广泛关注，不仅成为日本左翼知识分子批判"历史修正主义"的理论武器，对文学研究也形成了强有力的冲击，改变了以国民国家观念为前提的文学研究框架。

第一节　东方主义与日本的殖民地问题

西方对殖民主义的分析与批判可以上溯到20世纪初。列宁（Влади́мир Ильи́ч Ле́нин）等马克思主义者提出"帝国主义论"，探讨了帝国主义国家向外扩张过程中对殖民地的经济掠夺和政治控制。20世纪70年代末兴起的后殖民主义思潮以萨义德的《东方主义》为起始。他在该著中借用福柯的知识考古学和话语分析方法以及葛兰西的文化霸权理论分析了西方对东方的文化控制。

萨义德的《东方主义》于1986年翻译介绍到日本。译者有着明确的问题意识，翻译监修杉田英明在《〈东方主义〉与我们》中说："西洋的东方主义不仅是西洋的问题，我们必须反思许多日本人在无意识中浸透着类似的观念。"[①]他着重指出日本和东亚国家（尤其是中国、朝鲜）的现代历史关系中存在的"日本的东方主义"问题：

> 比如日本的东洋史学的性质、大众层面上的中国观和朝鲜观以及现实中侵略大陆的历史等，的确与欧洲的东方主义有不少重合之处。[②]

杉田英明认为，西洋的东方主义结构是由主体（作为观看方的西洋）和客体（作为被观看方的非西洋）世界构成的。从

---

① 杉田英明.『オリエンタリズム』と私たち[M]//エドワード・W.サイード.オリエンタリズム.今沢紀子，訳.東京：平凡社，1986：367.
② 杉田英明.『オリエンタリズム』と私たち[M]//エドワード・W.サイード.オリエンタリズム.今沢紀子，訳.東京：平凡社，1986：368.

西洋的角度看，日本是客体（被观看方）的非西洋世界。但现代日本选择走帝国主义列强的道路，在殖民地经营上模仿西洋，在亚洲推行殖民主义统治，自身也成为观看方的主体。就此而言，《东方主义》针对西洋东方主义的这些批判实际上也应该作为对日本东方主义的批判来理解。[①]从20世纪80年代末开始，有关日本殖民主义的话题成为学界热点，出版了一系列著作和杂志专辑：川村凑的《亚洲之镜——远东的现代》（思潮社，1989年）和《异乡的昭和文学："满洲"与现代日本》（岩波书店，1990年）、樋口觉的《昭和诗的发生："三种诗器"》（思潮社，1990年）、学术期刊《昭和文学研究》25号专辑"昭和文学与亚洲"（1992年）、《岩波讲座丛书 现代日本与殖民地》（共八卷）（岩波书店，1992年）和学术杂志《批评空间》专辑"殖民主义与日本现代"（1992年）。

当然，这一情形的出现并非偶然。20世纪80年代末，随着冷战的结束，日本不得不面对冷战时期被长期悬置的殖民地问题。日本的殖民地问题包括两个方面。其一，历史上遗留下的与亚洲殖民地国家之间的关系问题。第二次世界大战结束之前，日本在亚洲曾占有大片殖民地。战后，这些殖民地国家和地区虽然纷纷实现民族独立，但由于冷战格局的形成，日本被纳入美国全球反共战略体系内，没有及时解决与这些亚洲国家之间的殖民地遗留问题。1951年签订的《旧金山对日和平条约》是

[①] 杉田英明.『オリエンタリズム』と私たち[M]//エドワード・W.サイード.オリエンタリズム.今沢紀子，訳.東京：平凡社，1986：375.

日本和以美国为首的西方阵营的单方面媾和，中国等许多亚洲国家没有参加签约。在日本国内，这一时期许多战犯被美国占领军释放，重新掌权，开始了日本自民党单独执政的"55年体制"。自民党执政的政府不仅回避战争责任问题，而且于20世纪70年代将甲级战犯骨灰迁进靖国神社供奉。然而，随着冷战的结束，长期被掩盖的"从军慰安妇"、"化学武器"和"强制劳工"等问题暴露出来，使日本必须重新面对殖民时期遗留下的历史问题。

其二，是日本自身在战后被"殖民"的问题。1951年，在《旧金山对日和平条约》签订的同一天，日本与美国还签订了《日美安全保障条约》。如果说前一个条约使得日本没有处理好与亚洲国家的战后问题，成为今天日本政府对战争问题认识模糊、不愿承担战争责任的重要原因，那么后一个条约使日本在战后长期处于美国军事力量的控制与保护之下。事实上，战后日本在政治和经济上也严重依附于美国。但是随着日本经济的高速发展，跃升为世界第二经济大国，日美之间的经济摩擦不断升级。1989年，众议院议员石原慎太郎和SONY（索尼）公司总经理盛田昭夫合著《日本可以说"不"：处理新日美关系的计策》，可以说在企图打破美国政治和经济方面的控制上具有象征意义。[1]但值得注意的是，他们将摆脱美国的控制和为侵略战争翻案的问题联系起来，为后来的日本极端民族主义提供了一种扭曲的"反殖民模式"。即他们的"反殖民主义"不是反对美国的

---

[1] 盛田昭夫，石原慎太郎.「NO」（ノー）と言える日本：新日米関係の方策（カード）[M].東京：光文社，1989.

现行强权，而是企图通过否定自身的侵略和殖民历史来获得所谓的民族自信心。

  日本殖民地问题的这两个方面纠缠在一起，使问题变得复杂化，深刻地影响了20世纪90年代以后日本的社会思潮以及日本与亚洲各国的政治关系。1993年，日本自民党一党执政的"55年体制"终结。同年8月10日，联合政权新首相细川护熙在记者招待会上就日本的侵略历史问题发表讲话，称"我本人认为，那是侵略战争，是错误的战争"。对此，"日本遗族会"立刻表达否定看法。自民党内也随即成立所谓的"历史研究委员会"，共有105名自民党议员参加。该研究会从1993年10月至1995年2月每月组织一次报告会，大肆歪曲历史，为日本侵略战争翻案。1995年6月，日本国会通过《以历史为教训重申和平决心》的决议，对日本过去的侵略行为给亚洲各国人民造成的痛苦表示深刻的反省。然而，为了与之对抗，同年8月"历史研究委员会"出版《大东亚战争的总结》，声称：

> 以社会党人村山为首的联合政权十分危险，他们大讲"战争谢罪""战后补偿"，以及对原随军慰安妇的"道歉与补偿"，正在向国内外扩散一种观念，即日本人是一个残忍、好色、吝啬的民族，国家的名誉和利益已受到严重伤害。在国内，极端否认本国近现代史的社会党的自虐史观已占据主导地位，使国民深受动摇。[①]

[①] "历史研究委员会".大东亚战争的总结[M].东英，译.北京：新华出版社，1997:27.

第一编　转型期的理论

可以看出，围绕殖民问题分为两个话语系统展开激烈交锋：一个是在延续旧自民党的否定看法的基础上，增加新的民族中心主义，更为积极地肯定殖民历史，认为日本的殖民统治和侵略是在欧美列强的压迫下迫不得已的自我保卫，并进而宣扬为解放亚洲的行为。这种论调在20世纪90年代逐渐形成一股反动的社会思潮。当然，就这种观点的理论本身而言并不新鲜，是旧殖民主义思想的延续。

另一个话语系统是针对这种赤裸裸的殖民主义话语的批判。其中尤为值得关注的是《岩波讲座丛书　现代日本与殖民地》，共八卷，分别为《殖民地帝国日本》《帝国统治的结构》《殖民地化与产业化》《统合与支配的理论》《膨胀的帝国的人流》《抵抗与屈从》《文化中的殖民地》《亚洲的冷战与去殖民地化》，从不同角度系统地探讨了日本殖民主义的问题以及冷战时期的去殖民地化问题。其中第七卷《文化中的殖民地》相当自觉地运用萨义德的"东方主义"理论分析殖民主义时期日本的大众文化在形成殖民地意识形态上所发挥的作用。

关于日本的殖民主义问题，川村凑认为，战后日本政府极力抹杀殖民记忆，把"殖民地责任、战争责任的立场转换成广岛、长崎的原子弹被炸和东京大空袭的受害者的立场"，在现代文学研究中也是极力隐瞒事实。这样的抹杀记忆和隐瞒事实的行为无疑会成为今后日本的新问题，如"从军慰安妇问题"就是其中一个明显例子，日本越是推脱责任，就越是会长久地受到其他亚洲国家的指责。作为文学研究者，应该做的就是挖掘那些被隐瞒

111

的事实。①日本的后殖民主义批评正是通过对日本殖民主义时期的文学和文化的分析，揭露日本帝国主义对亚洲殖民地的文化控制和侵略。

第二节　殖民地文学研究的兴起

20世纪80年代之前，有关日本旧殖民地文学的研究主要是由尾崎秀树推进的，出版了《旧殖民地文学的研究》（劲草书房，1971年）。该著通过对殖民主义时期日本国内的国策文学及其相关机构以及殖民地文学进行综合性分析，批判了日本在文化上对亚洲其他国家的侵略和压制。80年代后期兴起的后殖民主义批评也关注旧殖民地文学，但是角度有所不同，把问题放在日本的整个现代化过程中来把握和剖析。

川村凑在《亚洲之镜：远东的近代》中分析了日本现代化的双重性质。他认为，亚洲不仅是一个地理概念，而且是一个与"欧洲"相对立的概念。明治之后日本总是用二元对立的思维方式来把握"日本"与"世界"、"大东亚"（亚洲）与"欧美"的关系，将"日本"（亚洲）置于与"他者"的敌对关系之中，展开胜负抗争。在这样的二元对立的思维方式之中，亚洲＝东洋＝停滞＝前现代，而欧洲＝西洋＝进步/发展＝现代，于

---

① 川村湊.南洋・樺太の日本文学［M］.東京：筑摩書房，1994：8-20.

是文明开化、现代化便等同于"脱亚入欧"。对于日本而言，"脱亚入欧"不仅意味着与亚洲的诀别，更是日本对作为亚洲一员的自我的否定。在日本脱亚入欧的过程中，文艺作品对日本一般民众的意识形态形成发挥了重要作用[①]。川村以20世纪30年代日本流行的一部漫画作品《冒险段吉》作为分析对象说，日本人通过在殖民地的"土人"中发现"野性"来确认自己的"文明"，即日本的"文明开化"不仅通过输入欧美的资本主义产业和文物制度，也是通过在意识上将其他亚洲和太平洋各民族、国家看成非文明、未开化的野蛮国家和野蛮民族来获得的。他特别指出，《冒险段吉》绝不是故意着力宣扬侵略和殖民统治的作品，其表达的观点不过是当时一般日本人的意识而已。但也正因如此，该漫画作品才更深刻地反映出日本现代一般民众对亚洲其他国家的歧视态度。[②]川村在此关注的不是某种具体的殖民主义主张，而是潜藏于现代日本人意识深处的对亚洲的歧视情结。因为这种歧视情结使得很多作家和作品，即便不是有意为之，也不自觉地染上了殖民主义的色彩。他认为这才是问题的症结所在。

日语的"殖民地文学"这一概念最初是由评论家板垣直子提出的，是指由殖民地人描写殖民地的文学。[③]川村凑在《殖民地文学是什么》一文中扩大了该概念的范围，将日本作者描写

---

① 川村湊.アジアという鏡：極東の近代［M］.東京：思潮社，1989：251-253.
② 川村湊.南洋・樺太の日本文学［M］.東京：筑摩書房，1994：21-58.
③ 板垣直子.事変下の文学［M］.東京：第一書房，1941：124.

殖民地的文学也包括其中。①在此采用川村的定义，即包括在殖民地居住的人描写殖民地的文学和日本作者描写殖民地的文学两个部分。先从后者开始看。

川村凑在《异乡的昭和文学："满洲"与现代日本》②中把日本作者的相关创作分为三大类。第一类是到伪满洲国（中国东北）旅行，将印象、感想和采访写成游记和小说发表；第二类是移居伪满洲国，在那里长期生活并从事文学创作；第三类是在伪满洲国出生长大，战争期间或战后返回日本从事文学创作，将当时的生活或返回的体验写成作品。川村的这一分类也适合于解释日本作者描写殖民地的文学状况。夏目漱石的《满韩漫游》就是他到中国东北和朝鲜旅行的游记，属于第一类。谷崎润一郎和佐藤春夫曾经到过北京、上海以及台湾等地旅游，回国后发表游记和以中国为题材的作品。尤其是谷崎润一郎发表的《苏州纪行》、《中国旅行》（1919年）和《上海见闻录》（1926年）等游记以及以旅游为契机创作的小说《西湖之月》（1919年）和《苏东坡》（1920年）等对推动日本大正和昭和时期的"中国情趣"流行发挥了重要作用。关于这点，西原大辅在《谷崎润一郎与东方主义——大正日本的中国幻想》中指出，由谷崎所开拓的"中国情趣"实际上建立于对充满异国情趣国度的礼赞和对亚洲国家的偏见这样一种奇妙的框架之

---

① 川村凑.南洋・樺太の日本文学［M］.東京：筑摩書房，1994：5-20.
② 川村凑.異郷の昭和文学:「満州」と近代日本［M］.東京：岩波書店，1990.

上。西原大辅借助萨义德的理论以谷崎润一郎为个案分析了大正时期的日本东方主义话语。①川村凑在《"南"下的文学》中分析佐藤春夫以日据时期台湾鹿港为背景的小说《女诫扇绮谭》时说，小说中像空气一样弥漫的慵懒和悲哀感虽然包含了对被殖民、被统治民族的同情，但也流露出宗主国国民的傲慢情绪。②

第二类是作者移居殖民地，在那里生活而创作的文学。作者大都不堪忍受日本国内经济上的贫困或精神上的压抑，为改变自身处境、寻求新天地来到伪满洲国和朝鲜半岛等。因此从性质上讲，他们的"移居"又可以分为两种类型。其一是贫困地区的大量农民响应日本政府"开拓国策"的号召移居伪满洲国。描写这些移居农民在伪满洲国的生活便形成了"开拓文学"，如汤浅克卫的《先驱移民》（1938年）、和田传的《大日向村》（1939年）和打木村治的《散发光芒的人们》（1939年）等。川村凑分析说，"开拓文学"描写农民和乡村，尽管不乏对日本现代文学遗忘农民和乡村的敏锐批判，但将"开拓"宣传为《古事记》《日本书纪》《风土记》等古典文学中的"开拓精神"在当代体现，无视殖民地民众的存在，实为日本式的殖民主义。其二是一批知识分子寻求精神自由移居海外。他们以文学活动为主，创办日语文学杂志和从事文学创作，如安西冬卫于1924年至1927年在大连发行杂志《亚》，西川满于1939年创

---

① 西原大輔.谷崎潤一郎とオリエンタリズム：大正日本の中国幻想［M］.東京：中央公論新社，2003.
② 川村湊.南洋・樺太の日本文学［M］.東京：筑摩書房，1994：65.

办《文艺台湾》，等等。这些海外的日语文学杂志和创作是日本文坛的伸延，《文艺台湾》受到日本国内日本浪漫派的影响，而在这些杂志上发表的作品也纷纷获得日本国内文坛的"芥川奖"等各种文学奖项。也有相反的情况，海外的文学革新传入日本国内，最终推动文坛的新潮流。显著的例子就是安西冬卫的《亚》开展的短诗运动，后来通过日本国内的文艺杂志《诗与诗论》掀起了日本现代主义诗歌运动。①

第三类是将青少年时期的殖民地生活经历融入战后的文学创作中。严格地讲，这一类文学与上述两种不同。川村以安部公房为例，分析了他的殖民地经历和文学主题之间的关系。安部公房在青少年时期目睹了"异乡"——伪满洲国的崩溃，但战败时回到日本看到的"故乡"同样是满目疮痍、一片废墟。川村指出，这样的经历对他独特的文学世界产生了重要影响。对于安部公房而言，逃脱和追赶、荒野和城市、异乡和故乡是一个事物的两个方面，绝非对立。因此他在作品中反复描写"逃脱"这一主题，主人公虽然有逃脱的愿望，却始终无法从城市和沙漠中逃离。②

根据上述分析，川村认为，殖民地文学非但不是日本昭和文学的异端，或是可以忽略的细枝末节，而是正统的日本现代文学的继承者，就如日本的殖民地侵略是日本现代化的一个归

---

① 川村湊.異郷の昭和文学:「満州」と近代日本 [M].東京: 岩波書店，1990: 40-64.
② 川村湊.異郷の昭和文学:「満州」と近代日本 [M].東京: 岩波書店，1990: 206-210.

结，殖民地文学也是日本现代文学的一个归结[①]。因此，在文学研究中，如果回避殖民地文学就无法真正把握日本现代文学的整体面貌及其背后潜藏的根本问题。

第三节　日本岛外与岛内的"日语文学"

本节再看在殖民地居住的人描写殖民地的文学。战后日本学界为了忘却殖民地统治的记忆有意回避这类文学。这一情形也是在后殖民主义思潮的冲击下在20世纪80年代末才被打破。

川村凑分析了殖民地时期朝鲜半岛的日语创作问题。朝鲜最早的殖民地文学作品是张赫宙的《饿死鬼》和金史良的《光中》。张赫宙的初期小说描写了在日本帝国主义统治下朝鲜半岛的悲惨状况。他创作的动机是要向世界倾诉当时朝鲜民族的不幸生活。他是有意识地使用"日语"来倾诉朝鲜殖民地的悲惨状况，希望能广泛传播。因为当时朝鲜语作品接受范围很小，而日语作品被翻译成外语的机会更多。因此，川村说，殖民地文学与其说属于殖民地本土和民族，还不如说和宗主国的文学、文化体制有更深的关系。"张赫宙使用宗主国语言，向宗主国的

---

① 川村凑.「満州文学」研究の現状［C］//日本社会文学会.植民地と文学.東京:オリジン出版センター，1993: 133-134.

民众写小说控诉殖民地民族的悲惨生活。"[1]在此,日语转换成了与宗主国斗争的工具。

在这部分日语文学中,朝鲜人日语文学处于一个十分特殊的位置。战后随着殖民地的独立和解放,日语文学创作被这些国家和地区禁止,但是由于战前有大量朝鲜人移民日本,留在日本的朝鲜人在二战后也不得不用日语进行创作。在文学史上对这些文学应该如何评价一直是难题。直到20世纪90年代末川村凑才在《出生之地就是故乡:在日朝鲜人文学论》中第一次勾勒出在日朝鲜人文学的发展状况。他认为,"在日朝鲜人文学"源自殖民地文学,但又与殖民地文学有很大区别。二战后朝鲜的殖民地文学出现了分化:张赫宙归化日本,彻底进入"日本文学"圈,而金史良则回到朝鲜民主主义人民共和国,开始"朝鲜文学"的创作。有别于这两者,选择第三条路的朝鲜作家是金达寿。他没有像张赫宙那样归化日本,也没有回到朝鲜或韩国,而是选择了在日本作为在日朝鲜人居住下来。"在日朝鲜人文学"就是由这部分人创造的日语文学。[2]

川村凑认为,"在日朝鲜人文学"的根本特征是朝鲜人的民族性和"在日性"这两点,即采取暂时居住日本的"在日"立场,又绝不放弃朝鲜或韩国的国籍。这是一种充满矛盾的诉求。"在日朝鲜人文学"正是坚持这种暧昧未决的分界线的立场,才

---

[1] 川村湊.生まれたらそこがふるさと:在日朝鮮人文学論[M].東京:平凡社,1999:12-14.

[2] 川村湊.生まれたらそこがふるさと:在日朝鮮人文学論[M].東京:平凡社,1999:12-16.

在日本文学中独树一帜。贯穿其中的一大主题就是不断追问自我的文化归属。①李妍淑在《定位与移动——与"祖国"的距离》中考察了这一问题。她在分析李恢成《到流域》和塚康平《热海杀人事件》时指出,本来将"祖国"和"女性"用一种比喻联系起来并不新奇,但作为孕育民族生命力的象征一般是把"祖国"和"母亲"相联系。然而这两个作家笔下的女性形象却不是这样的。他们没有将女性置于"母—子"的融合关系上,而是放在"男—女"之间充满矛盾的恋爱关系上进行把握。由此可见,对于在日朝鲜人的祖国不是温暖地拥抱自己的、充满慈爱的"母亲",而是越追求越远离的"憧憬的女性"。②

与此同时,川村也指出,"在日朝鲜人文学"尽管有其独特的"在日性",但在深刻表达自我丧失、自我厌恶和自我执着等"有关自我的病症"这些主题上,可以说并没有脱离日本现代文学的主流,是日本战后文学的一个重要组成部分。③

第四节 日本版东方主义

在现代化的框架中把握日本殖民主义,的确能够在更大的

---

① 川村湊.生まれたらそこがふるさと:在日朝鮮人文学論[M].東京:平凡社,1999:22-23.
② 李妍淑.定位と移動:「祖国」との距離,ポール・ボウルズ等[C]//越境する世界文学.東京:河出書房新社,1992:206-207.
③ 川村湊.生まれたらそこがふるさと:在日朝鮮人文学論[M].東京:平凡社,1999:24.

视野下挖掘殖民主义统治的一些深层次原因,但是也出现了一些论者运用现代化理论将日本殖民主义合理化甚至美化的情况。20世纪90年代中期,藤冈信胜等为日本的殖民统治辩护说:"日本的殖民地统治在根本上与欧洲不同,是将殖民地提高到与自己相同的水平。如果说欧洲人是要将全世界变成欧洲,那么可以说日本人是要将自己统治的地区范围全部变成日本人社会。"①对此,高桥哲哉批判道,将殖民地朝鲜及其他地区全部改造成"日本人社会",并以此作为日本人"实施仁爱"和体现日本人爱好平等的"善政",是极端的自恋情结。这种行为是对其他国家民族性的抹杀,是文化上的民族性灭绝行为,是典型的日本版东方主义。②

关于日本版东方主义的实质,小森阳一用"自我殖民化理论"予以解释。小森所谓的"自我殖民化"是指,日本为了保存国家,将欧美列强这个他者强制性地内面化,在制度、文化、生活习惯和思维方式上进行自我改造。③有关这点,小森通过考察《万国公法》在日本的接受进行具体分析。他说,《万国公法》本来是欧美列强国家之间的国际法,但在结果上起到了把欧美列强的各种殖民统治正当化的作用。在《万国公法》中,把以欧美列强为中心的基督教国家划分为"文明国家",而把其他区域划分为"未开化国家"。"文明国家"把"未开化国家"的领土

---

① 藤岡信勝,涛川栄太.歴史の本音[M].東京:扶桑社,1997:234.
② 高橋哲哉.戦後責任論[M].東京:講談社,1999:120.
③ 小森陽一.ポストコロニアリズム[M].東京:岩波書店,2001:7-8.

当作"无主之土地"占领和统治,并使之"正当化"。明治政府初期重要的外交课题是修改幕府与西洋签订的不平等条约。日本政府一方面保持对欧美列强的从属关系推进条约修改,另一方面将《万国公法》等欧美列强的外交理论迅速内面化。这种内面化的《万国公法》最初实践的地方是北海道。1869年(明治2年)把虾夷地当作"无主之地"改称为"北海道",创立"北海道开拓使"。阿伊努的称呼也由幕府末期的"夷人"变为"土人"。

小森阳一指出,霍米·巴巴(Homi K. Bhabha)的"模拟"理论提出了殖民地国家对宗主国的模仿是反抗宗主国的策略。但是小森认为,在考察日本现代化过程的时候,不能简单地将这种模仿解释为对殖民主义的反抗。因为日本模仿西洋列强实践《万国公法》的结果,是对亚洲其他弱小国家实施殖民主义侵略。问题的复杂性还在于,美国在第二次世界大战之后反过来对日本殖民主义也进行了模仿,即建立战后天皇象征制。小森分析说,日本帝国主义曾经在中国东北扶持溥仪当伪满洲国的皇帝,便于操纵傀儡政权,但是并不十分成功。二战后美国占领军吸取其中的教训,建立了天皇象征制的政权。这个政权的实质是,美国通过占有作为"他者"的天皇,将天皇制纳入美国的战后亚洲战略,使其成为美国在亚洲扩大新殖民主义权力的装置。具体内容包括三方面:一是让作为国体的天皇制存续,同时免去天皇的战争罪责;二是新宪法申明放弃战争和军事力量;三是把冲绳当作冷战结构的军事要塞。这三者是密不可分的一个整体。这样,日本不仅将旧殖民地发出的控诉置之于外，也剥夺了冲绳去殖民地化的机会。二战后日本政府回避自己的殖民地侵略和统治的责任，推进"高速经济发展"，充当以美国为首的新殖民主义在亚洲地区的代理人角色。[①]

柄谷行人在《美学的效用》中从哲学的层面分析了"东方主义"审美崇拜背后隐藏的他者否定的实质。他认为，"东方主义"不仅是将非西洋人看作知性和道德的劣等者，更将其当作社会科学分析的对象进行科学研究，甚至当作美的对象崇拜。这使得"东方主义"论者误以为自己将非西洋人当作平等以上的存在看待。柄谷指出，这其实与那些为日本殖民主义辩护的论调没有区别。

> 将他者仅仅当作科学的对象俯视，与当作美的对象仰视，并不是互相排斥的，而是相互补充的。将他者仅仅当作对象来看待的社会科学态度，基本上源自现代的自然科学的态度。这是将附着其上的各种意义——宗教的、巫术的——剥离开来观察。我们可以从18世纪启蒙主义那里发现这样的态度。但是，此后，即18世纪下半叶的浪漫主义出现了与此不同的态度。这就是对他者的审美态度，即将知识和道德的低劣者作为美来评价的态度。人们在外部发现"神圣的野蛮人"，在内部发现神圣的中世纪人。但是这样的科学态度和审美态度绝不是对立的。因为审美态度本来只能建立在科学态度之上。[②]

---

① 小森陽一.ポストコロニアリズム[M].東京：岩波書店，2001：31-32.
② 柄谷行人.定本柄谷行人集4[M].東京：岩波書店，2004：153.

尽管日本对殖民地的暴行早已被广泛暴露，但在柄谷看来，最体现殖民主义的态度是把对方当作美，也仅仅当作美来评价甚至尊敬[1]。这是把对美的尊敬偷换成对他者的尊敬，让人忘却在那里存在的他者。这正是日本殖民主义的最根本特征。柄谷在1991年英文版《日本现代文学的起源》的增补内容中分析了国木田独步在北海道发现"风景"的含义。北海道是以驱赶土著阿伊努族实施强制性同化开拓出来的新殖民地，但国木田独步来到北海道，在空知的原野中感叹："哪里有社会，哪里有人们骄傲地传咏着的'历史'啊？"空知（sorati）是阿伊努族人命名的地名，是一个具有"历史性"的空间，而国木田独步却感叹这里空无一物。柄谷指出，国木田独步之"风景"的发现，正是通过这样的历史和他者的排除而实现的。对于国木田独步而言，他者不过是"风景"而已。日本的殖民地文学，或者对殖民地的文学之看法的原型最初正是展现在他这里。[2]

第五节　对国别文学研究制度的反省

20世纪90年代，这种批判日本现代作家缺少对亚洲的"他

---

[1] 柄谷行人.定本柄谷行人集4[M].東京：岩波書店，2004：150-171.
[2] 柄谷行人.日本现代文学的起源[M].赵京华，译.北京：生活·读书·新知三联书店，2003：227.

者意识"的研究逐渐增多,其中最为突出的例子是围绕夏目漱石的研究。夏目漱石作为对现代文明最犀利的批判者一直受到高度评价,但90年代以后他对亚洲的认识态度受到学界的质疑和批评。川村凑在《"帝国"的漱石》中分析漱石两次不同的海外经历时指出,漱石去英国有自卑情结,但到中国东北和朝鲜半岛旅行时却居高临下地俯视中国的"苦力"。后一个视角是"现代文明开化的非亚洲人的眼光,就是说漱石用英国人、西洋人的眼光在打量亚洲人、东洋人"[①]。在日本现代文学研究中,夏目漱石文学往往被叙述成是对日本"急功近利"和"扭曲"的现代化的一种抵抗和批判,但是这种抵抗和批判的视线大都限于日本国内的权力结构,而作家的眼光一旦转向国外则总是呈现出对西洋的自卑和对亚洲的傲慢的双重结构。这样的双重结构一直被其抵抗和批判的声誉所遮蔽。川村指出这些问题,并不是要否定日本现代文学,而是希望在更深的层次上对现代文学的复杂性进行把握。

出现这样的遮蔽,和日本现代文学的研究制度有关。小森阳一在《"摇摆"的日本文学》中指出,现代文学研究制度是以国民国家为前提,其实质就是"日本"国籍—"日本人"—"日语"—"日本文化"的"四位一体"的思维方式。这种思维方式在历史上是对内压抑地方和少数族裔的差异性,抹杀了"在日韩国人"("韩国"国籍—韩国人—韩国语/日语—韩国文化/日本文化)或"日籍华裔"("日本"国籍—中国人—日语/

---

① 川村凑. 漱石研究:5号[M]. 東京:翰林書房,1995:36.

第一编 转型期的理论

汉语—日本文化/中国文化）等多元状态。其结果，在文学研究领域必然忽视"在日朝鲜人文学"等在日少数族裔的文学创作。[①]小森在《"摇摆"的日本文学》中无意停留于揭露西洋中心主义，而是希望在现代文学的殖民主义话语中发现"摇摆"，重新评价日本国内的多元文学创作。在此，"摇摆"类似于斯皮瓦克（Gayatri C. Spivak）的"模糊性"概念和霍米·巴巴的"模拟"概念，即于殖民主义话语中发现的微妙差异。

一般文学史认为，"言文一致体"是将书写和阅读从少数知识分子手中解放出来的、自然的日语表达方式。但小森认为，"言文一致体"不仅是人工合成的，且由于这一事后命名的"言文一致体"名称造成了"口语直接变成文章的幻想"，"在结果上隐蔽了《浮云》诞生时口语和书写之间的'摇摆'和围绕翻译的'摇摆'"[②]。二叶亭四迷的《浮云》被看作日本现代文学史上第一部运用"言文一致体"创作的小说。二叶亭在创作这部小说时，的确如一般文学史指出的那样曾经参考过三游亭圆朝的"落语"（一种单口相声），但是小森提醒说，二叶亭参考的并不是现场表演的"落语"，而是运用速记技术记录下来并经过编辑处理印刷而成的"书面语言"。[③]小森指出"言文一致体"的人工性主要是否定其"自然性"的幻想。因为重视"言"，可

---

① 小森陽一.「ゆらぎ」の日本文学［M］.東京：日本放送出版協会，1998：7.
② 小森陽一.「ゆらぎ」の日本文学［M］.東京：日本放送出版協会，1998：20.
③ 小森陽一.「ゆらぎ」の日本文学［M］.東京：日本放送出版協会，1998：22.

125

以说是西洋国民国家观的根本思想，即民族语言承载了民族文化的悠久传统，是形成国家的基础。在这点上，日本的"言文一致体"思想也是相同的。因此，对"言文一致体"的"自然性"的否定，其实就是主张要将日本现代文学研究从"日本"国籍—"日本人"—"日语"—"日本文化"的思维模式中解放出来。

随着后殖民主义批评的兴起，以国民国家为前提的日本现代文学研究被质疑，研究疆域不断扩大，如上述的殖民地文学和"在日朝鲜人文学"日益受到学界关注。与此同时，冲绳文学和阿伊努文学也开始进入日本文学史的总体叙述之中。此前虽然有若干零散的冲绳文学和阿伊努文学的研究，但是没有置于日本文学史的总体叙述之中，因此1996年版的《岩波讲座 日本文学史：第15卷》专门设置冲绳文学和阿伊努文学的章节具有重要意义。以冲绳为例，明治以后才从琉球王国被强行划归为日本版图，其古代文学以琉球语为主，以汉文学和少量的和文学为辅；明治以后才开始使用日语创作。这显然在"日本人"—"日语"—"日本文化"的框架之下无法叙述其文学发展。《岩波讲座 日本文学史》按古代的"琉球文学"和现代的"冲绳文学"分别叙述。此外，其他文化背景作家的创作也受到关注。其中以美国籍日语作家李维·英雄（Levy Hideo）和在美日籍作家水村美苗为突出代表。李维·英雄是美国的日本文学研究家，曾经在日本度过中学时代，90年代起开始用日语写小说，并在日本发表，其小说《听不见星条旗的房间》引起日本文坛广泛关注。水村美苗是日本人，长期生活在美国，因用英语续写夏目漱石未完成的作品《明暗》而受到瞩目。

结　语

日本二战后的现代文学研究因强调"文学的自律性"而排斥"文学的政治性",这一倾向在"作品论"和"叙事学"的研究中被进一步强化。后殖民主义批评因关注作品与背景的关系,将作品的社会性重新带入研究领域。需要指出的是,这种社会性具有明确的现实指向。川村凑在谈到为什么从事殖民地文学研究时说:

> 在战后日本可以说没有关于殖民地学、军事学和战争论的研究,但是,为了真正弄清楚对殖民地负有的责任和战争责任,避免历史重演,研究殖民地、战争和军队、军备的问题是非常重要的。
>
> 我之所以认为必须从事殖民地文学研究,就是因为如果不弄清楚在现代文学中曾经有过殖民地文学的现象,那么殖民地文学就会仿佛并未存在过一样地消失,再过五十年、一百年,便会真正出现"并未存在"的精神风土。①

---

① 川村凑.南洋・樺太の日本文学[M].東京:筑摩書房,1994:7,16.

川村的这番话显然是针对20世纪90年代以后出现的大量肯定战争的论调而说的。小森阳一在《后殖民主义》一书中也表达了类似的观点。他说，1945年日本战败后应该担负战争责任，但由于冷战结构而长期回避，拖延到20世纪90年代。因此，他通过剖析日本现代以来的"自我殖民"问题，希望日本在21世纪能够担负起应该承担的责任。[1]

如上所述，随着后殖民主义批评的展开，日本学界反思日本的现代性，进而质疑以国民国家观念为前提的"国文学"研究制度，不断扩大文学研究领域。与殖民地文学研究相联动，20世纪90年代之后，"在日朝鲜人文学"等在日少数族裔的文学创作以及冲绳文学和阿伊努文学日益受到学界关注，正在改写着日本文学史书写的疆域。而这样的改写揭示了现代日本文学与东亚地区文学关系的复杂性，其实也在冲击着东亚地区的文学史书写框架。

---

[1] 小森陽一. ポストコロニアリズム [M]. 東京：岩波書店，2001.

第二编
重审文学史制度

第七章　日本大众文学研究与文学史的重构

　　有关日本大众文学的研究，第二次世界大战之后很长一段时期主要是由日本国文学研究体制外的研究者推进的，但自20世纪90年代起，国文学研究者也纷纷加入研究行列。这一方面是由于随着后殖民主义批评和"文化研究"的兴起，学界开始反思国民国家的现代性，"经典文学"的特权地位受到质疑，"文学"概念本身遭到解构；另一方面，从80年代末起超越纯文学和大众文学界限的村上春树小说风靡一时；与此同时，在纯文学读者急剧萎缩的情况下，推理小说等大众文学依然拥有广泛读者，这些使得国文学研究者不得不关注大众文学。其中，尤以松本清张受到的关注度最高，不仅成立了两个"松本清张研究会"，还定期发行学术杂志。然而，国文学研究者的加盟和文章数量的增加是否真的带来了现代文学研究格局的根本性改变呢？藤井淑祯对此表示怀疑。他在2007年出版的《清张：抗争的作家——超越"文学"》的后记中不无遗憾地写道："松本清张研究和10年前相比较没有丝毫的进步,依然是解说性文章居多,缺乏原创性研究。"[1]这种停滞状态几乎也是中国的日本大众文学研究状况的写照。藤井将主要原因归结为相关学会和学术杂志没有充分发挥作用上。研究机制上的不完善固然是要因,但根本原因,我认为还是在于没有真正突破陈旧的"文学史观"。因此有必要梳理中日两国的大众文学研究史,为重构文学史探寻新的思路。

第一节　日本学界:从时代小说到推理小说

　　第二次世界大战之后,最先从学术上关注大众文学问题的是鹤见俊辅等人的"思想之科学研究会"和"大众文化研究小组"。鹤见在谈及战后第二年着手研究大众小说的缘由时说,日本的知识分子有必要深入理解大众喜爱的读物。对于思想研究而言,大众文学其实是比纯文学更为重要的材料。但大众小说在日本学界一直被轻视,表明在知识分子和民众之间存在着巨大的鸿沟。他表示愿意为填埋这一鸿沟做准备工作。[2]

　　鹤见在《日本的大众小说》中创造性地引入语言学的"信

---

[1] 藤井淑禎.清張　闘う作家:「文学」を超えて[M].京都:ミネルヴァ書房,2007:262.
[2] 鶴見俊輔.日本の大衆小説[M]//大衆文学論.東京:六興出版社,1985:185-187.

息交流模式"研究大众小说。他认为,大众小说作为"信息交流"的一种社会现象包括"信息线路"、"发送者"、"信息"和"接受者"四个要素。[①]根据"信息交流"理论,他分析了大众小说所具有的双重性格,即大资本意志的强迫性和大众自主选择的大众性。从信息传递的角度看,"大众小说是拥有大资本的出版社大量生产和贩卖给一般大众的一种小说。大众小说的作者对此也心领神会,尽量创作资本家能够赚钱的小说"[②]。在代表资本家的意志这一点上,大众小说最接近于广告的艺术形式,将资本家的意志强加于大众,将大众的某种需求故意夸大或歪曲,将其变为对资本家有利的形式而均质化和固定化,进行大量贩卖。但是从接受的角度看,"大众小说是一种无论有无教养或对艺术有无兴趣的一般市民都愿意阅读的小说"[③]。大众小说要成为大众阅读的小说必须经由大众的选择。大众小说的大众性以及其中包含的民主性便体现在读者对小说选择权的行使上。由此充分肯定了读者在小说意义生产过程中的能动作用。桑原武夫对畅销书《宫本武藏》的读书状况进行社会调查,指出读者对《宫本武藏》的喜爱不仅是因为可以从中获得愉悦,还能感悟人生哲理,并分析了小说中"道""骨肉爱""物哀"等概念,以及小说的意识形态分别在农村、渔村和城市的影响

[①] 鶴見俊輔.日本の大衆小説[M]//大衆文学論.東京:六興出版社,1985:196.

[②] 鶴見俊輔.日本の大衆小説[M]//大衆文学論.東京:六興出版社,1985:12.

[③] 鶴見俊輔.日本の大衆小説[M]//大衆文学論.東京:六興出版社,1985:191-192.

状况。①

"思想之科学研究会"和"大众文化研究小组"在战后民主主义思潮中积极地将大众文学纳入学术研究范围，取得了一些成果。但总体上看，他们把大众文学作为思想研究或社会学研究的材料使用，而没有真正将其当作文学的研究对象。对于这点，尾崎秀树深感不满。他尝试构建独自的大众文学研究方法，使其既有别于上述的社会学研究方法，也有别于当时国文学研究的方法。20世纪50年代的国文学研究界多采取"社会批评+实证研究"的方法，注重研究作品与作家及其时代之间的关系，在考察作品如何以及在多大程度上反映社会时代精神的同时，也从作家身世和社会时代背景挖掘作品形成的原因和意义所在，因此研究形态多为"作家论"。在这样的研究框架内，"作家"肩负着作品意义的最终解释权。但在尾崎看来，大众文学吸引读者的是作品，尤其是其中的人物，而不是背后的作家。从接受的角度看，"老百姓对孙悟空的作者毫无兴趣"。而从创作的角度看，尾崎认为作品中的人物往往不是某个作家独创的，而是在长期的文学传统中被不断改写慢慢形成的。某个作家并不完全享有对人物的最终解释权。因此，他提出在大众文学研究中应该采取人物类型学研究的方法。②

尾崎认为，大众文学作品中人物的姓名虽各有不同，但总体上看不外乎两大类型，即对社会秩序的顺从和对社会秩序的

---

① 桑原武夫.『宮本武蔵』と日本人［M］.東京：講談社，1950.
② 尾崎秀樹.殺しの美学［M］.東京：三一書房，1961：7.

反抗。前者形成了劝善惩恶的情节和超人般的英雄形象的谱系，如宫本武藏、水户黄门等。这类人物"既是封建道德的体现者，又是偏离社会秩序的多余者"，具有超人的本领和诸种美德，惩治社会的邪恶，但却不是社会秩序的正统。这类人物形象是从民众不满现实却又无法反抗的矛盾心理中产生的。后者则产生了充满无常感、败北美学和虚无主义色彩的人物谱系。该谱系始于中里介山《大菩萨岭》的机龙之助。① 如果说前一种类型的人物形象与传统文学有更深的继承关系，那么后者则与大众文学产生的大正时期的社会背景关系密切。尾崎指出，中里介山执笔《大菩萨岭》的时候正是经济不景气和东京大地震后的社会不安定时期，知识分子阶层弥漫着虚无主义和破坏的气氛。因此，他认为，日本的大众文学首先以时代小说的形式出现，且以"搏杀"为美学原理绝非偶然。②

类型学研究虽然主要集中在人物分析上，但也包括一些反复出现的主题、情节、修辞手段和氛围等。尾崎在《"搏杀"的美学》中运用类型学以"孤独、非情、虚无""剑侠情恋""搏杀的复数形态""集团内的残杀"等为主题对数量庞大、人物繁杂的大众文学进行梳理，并在内容和手法上考察了大众文学对传统文学的继承和发扬。鹤见俊辅等编的《时代小说观察眼镜——大众文学的世界》也采用了类型学方法研究主题。编者在后记中说："如果说纯文学具有跨越文化差异空间的横向广

---

① 尾崎秀樹.殺しの美学［M］.東京：三一書房，1961：7-18.
② 尾崎秀樹.大衆文学［M］.東京：紀伊国屋書店，1964：63.

度，那么日本大众文学则表现为以时间轴为主的纵向深度。这种纵轴关系集中体现在象征的运用上。"①该著将主题分为"象征、武器、身份、职业、变身、成长、人与人之间的关系、主人公的去向"等几大类，再细分若干小项。如在"象征"中又划分为"月与武士、雪与决斗、樱花"等小项，探讨古代文学与现代大众小说的传承关系。

在大众文学的史料整理上尾崎秀树也贡献突出。1961年，尾崎秀树和真锅元之等人成立"大众文学研究会"，第二年开始发行季刊杂志《大众文学研究》，共出22期（1962—1968年）。《大众文学研究》内容广泛，既有白井乔二、吉川英治、山本周五郎等大众作家的专题研究，也有"历史之旅""动物文学""民间故事的世界"等主题、题材和体裁的专题研究，还有"夏洛克·福尔摩斯"等欧美和中国大众文学的专题研究。1967年，真锅元之编撰出版《大众文学事典》。该事典将大众文学限定于时代小说，收录并简介从明治时期至1959年的主要时代小说以及有关大众文学研究的主要著作。1971—1973年，尾崎秀树等编的《大众文学大系》（共30卷）出版，所收作品从明治时期直至1945年。这是继20世纪20年代平凡社大规模出版《现代大众文学全集》（共60卷）以来的第二次史料整理类书籍出版，所收作品包括时代小说、现代小说和侦探小说。尤其是尾崎秀树等人在别卷中编撰了《大众文学通史》和收集了大量的相关杂志目录和研究资料。在大众文学通史部分把战前的大众文学

---

① 鶴見俊輔，等.まげもののぞき眼鏡：大衆文学の世界［M］.東京：河出書房新社，1976：218.

分为时代小说、现代小说和侦探小说等三部分分别循时叙述，第一次对大众文学进行了全面梳理。尾崎本人在此基础上加上战后大众文学研究部分于1989年完成大著《大众文学的历史》。中岛河太郎出版《日本推理小说史》（1993年）。这样，类型学研究方法的提倡和大众文学史的整体梳理以及相关书志和传记的梳理为大众文学研究的展开打下坚实的基础。

坂井·塞希尔（Sakai Cécile）的《日本的大众文学》是在她1983年向法国巴黎第七大学提交的博士论文的基础上修改出版的著作。该著综合了此前大众文学的成果，更为清晰地梳理了大众文学。第一章是将大众文学分为时代小说、现代小说和推理小说等三种文类进行梳理，在时期上超越《大众文学通史》延伸到战后的大众文学。第二章的主题研究依然采用的是类型学研究方法，并将这种方法推广到现代小说和推理小说的分析上，打破了此前囿于时代小说分析的二元对立的框架。坂井·塞希尔认为，时代小说的主人公是按照社会道德的二元对立的思维方式，分为象征"善"和"恶"的主人公。作为大众心目中的英雄，"善"的主人公具备各种优秀品质——助弱、与恶势力斗争、完善自我、坚守忠义和诚实。但现代小说中主人公的品行却是复杂的，难以"善""恶"划分。主人公也不再是超人，而是受到社会和命运摆布的脆弱存在。在推理小说中，随着时代的变化，侦探由超人变为普通人。罪犯也不完全是"恶"的代表，他们的犯罪有时也是社会的不公平所造成的。[①]

[①] セシル・サカイ.日本の大衆文学［M］.朝比奈弘治，訳.東京：平凡社，1997.

20世纪80年代以后，大众文学研究出现了新的动向。从小说类型看，研究重心由时代小说转向推理小说。在研究方法上，则援用符号学和都市空间论，注重解读小说的同时代性。通过引入同时代性的阅读策略，改变推理小说的智力游戏形象，大幅度提升了推理小说的社会性和文学性。这方面研究的开拓之作是松山岩的《乱步与东京》。该著在分析《D坂杀人事件》的人物关系时指出，人物之间的稀薄关系是构成杀人事件的关键所在，而这是由于江户川乱步将他们设定为背井离乡的人。紧接着该著对小说所设定的大正8、9年（1919、1920年）的城市演变过程进行详细的资料调查，以实证的手法论证人物关系稀薄是由当时东京大都会化进程中人口大量涌入所造成的。[1]《乱步与东京》尽量将推理小说的极端事件放在当时的文化背景中阅读其中的社会必然性。藤井淑祯在《清张的推理小说与昭和三十年代》中也是以松本清张推理小说中的电影院、小卖店等为线索，复原当时的社会背景，考察小说的手法和隐含的社会意义。关于这种研究手法的运用，藤井本人是相当自觉的。在《小说的考古学：从心理学、电影看小说技法史》中他将其称为"同时代阅读"的研究方法。就藤井而言，这种方法的运用，一方面如他所说是80年代末开始的新注释方法的延伸[2]，另一方面也不可否认是得益于前田爱的都市空间论的影响。

---

[1] 松山巌.乱步と東京：1920の都市の貌[M].東京：筑摩書房，1994：20-22.

[2] 藤井淑祯.小説の考古学へ：心理学・映画から見た小説技法史[M].名古屋：名古屋大学出版会，2001：196-201.

这种阅读方法与"文本研究"相结合也扩展到其他通俗小说的阅读上。如松原真《毒妇故事的法庭——与小报"通俗性"问题的关联》探讨了明治初期小报的连载故事，认为作者将社会语言等级中高级别的"法庭"判决文置换成日常性的低等级语言，有意识地无视这种强固序列化的语言阶层，将表征明治政府威严的法律语言下降到小报纸特有的猥亵语言的水平，表达了作者对政府的嘲讽。在此，通俗性一改通常认为的迎合意味，而是被赋予了批判性。[①]论者不是在一个封闭的文本中，而是在同时代的话语关系中发现该故事的意义，由此摆脱了纯文学和大众文学二元对立的思维模式。

但是这种研究方法也潜藏着危险性：其一，如果一部作品只有依赖当时的话语关系才能实现意义的呈现，那么它的艺术价值终究令人怀疑；其二，许多复原话语关系的研究最终没有回归到作品的阐释，使大众文学作品只是成为其他研究领域的材料而已。

第二节 中国学界：大众文学现实主义观及其瓦解

日本大众文学（通俗文学）在中国的翻译介绍可以上溯到

[①] 松原真.毒婦物の法廷：小新聞における〈通俗性〉の問題に関連して[J].日本近代文学，2006(74)：1-15.

晚清时期,但真正大规模的翻译却是在1978年以后。1979年《外国文学动态》第1期同时刊载两篇长文介绍日本大众文学,远远超过同一时期对"纯文学"的关注程度。高慧勤在《日本推理小说作家森村诚一及其〈人性的证明〉》中将森村诚一的作品分为两类,一是以破案为主的逻辑推理,二是用推理的手法揭露在经济高速发展下日本当前社会的黑暗、病态和畸形,反映在巨大的机械文明中物欲横流、人的精神空虚、迟暮和枯竭。她指出《人性的证明》就是通过一起谋杀案的侦破,触及日本以及美国现实中存在的一系列社会问题。李德纯在《日本作家司马辽太郎及其长篇小说〈空海的风景〉》中评价司马辽太郎的历史小说时也强调了其对社会现实描写的深刻性。尽管推理小说和历史小说是两种类型的大众文学,但研究者都不约而同地关注作品中的社会现实性问题。可以看出,当时中国学者主要是从现实主义的角度在评判日本大众文学。

李德纯在1979年《外国文学动态》第2期上发表的《日本推理小说简介》中归纳了推理小说在日本受欢迎的三大原因:一是情节跌宕起伏,妙趣横生;二是较多的桃色新闻和黄色描写迎合小市民的低级趣味;三是具有一定的现实主义倾向。[①]这种三分法的观点在当时颇具代表性。同年11月《人性的证明》被翻译出版时,编者几乎重复了上述观点,在肯定推理小说的趣味性和现实主义倾向的同时,不忘提醒,"书中有些地方,对资本主义社会的庸俗低级的生活方式,做了自然主义的描写,

---

① 李德纯.日本推理小说简介[J].外国文学动态,1979(2):2.

这些需要我们有批判地阅读"[①]。但随着森村诚一的《恶魔的饱食》以及松本清张小说的翻译，对推理小说的研究主要集中在"社会派"上，更多强调的是其现实主义倾向。李德纯在《论松本清张——兼评日本推理小说》中说，松本清张将推理小说从过去那种出于个人恩怨、桃色纠葛或图财害命的故事，发展为揭露现实的小说，赋予推理小说以思想性，对日本推理小说向现实主义道路发展做出了积极的贡献。[②]他由此将松本清张定位于批判现实主义作家。这种侧重现实主义立场的评价方法，尽管提高了松本清张的文学史地位，但却忽略了探讨推理小说本身独特的艺术性，其实也就回避了探究大众文学的真正面目。20世纪80年代学界对森村诚一[③]、水上勉[④]、石川达三[⑤]、山崎丰子[⑥]等人的研究也大致是从这一角度展开的。

与此有所不同的是，莫邦富在《当代日本大众文学盛行原因之我见》中从读者和传媒的角度对大众文学流行原因所做的探讨。他认为，首先，大众文学与纯文学相融合提高了艺术性；其次，经济的迅速发展、生活的显著改善，使得成千上万日本普通民众有了比较充分的阅读文学作品的经济条件和迫切需求；最后，大众文学与现代传媒电视、电影的密切结合，扩大了其

---

① 森村诚一.人性的证明[M].于智新，译.南京：江苏人民出版社，1979：编者的话3.
② 李德纯.论松本清张：兼评日本推理小说[J].日本文学，1984（3）：142-157.
③ 童斌.森村诚一及其侦探小说[J].外国文学研究，1981（1）：142.
④ 柯森耀.水上勉的创作道路[J].外国文学研究，1982（4）：52-57.
⑤ 金中.石川达三的创作[J].日本文学，1983（2）.
⑥ 李正伦.读《白色巨塔》[J].译林，1984（1）.

影响力。①该文的分析虽然还不够深入，但从读者和传媒的角度分析大众文学在当时还是颇有新颖之处。

70年代末至80年代，中国学界对大众文学高度关注的一个重要原因是对纯文学的批判意识。莫邦富的看法颇具代表性："接触过日本文学的人都知道，日本纯文学（尤其是私小说）的题材之单调狭窄，几乎可以说是世所少有……战后日本社会的变化剧烈异常，人们的感情波澜起伏很大……在这样的社会里、这样的时代里，题材单调狭窄的私小说无人问津，完全是历史之必然。"②这样的看法促使中国学界注重介绍大众文学。由研究人员主导的杂志《日本文学》从创刊号专题翻译介绍"水上勉代表作特辑"开始，陆续推出过"菊池宽特辑""松本清张特辑""石川达三特辑""城山三郎特辑"等。日本文学研究界联合出版社陆续刊行《日本文学大系》（以日本古典文学为主）和《日本文学流派代表丛书》的同时，于80年代中期聘请尾崎秀树为名誉顾问又策划了《日本大众文学名著丛书》（吉林人民出版社）。尾崎秀树地曾评价这几套丛书说："比起以明治、大正和昭和初期那种以古典作品为主的选题，更慧眼识真。把大众文学也包括在内，甚至扩大到推理小说、科幻小说、历史小说，用丛书这种形式介绍，可以说是划时代的。"③《日本大

---

① 莫邦富.当代日本大众文学盛行原因之我见[J].当代文艺思潮，1985(1)：159-164.
② 莫邦富.当代日本大众文学盛行原因之我见[J].当代文艺思潮，1985(1)：163.
③ 尾崎秀树，李德纯，董昉.关于战后日本文学的对话（节译）：从中国的观点出发[J].世界文学，1997(2)：198-207.

众文学名著丛书》虽然最后仅出版了小松左京著、李德纯翻译的《日本沉没》，但是学界积极评价大众文学的姿态最后反映到了王长新主编的《日本文学史》（1990年）中。该书专设《大众文学及其他》一章，概述历史小说、推理小说和科学幻想小说等，大胆地将森村诚一、小松左京、星新一和半村良写进文学史。

但值得注意的是，该书在叙述大众文学时使用了"大众"，还使用了"广大民众"、"人民大众"和"小市民"等词。这几种词语的混合使用与其说是学术上的不严谨，莫如说是反映了20世纪80年代末至90年代初随着市场经济发达而出现的文学分化现象。70年代末至80年代初，中国的文学被挤压在同一个平面上，即只有以现实主义为旗帜的主流文学，不存在精英文学与大众文学。在此，主流意识的"大众"等同于"人民""民众"。80年代中后期，精英文学和大众文学开始获得话语权并逐渐形成自己相对独立的话语系统，与之相反，主流文学则遭冷遇。此时"大众"的含义开始与"人民""民众"相分离，而被西方"mass media"（大众传媒）、"popular art"（大众艺术）等词注入了新内容。[①] 90年代以后，文化市场的形成更使大众文学迅速从边缘走向中心，并对整个文坛产生全面的辐射作用。[②] 三种话语系统混合在一起便出现了该书中"大众"一词使用的

---

① 林韵然."普罗"还是"通俗"？——"大众文学"的两副面孔[J].中国现代文学研究丛刊，2006（1）：108.

② 吴秀明.从"二元对立"到"三元一体"：论世纪之交的文学转型[J].文艺研究，2001（1）：90.

摇摆现象。

从20世纪80年代中后期开始,对日本大众文学的翻译不再局限于松本清张和森村诚一,还有大薮春彦、赤川次郎、山村美纱等。这些作品显然不能再以"批判现实主义"进行概括,而必须面对大众文学的真正面目了。高慧勤在1989年的一篇发言稿《漫谈日本的大众文学》中不再将大众文学拔高为现实主义文学,而是直接定位为通俗文学。编者在刊发该发言稿时也称,该发言稿内容"丰富而精彩,对我国通俗文学的发展与提高亦颇有借鉴作用"。[①]该发言稿其实主要介绍了日本大众文学形成的历史,并没有提供观照大众文学的新视点。随着"大众文学现实主义观"的瓦解,而又缺乏取而代之的评价框架,从发表的文章数量看,1990年前后对大众文学研究的热情迅速减退,这与同时期的大众文学的大量翻译介绍形成鲜明对比。日本大众文学的介绍被市场主导,也由此被逐出学术话语圈。大众文学研究的停滞,不仅表现在"推理小说的发展与特点"这类概述性文章绵绵不绝,90年代中期以后出版的文学史著作中再也见不到"大众文学"相关的章节。研究和教学向纯文学倾斜。其结果不仅使中国的日本文学研究界与中国的文化现实脱节,也招致日本文学教学的危机。在商品大潮和实用主义的强大攻势之下,许多学校纷纷压缩文学课程,中国的日本文学研究和文学教学处于困境之中。

---

① 高慧勤.漫谈日本的大众文学[J].理论与创作,1989(1):42-46.

第二编　重审文学史制度

第三节　超越纯文学与大众文学的二元对立

　　与中国从文学史中删除大众文学不同,从20世纪90年代中期起,日本的大众文学开始进入文学史叙述中。从日本的大众文学研究史看,尽管"思想之科学研究会"和尾崎秀树对大众文学的研究都取得了丰硕成果,但他们的眼光均很少顾及纯文学。他们认为,纯文学是西洋文学的产物,大众文学则是受西洋现代化压抑的日本传统文学的曲折继承。在这样的思维模式下,两者是对立的,且从研究国民性的角度看大众文学比纯文学更有价值。这不单注定了他们的研究忽略纯文学,也使得他们对大众文学的研究必然侧重时代小说。因此,他们的研究成果无论如何积累,也很难和纯文学打通,只能写出文学史的一半,缺乏两者之间互动的梳理。① 因此,山田博光等编写的《20世纪的日本文学》(白帝社,1995年)、久保田淳等编写的《岩波讲座　日本文学史:二十世纪文学》(岩波书店,1996年)和小森阳一等编写的《座谈会昭和文学史》(集英社,2004年)将"大众文学"纳入文学史叙述中是值得肯定的学术尝试。尤其是《岩波讲座　日本文学史:二十世纪文学》更是有意识地希冀

---

① 尾崎秀树等共著的《大众文学通史》(讲谈社,1980年)的"现代小说"部分也涉及一些纯文学作品,但还是缺乏整体把握大众文学和纯文学的文学史观。

打通纯文学与大众文学之间的关系。浜田雄介在《大众文学的现代》中说："现在需要的不是将狭义的大众文学纳入视野的现代文学，而需要的是包含现代文学的广义的大众文学史。"[1] 他力图在现代文学发展的大背景下把握大众文学的发展。木股知史在《媒体环境与文学》中从媒体的角度探讨了战后文学、大众文学和大众文化的变迁。就他们个人的主观意愿而言希望在更大的文学背景下展开对大众文学史的叙述，但是受到传统文学史框架的限制很难说有根本性的突破。首先，从整个现代文学史的结构看，在共42章中大众文学仅占2章，所占比例非常小，依然处于边缘地带。其次，与篇幅小相关的是，大众文学在有限的篇幅中不可能更多地涉及与纯文学之间的互动关系。当然，文学史框架的真正突破有待于个案研究的积累，但是积极摸索新框架也有利于推动个案研究的进展。90年代之后，尽管许多国文学研究者开始关注大众文学，但是在文学史新框架的探索方面有所欠缺。我认为这是造成大众文学研究始终无法取得突破性进展的根本原因。

在这方面，藤井淑祯的《清张：抗争的作家——超越"文学"》做了一些值得关注的探索。藤井在《小说考古学：从心理学、电影看小说技法史》中考察了日本现代小说写作手法的形成，指出在明治40年（1907年）前后，作家们积极探索在小说中的视点多元化和叙事时间的操控手法。与一般文学史认为田山花袋手法呆板的见解不同，他认为在小说视点多元化的探

---

[1] 浜田雄介.大衆文学の近代［M］//岩波講座日本文学史：第13卷.東京：岩波書店，1996：156.

第二编　重审文学史制度

索中田山花袋做出了重要贡献。①在《清张：抗争的作家——超越"文学"》中，藤井进一步将视点多元化的问题和侦探小说的创作联系起来考察。他说，从写作手法上看，构成侦探小说的关键是叙述中留有死角，即小说中的谜。而构成死角的方法有两种，一是有限视角的叙述，叙述人无法窥视到小说的整体世界，造成死角的存在；二是对叙事时间的操控，其中倒叙是最典型的形式，先提示结果，然后倒叙揭示谜底。这两种手法是在明治40年（1907年）前后形成的，为侦探小说的创作提供了技术手法的保障。藤井指出，当作家在运用这两种手法创作时，即便不是有意识地写推理小说，也会带上浓厚的推理色彩，夏目漱石的《心》就是典型例子，菊池宽和芥川龙之介的小说也是如此。松本清张之所以成为推理小说大师与他从菊池宽和芥川龙之介那里接受文学启蒙是分不开的。②这样，藤井以田山花袋、夏目漱石、芥川龙之介、菊池宽再到松本清张为轴，勾勒出了日本现代文学"本流"发展的一条线索。这一条发展线索勾勒的意义，首先在于将纯文学和推理小说放在同一个平面上把握；其次通过对写作手法的探讨，摆脱了现代文学史中"自我确立"叙述史观的束缚，提供了一种打通纯文学和大众文学的思路。此外，该著还具体探讨了松本清张如何同时突破纯文学和推理小说旧框架的努力，以及分析了松本推理小说的独特

---

① 藤井淑禎.小説の考古学へ：心理学・映画から見た小説技法史［M］.名古屋：名古屋大学出版会，2001.
② 藤井淑禎.清張　闘う作家：「文学」を超えて［M］.京都：ミネルヴァ書房，2007：7-18.

魅力，这不仅为重构文学史的框架，而且为两者之间动态关系的把握提供了有益的启示。

但也正因如此，有必要对该著中存在的问题和没有充分展开的论题做进一步探讨。藤井将现代小说的"本流"的特征以及松本清张推理小说的魅力主要归结为手法，即视点多元化。在他看来，这种视点多元化的手法能够"相互描写人物的关系，立体地把握他者"。①不可否认，漱石运用这样的手法创作出性格复杂的人物和社会关系复杂的小说世界，也不可否认松本清张运用这样的手法使得犯罪事件更具社会性，人物也更有真实性。但是从小说类型看，漱石的小说与松本清张的推理小说毕竟不同，仅从手法的角度将两者等同视之，是否会抹杀两者之间不同的美学风格？且过于强调小说的社会性和真实性，又是否会弱化作为推理小说独特的魅力？对这个问题，平林初之辅曾提出一个看法。他在比较陀思妥耶夫斯基的《罪与罚》和柯南·道尔的《福尔摩斯探案集》时说，尽管《罪与罚》有侦探小说的要素，但评判侦探小说要以《福尔摩斯探案集》为基准。因为侦探小说有自身的美学原理，是《罪与罚》所不能替代的。②尾崎秀树在构建大众文学批评理论时也曾质疑："难道文学写实包含了文艺批评的所有问题吗？"③因此如果只是在社会性、真实性和深刻性上把握松本清张的推理小说，有将其精英

---

① 藤井淑禎.清張 闘う作家:「文学」を超えて[M].京都:ミネルヴァ書房，2007:31.
② 平林初之輔.探偵小說雜感[M]//平林初之輔文芸評論全集:中卷.東京:文泉堂書店，1975:352.
③ 尾崎秀樹.大衆文学[M].東京:紀伊国屋書店，1964:6.

化的危险，无形之中将具有浓厚浪漫主义色彩和虚构成分的时代小说排斥在外，从而并不利于对推理小说乃至大众文学本身的研究。就此而言，要突破文学史的旧框架，不仅需要重新把握大众文学与纯文学的关系，更需要反思在文学史叙述中长期处于支配地位的写实主义批评话语体系。

大众文学与传媒的关系也是需要进一步探讨的问题。20世纪90年代以后，在欧美文化研究的影响下，文学与传媒的关系越来越受到重视。这种关系既有文学作品与发表媒体的关系，也包括文学作品与电影、电视、电脑等媒体之间的关系。尤其是文学作品与这些传媒之间既有竞争关系，也有互相利用的关系。在对其与传媒关系的研究中，作者的主体性、作品作为一个独立的意义结构被不断解构，使文学史上那些经典作家和经典作品的光环倏然褪色，其在传媒操纵下形成的经典地位的大众性从侧面被暴露出来。[1] 这些研究提供了把纯文学与大众文学放在同一个层面上探讨的角度，从而打破了两者之间的森严壁垒。然而，断言"传媒环境的变化将大江健三郎和吉本芭娜娜都作为消费的对象完全化为等价"，[2] 还是过于简单化。如果仅从这样的角度观察，那就把文学看成了与其他商品丝毫没有差别的消费品。其实，夏目漱石也很早就认识到文学作品具有商品的属性。但他同时认为，世上的职业绝大多数是"他人本

---

[1] 中山昭彦."作家の肖像"の再編成：「読売新聞」を中心とする文芸ゴシップ欄、消息欄の役割［J］.文学，1993（2）：24-37.

[2] 木股知史.メディア環境と文学［M］//岩波講座日本文学史：第14巻.東京：岩波書店，1997：109.

位",要有为他人服务的意识,然而艺术家却必须是"自我本位"。如果作品缺乏艺术家的自我,就几乎没有意义,也没有灵魂。[①]在此所谓的"自我"是指创作时的主体精神。尽管大众文学更屈从于传媒,但是其中的精品肯定包含了作者的自我。传媒与作者"自我"之间的复杂关系还需要认真把握。不然,传媒研究的繁荣非但不能促进文学以及大众文学的研究,反而会在根本上解构文学。

文学史的重构绝不只是把松本清张写进文学史就完事的问题,而必须对支撑文学史的概念以及机制加以重新审视才能实现。

(原载《日语学习与研究》2009 年第 1 期)

[①] 夏目漱石.道楽と職業,漱石全集:第11卷[M].東京:岩波書店,1966:315-316.

第八章　汉语翻译与汉语写作：
"日本文学"的另一个面向

"日本文学"是现代形成的概念和文化制度。小森阳一将其特征归结为"四位一体"，所谓"日本文学"是指日本人在日本用日语书写并被日本人阅读的作品。[①]这种文学观从20世纪90年代起受到两方面的冲击。一是日本殖民主义时期中国东北、朝鲜半岛等日语文学被重新发现。这些日语作品既有日本人写的，也有朝鲜人和中国人写的。二是外国人在日本用日语创作的作品开始受到日本文坛的重视，如美籍作家李维·英雄的《听不见星条旗的房间》（讲谈社，1992年）、华侨作家杨逸的《时间渗透的早晨》（文艺春秋，2008年）等。于是学界出现一种动向，主张以"日语文学"概念替代"日本文学"。[②]

---

① 小森陽一.「ゆらぎ」の日本文学［M］.東京：日本放送出版協会，1998：7.
② 如2014年创刊的国际学术刊物、东亚与同时代日语文学论坛和高丽大学全球化日本研究院编《跨境：同时代日语文学研究》（"東アジアと同時代日本語文学フォーラム×高麗大学校GLOBAL日本研究院"編『跨境：同時代日本語文学研究』）特别使用"日语文学"作为刊名。

"日语文学"概念的提出固然突破了"四位一体"的日本文学观，然而值得注意的是，该概念的"日语"是指言文一致体的现代日语，其结果并未克服根植于单一民族语言幻想的民族国家观念。因为这一概念忽视了以下文学现象。其一，日本的汉诗文文学传统。即便在言文一致体形成之后的现代，日本汉诗汉文的创作也在持续进行，留下大量作品。其二，日本人用日语以外的语言创作的作品，比如水村美苗用英语续写夏目漱石的《明暗》等。其三，翻译成其他语言的日本文学作品。这些翻译作品既是译入语国文学的一部分，也应该看作日本文学的一部分。

因此，为了真正克服民族国家观念下的日本文学概念，与其使用限定日语写作的"日语文学"，还不如更新"日本文学"概念，使其既包含外国人用日语创作的作品，也包括日本人用复数文体（和文体和汉文体）和复数语言（用外语创作或译成外语）创作的作品。其实，关于日本翻译文学的研究已经有相当的积累，有关水村美苗的英语作品[1]、多和田叶子的德语作品[2]近年也逐渐受到学界的关注。然而，日本人的汉语翻译和汉语写作还未引起注意，因此本章打算就此试做考察和分析。

---

[1] 吉原真里.リービ英雄と水村美苗の越境と言語[J].アメリカ研究，2000(34)：87-104.

[2] 土屋勝彦.越境する中間地帯を求めて：多和田葉子論への試み[J].人間文化研究，2004(2)：67-82.

第二编　重审文学史制度

第一节　北京官话翻译与现代汉语写作

日本拥有长久的汉诗文写作传统，进入现代之后仍然有大量的汉诗文作品问世，但本章要探讨的不是这些用古汉语（文言）创作的作品，而是用现代汉语创作的作品。因此本章所使用的"汉语"一词是指"现代白话文"。

就目前掌握的资料看，日本人最早用汉语翻译的作品是1879年中田敬义翻译的《北京官话伊苏普喻言》。北京官话与作为书面语的古汉语不同，更接近于口语，以北京音系为代表，清代中后期逐渐取代南京官话成为中国的官方语言。中田用北京官话翻译《伊苏普喻言》的主要目的，并不是给中国读者看，而是为学习北京官话的日本人提供教材。他说："明治9年（1876年）余奉外务省之命赴任北京。临行前，渡边君嘱余将《伊苏普喻言》翻译成中文。余首肯。来北京后，孜孜不倦翻译。今甫脱稿付梓，希望对语学者有所裨益则幸甚。"[①]19世纪后半期，随着海运交通的发展，中日之间的人员交流日趋频繁，那种凭借古汉语笔谈的交流方式渐显诸多不便。为了让日本人能够与中国人直接用口语交流，日本开始实施北京官话的教育。

尽管《北京官话伊苏普喻言》是作为语言学习的教科书翻

[①] 中田敬義.伊蘇普喩言：北京官話［M］.東京：渡部温，山城屋佐兵衛（発売），1879.

153

译的，其目标读者是日本人，但在中日翻译文学史上却具有划时代的意义。因为这是第一次用白话汉语翻译的文学作品，比梁启超1901年自称首次用白话翻译《十五小豪杰》要早22年。中田使用的北京官话虽然有别于五四运动后形成的现代白话文，但与古汉语文体迥然有别。试比较以下用文言翻译和用北京官话翻译的《伊苏普喻言》同一内容的两个句子：

  a.有豺食物。骨髓在喉。不能出。无可以救。（豺求白鹤）①

  b.有一头狼，嗓子里扎了一根大骨头，东跑西颠的，喊着说："若有救我这个苦楚的，必定重报啊！"（狼骗仙鹤）②

a是中国用古汉语从英语翻译的，b是用北京官话从日译本翻译的，两相对照发现差别很大。首先在词语选择上，a使用"喉""髓""骨"等文言单字书面语，b使用"嗓子""扎了""大骨头"等口语词。a没有使用一个数量词，但b使用了数量词"一头""一根"。其次在句子结构上，b的成分更复杂。比如，"嗓子里扎了一根大骨头"虽然与a"骨髓在喉"的句型相同，但是b的"扎了"的"了"是一个表示完成的时态助词，而a则没有。由此可以看出b的句子结构和成分更复杂，所表达的

---

① 阿部弘國訓點.漢譯伊蘇普譚［M］.東京：青山清吉，1876：30.
② 中田敬義.伊蘇普喻言：北京官話［M］.東京：渡部温，山城屋佐兵衛（発売），1879：2.

内容也就更详细具体。

　　这两句译文在文体上的差异不仅是内容的详略之别，也标志着东亚地区的翻译由古代的以汉文体（古汉语）为媒介的语言转换朝着现代的异质语言之间的语言转换迈出了重要的一步。a文以传统的训读方式训点如下：

骨髓在₋喉。不₋能₋出。
（テ ニ　　　　ハ ル）

　　通过这样的训点就能直接转换成如下日语文字："骨髓喉ニ在リテ出ル能ハズ"。事实上《北京官话伊苏普喻言》出版的同一年，在日本出版了训点版《汉译伊苏普谭》（阿部宏国训点），这是汉字文化圈内部传统翻译法的延续。而《北京官话伊苏普喻言》使用的文体是北京音系的口语语法和词语，再也无法通过训读返回到日语和文。

　　另外，这是第一部从日语转译成汉语的西方作品。从篇章结构到叙述句子的高度相似的情况看，该作品所依据的底本是渡边温日译的《通俗伊苏普物语》[①]。这种由日译本转译西方著作的方式是西学东渐渠道的一个重要变化。此前东亚地区接受西学主要有两个渠道。一是来华传教士和中国士人翻译成汉文，其中一部分传到日本，在日本训点流布。二是日本直接翻译西方书籍。但日本翻译的著作此前并未介绍到中国。因此《北京官话伊苏普喻言》可以说开创了经由日本渠道翻译西学的先河。

[①] トマス・ゼームス.通俗伊蘇普物語［M］.東京：渡部温（無尽蔵書斎主人），1875.

当然需要指出的是，尽管《北京官话伊苏普喻言》在中日翻译文学上具有如此重要的意义，但影响有限。原因有以下两点。一是北京官话主要是口语，当时其语法和词汇还未完全规范化，没有形成完整的书面语体系。译者中田敬义在翻译时就曾抱怨有些日语意思没有合适的北京官话词语表达，而有些北京官话词语又找不到对应的汉字，等等。他翻译后专门请人校阅。[①]因此对于中田而言，翻译是一个学习北京官话的过程，而并未完全掌握。二是在当时日本知识分子的文体意识中，依然认为古汉语是正式的、高级的书面语，而北京官话是低级的通俗语。因此，不仅中田本人没有继续用北京官话翻译作品，同时期的日本学者一般也使用古汉语翻译西方著作，如法国作家戎雅屈娄骚（让-雅克·卢梭）著、中江笃介译的《民约译解》（佛学塾出版局，1882年）、德国作家伯伦知理著、吾妻兵治译的《国家学》（静思馆，1899年），等等。

日本人用现代汉语替代古汉语作为书写工具有待具备以下三个条件。一是中国的现代白话文作为书面语的形成，以及出现一批用这种文体表达现代思想的作品；二是日本人不仅学习掌握这种白话文书面语，而且与用这种白话文表达的思想产生共鸣，愿意用白话文表达自己的思想情感；三是要等待这样一批学习者成长到能够运用白话文。因此从时间上看，这些条件的具备起码要比现代白话文的形成晚十几年，也就是在20世纪

---

① 中田敬義.伊蘇普喩言：北京官話[M].東京：渡部温，山城屋佐兵衞（発売），1879：1-2.

30年代以后。而此时中日关系正好进入特殊时期，日本侵占中国，使得日本人的汉语白话文写作活动主要集中在伪满洲和沦陷区。

在伪满洲，汉语写作的突出代表是大内隆雄。大内隆雄本名山口慎一，1907年出生于福冈，1921年移居长春，1925年至1927年就读于上海东亚同文书院。在此期间关注无产阶级革命运动，偏爱左翼文学，返回东北大连后，翻译《中国革命论集》，并用汉语创作诗歌并且获奖。①

在沦陷区也有一批用汉语翻译和创作的日本作者，如仓石武四郎、冈崎俊夫、村上知行等。因他们都曾在《艺文杂志》上发表过汉语作品，下面主要看看他们在该杂志上发表的一些作品。月刊《艺文杂志》（1943年7月至1945年5月）是华北沦陷区后期的一份重要文学刊物。该刊物之所以发表较多日本人的汉语作品，不完全是受日本殖民文艺政策的控制，而是与主编周作人、尤炳圻有很大关系。他们都有留日经历，向来关注日本文学，邀请日本友人执笔相关文章应在情理之中。该杂志以发表随笔为主，兼刊小说、诗歌、评论、古代文学研究与少量剧作，在创刊词中明确主张反对宗派，不参与文学运动，有意要与政治拉开距离。②

仓石武四郎（1897—1975年）是日本现代汉语教学的奠基人之一，曾于1928—1930年在北京留学。他发表的一篇译作

---

① 单援朝.漂洋过海的日本文学：伪满殖民地文学文化研究[M].北京：社会科学文献出版社，2016：358.

② 周作人.中国文学上的两种思想[J].艺文杂志，1943（1）：2-5.

《文鸟》，作者是夏目漱石。夏目漱石是周作人喜爱的日本作家之一。周作人早在《日本近三十年小说之发达》(《新青年》第5卷1号，1918年)中就高度评价其文学的"余裕"风格。《文鸟》是漱石的早期作品，讲述养鸟的故事，正体现了这种"余裕"的文风。可以说该作品既符合主编周作人的口味，也体现了该杂志刻意标明超脱政治的主张。《文鸟》的汉语译文如下：

> 十月移居早稻田。在古庙似的书房里，正清闲自在地，悄悄用手托着腮。三重吉来说："您养活鸟儿，好不好？""也好罢。"我回答。可是谨慎一点，问了一句："养活什么？""是文鸟。"他说。①

译文的义体简洁，语句基本通顺，但留有较浓重的日语腔调，主要体现在两方面。首先是第一人称的问题。日语的第一人称经常可以省略，但是汉语的第一人称在句子起首或文章开头，一般难以省略。该译文中在第四句才出现"我"，使得整个文章在语法结构上残缺。其次是词语的问题，如"养活"就比较生涩。这种日语腔调在同时期其他日本人的汉语文章和译文中也或多或少地存在。

冈崎俊夫(1909—1959年)是中国现代文学研究家，与竹内好、武田泰淳创立了"中国文学研究会"，1943年来华，翻译过多种中国现代文学作品。他发表的汉语文章《我们的中国文

---

① 夏目漱石.文鸟[J].仓石武四郎，译.艺文杂志，1945(1/2)：21.

学》回忆了与同伴一起创办"中国文学研究会"的经过。冈崎说,他们是出于对当时日本汉学的批判才"志愿去从事以新中国为对象的中国文化的新研究",从现代文学作品中发现了"活的中国人的感情"。"我们是借了文学,感得了新中国的心的所趋向了。"①并由此和中国作家结下深厚友情。但文章的重点并不是畅叙友情,而是倾诉他当时心中的苦闷:

> ("九一八事变"之后)我曾在东京和不少的中国朋友交谈过,最后却碰到了一层牢不可破的隔膜,心中流泪过。然而今日的朋友则到不了流泪了,立刻便到达了极厚的隔膜。②

冈崎俊夫天真地问"这个隔膜是从什么地方来的呢",并再三强调他"对于隔膜太厚这个事实,焦虑得不得已"。最后倡言:"我以为我们要愈早愈妙地来互相除去这层隔膜,一起哭,一起笑,一起成为火燃烧。"③在此并不怀疑他的焦虑是真实的。这篇文章之所以用汉语写,大概也是希望更多的中国朋友能读到,让他们也能理解他的焦虑心情。但是对于"九一八事变"之后中日作家学者之间产生的这种隔膜,冈崎不从政治和民族的层面思考其产生的原因,显然回避了问题的实质,也就无法真正"消除这层隔膜"。

---

① 冈崎俊夫.我们的中国文学[J].艺文杂志,1944(2):10-11.
② 冈崎俊夫.我们的中国文学[J].艺文杂志,1944(2):12.
③ 冈崎俊夫.我们的中国文学[J].艺文杂志,1944(2):12.

冈崎俊夫思想上的局限性暂且不论，从文章中可以看出，"中国文学研究会"这一代学者的汉语运用尽管多少还有些生涩，但基本具备使用现代汉语表达他们思想感情的能力。

第二节　萧萧及其翻译作品

1949年以后，中国的日本文学翻译进入一个新阶段。20世纪50年代，出于建设社会主义新文化的需要，中国主要翻译和介绍日本的左翼文学，尤其把重点放在介绍第二次世界大战之后的民主主义文学上。

在这一转换过程中，译者队伍也悄然发生变化。50年代以前曾翻译谷崎润一郎、佐藤春夫等人作品的译者侍珩等，或因无法适应新的文学环境变化，或因政治问题等，不得不停笔翻译。而冯雪峰等曾介绍过日本无产阶级文学的译者，在新中国成立后也无暇再从事翻译工作。于是涌现出一批新的译者，萧萧是其中的佼佼者。她翻译了《箱根风云录》（文化生活出版社，1953年）、《静静的群山》（文化生活出版社，1953年）、《真空地带》（作家出版社，1956年）、《静静的群山》（第二部）、《樋口一叶选集》、《德永直选集》、《宫本百合子选集》、《黎明之前》等长篇小说和大量的短篇小说。

萧萧，本名伊藤克，1915年出生于东京。伊藤家至明治维新时世代为中医，她从小跟随父亲学习汉语，热爱文学。后与华侨蔡金龙结婚，跟随丈夫于1936年来中国，经历了艰难的抗日战争。抗战胜利后，她尝试翻译文学作品，如西条八十的《金丝雀》、岛崎藤村的《千曲川风情》等。与此同时，她也开始将日本战后小说介绍到中国。最先翻译的是高仓辉的小说《猪之歌》。该译作在《人民文学》杂志上的发表引起关注。紧接着她又翻译了高仓辉的长篇小说《箱根风云录》，出版后受到读者的欢迎，由此奠定了她在翻译界的地位。①

《箱根风云录》取材于日本历史上的一个真实事件。17世纪箱根地方的百姓不顾德川幕府的反对，用民间力量完成了巨大的水利工程——箱根水渠。这是一个民众抗争封建幕府的故事。该小说在日本文学史上寂寂无名，萧萧为何要翻译呢？要理解这点需要联系当时的社会背景。萧萧在介绍作者时，特别介绍了高仓辉的创作经历：

> 高仓为了写作《箱根水路》，曾费了很长的时间。一九五○年六月，他被吉田反动政府判处"公职追放罪"，罢免了日共中央委员和参议院议员等公职，在这样的极端困难的情况下，完成了这部长篇小说。有时家里连一粒米也不剩了，但是他从来没有停过笔。在这期间，日本发生了富上二鹰事件、松川事件等富有历史意义的事件，很多爱国人士被反动政府判处死

---

① 吴丹.中日友好的使者：翻译家萧萧[J].东方翻译，2014（2）：38-41.

刑。高仓就通过《箱根水路》，把这些事件反映出来了。[①]

萧萧在此言及日本政府对日本共产党的镇压问题。二战之后，美国以同盟国的名义占领日本，实行了一系列民主改革，采取强制性措施瓦解旧的专制和军事工业，把负有战争责任的官员和企业家清除政界和企业界。但在1948年美苏形成对立格局以后，为了阻止共产主义的扩张，占领军很快改变了对日政策，释放了战争罪犯，采取诸多限制民主主义发展的政策，打击共产党。尤其是朝鲜战争爆发前后，盟军总司令部采取了对日本共产党干部开除公职、停止《赤旗》报发行等强硬措施。日本的民主主义运动由此进入一个新阶段，斗争矛头转向美国占领军以及与其相勾结的日本政府。当时中国的日本文学翻译的主要目的就是要通过介绍一些抗争文学来声援日本人民对美国及其傀儡政府的反抗。因此，描写反抗幕府斗争的《箱根风云录》也被放在反美的意义上来理解和翻译介绍。

与此同时，该小说还有一个重新认识日本民众的政治功能。萧萧介绍说：

> 日本人民现在在美帝和吉田反动政府的各种压迫下，过着极端痛苦的奴隶生活。但是他们现在在日本共产党领导之下，已经懂得怎样反抗、怎样斗争了。正如在亚洲及太平洋区域和平会议上，日本代表龟田

[①] 高仓辉.箱根风云录[M].萧萧,译.上海：文化生活出版社，1953：作者介绍Ⅶ.

东伍氏所说：

"保卫和平的运动正日益深入日本全国的城市、农村和一切国民阶层之中。这个运动正集中在反对重整军备，'不要干涉朝鲜'，废除战争条约，实现全面媾和的要求上而向前发展着。"

今年六十一岁的老革命作者高仓辉氏，就是走在这个运动最前面的斗士之一。①

当时在中国，由于抗日战争结束不久，一般民众由憎恨日本军国主义而产生的仇日情绪还没有完全消除。因此，20世纪50年代初期对日本文学的翻译还承担起了重新认识日本、分清敌友的政治功能，将少数军国主义分子和广大人民群众区分开，以利于形成广泛的"国际革命阵线"。

萧萧之所以如此快速地跟上新中国的政治形势，与她的特殊翻译经历有关。东北解放后，萧萧到东北解放区工作。在那里，她有机会学习毛泽东的文章，阅读苏联和中国的革命小说，其中最令她感动的是奥斯特洛夫斯基的《钢铁是怎样炼成的》和高尔基的《母亲》。在此期间，萧萧了解到留在解放区的日本人内心的空虚孤独，精神食粮的缺乏令他们十分痛苦，但却无人关注，便将解放区作家的短篇小说《我的两家房东》《柳堡的故事》等翻译成日语，大获好评。②也就是说，萧萧作为译者在

---

① 高仓辉.箱根风云录［M］.萧萧，译.上海：文化生活出版社，1953：作者介绍Ⅷ.

② 吴丹.中日友好的使者：翻译家萧萧［J］.东方翻译，2014（2）：39-40.

50年代以前有翻译人民文学的经验，比一般译者更早置身于当代中国文坛急剧变化的主潮流之中。因此她能够更敏锐地发现符合当时意识形态的作品也在情理之中。她后来还翻译了德永直的作品等。这些作品因配合了当时的意识形态很受欢迎，但过后却很快被遗忘了。

当然，萧萧也有至今仍被读者喜爱的翻译佳作——《樋口一叶选集》。以下举一个具体例子看看萧萧的翻译策略。

> 廻れば大門の見返り柳いと長けれど、お歯ぐろ溝に燈火うつる三階の騒ぎも手に取る如く、明けくれなしの車の行来にはかり知られぬ全盛をうらなひて、大音寺前と名は仏くさけれど、さりとは陽気の町と住みたる人の申き、①

这是《青梅竹马》的开头。原作是用日语拟古文创作的，文体比较晦涩。首先，句子缠绵相连，由一连串的逗号接续，几百字的自然段落只有一个句号。其次，潜在的叙事人无处不在，却难以把握。如果按照日语的语序翻译成汉语，就会显得凌乱琐碎，逻辑不通。萧萧的翻译是这样处理的：

> 这条胡同名叫大音寺前巷。这个名称虽然带点佛教气味，但居民都说这儿真是个红尘闹市。要绕过这儿，才能走到吉原大门，门前的回顾柳，枝条如丝，

---

① 樋口一葉.樋口一葉集［M］.東京：筑摩書房，1964：55.

长长地下垂着。三层妓楼的灯影映射在黑浆沟里,楼上一片喧哗的声音一直传到这胡同来。路上车水马龙,从早到晚络绎不绝。在这儿,灯红酒绿的盛况是数也数不清的。①

首先,萧萧对语序做了一个大调整,将第四、五句"大音寺前と名は仏くさけれど、さりとは陽気の町と住みたる人の申き"调整到第一、二句。尤其增加了一个主语"这条胡同",将其他叙述都变成了对这条胡同的相关描写,句子的逻辑一下全部通顺了。其次,是将连绵不断的分句,分割成六个句子,使得叙述更加明快。

萧萧在翻译中毅然做如此大的改动,首先是日本出生和在中国长期生活,使得她对这两种文字的理解和驾驭能力都比较出色。其次与她对文体的认识也有关。在这点上她显然受到高仓辉的文体观的影响。

她在论及高仓辉的小说文体时说,高仓在创作初期曾发现一个问题,即"他自己所最热爱的、在一起生活的工农大众中,很少有人看他的作品。虽然有些人读过,但他们却不大表示欢迎。而表示欢迎的,却是小资阶级的读者们"。于是,高仓辉埋头研究这个问题,结果了解到这些作品中有很多工农大众所不知道的字,文章也不是用他们的语汇来写的。"高仓深深地感到,日本的文字和文章已成了少数知识分子的私有物,而他自

---

① 樋口一叶.樋口一叶选集[M].萧萧,译.北京:人民文学出版社,1962:164.

己也不知不觉地仍在使用着它。从此他关心写作所用的文字和语汇，把'文章工农化'的运动视为群众运动中的主要部分，亲自参加这个运动。他首次用大众的语言著作了长篇小说《大原幽学》。在这部作品中，他尽量避免用汉字和难懂的字句，并采用'片假名'。日本投降后，很多进步的报社和杂志社采用了他的办法。后来他读到毛主席的《整顿学风党风文风》和《反对党八股》等文献，对自己的方针的正确得到了证明，根据这个方针，又创作了《狼》、《猪的歌》和《箱根水路》等。"[1]在此萧萧对高仓辉使用通俗易懂的语言进行创作给予很高的评价。这也成为她翻译时使用平易文体的一个原则。

再回头看樋口一叶作品的文体，虽然大都讲述的是底层民众的故事，但使用的却是拟古文日语，一般读者难以理解。萧萧意识到了这个问题，因此在翻译中大胆改变语序和句子结构，力图将繁复晦涩的拟古文日语转化为易于理解的现代汉语。通过这样的转化让一般读者能读懂，而不是只有少数文学精英能欣赏。从结果上看，萧萧的努力是成功的。她翻译的樋口一叶作品至今仍然是再版和被收录最多的版本。[2]近几年出版了几个新的译本，但是在语序的调整和断句上明显受到萧萧译本的影响。可见萧萧的译本在樋口一叶文学汉译史上占据着无可替代的重要位置。

---

[1] 高仓辉.箱根风云录[M].萧萧,译.上海：文化生活出版社,1953：作者介绍Ⅵ-Ⅶ.
[2] 樋口一叶.青梅竹马[M].萧萧,译.北京：中国和平出版社,2005.

第三节　21世纪的汉语写作——新井一二三的"日本趣味"

进入21世纪之后，日籍译者的翻译作品呈增多之势，如茂吕美耶翻译了冈本绮堂《半七捕物帐》（共12册）（吉林出版集团有限责任公司，2010年）及夏目漱石《虞美人草》（金城出版社，2011年）等；小岩井翻译了《青梅竹马》（百花洲文艺出版社，2018年）、《菜穗子》（北京联合出版公司，2017年）、《起风了》（北京联合出版公司，2016年）等；加藤嘉一翻译了《人间的命运：致巴金》（芹泽光治良著，东方出版社，2018年）、《如果高中棒球队女子经理读了彼得·德鲁克》（岩崎夏海著，南海出版公司，2014年）等。他们在与众多中国译者的竞争中能获得一席之地实属不易。

但更值得关注的是，进入21世纪之后，陆续涌现了一批知名的日籍汉语作者，如茂吕美耶[①]、新井一二三、吉井

[①] 茂吕美耶的汉语作品如下：《物语日本》（桂林：广西师范大学出版社，2006年）、《江户日本》（桂林：广西师范大学出版社，2006年）、《平安日本》（桂林：广西师范大学出版社，2007年）、《传说日本》（桂林：广西师范大学出版社，2007年）、《战国日本》（桂林：广西师范大学出版社，2010年）、《战国日本2：败者的美学》（桂林：广西师范大学出版社，2015年）、《字解日本：十二岁时》（桂林：广西师范大学出版社，2009年）、《字解日本：乡土料理》（桂林：广西师范大学出版社，2011年）、《大奥日本》（桂林：广西师范大学出版社，2018年）、《明治：含苞（接下页）

忍[1]、加藤嘉一[2]、元山里子[3]等。20世纪30、40年代日本人写的汉语作品主要发表在文学刊物或中日文化关联的杂志上，读者也主要限定在这两个圈内，阅读范围较为狭窄。但21世纪这批作者的汉语作品与此不同，发表在一般杂志、周刊、报纸等中国的大众媒体上，拥有广泛的读者，进入普通的汉语读书界的流通系统之中。新井一二三是其代表人物，上海译文出版社甚

　　待放的新时代、新女性》（成都：四川文艺出版社，2018年）、《大正：百花盛放的新思维、奇女子》（成都：四川文艺出版社，2018年）等。

[1] 吉井忍的汉语作品如下：《冬日便当》（杭州：浙江出版集团数字传媒有限公司，2013年）、《春日便当》（杭州：浙江出版集团数字传媒有限公司，2013年）、《夏日便当》（杭州：浙江出版集团数字传媒有限公司，2013年）、《秋日便当》（杭州：浙江出版集团数字传媒有限公司，2013年）、《四季便当》（杭州：浙江出版集团数字传媒有限公司，2014年）、《日本料理物语》（杭州：浙江出版集团数字传媒有限公司，2015年）、《樱花树和熊猫》（杭州：浙江出版集团数字传媒有限公司，2015年）、《东京本屋》（北京：北京世纪文景文化传播公司，2016年）等。

[2] 加藤嘉一的汉语作品如下：《七日谈：来自民间的中日对话录》（与山奇合著，北京：新华出版社，2007年）、《以谁为师：一个日本80后对中日关系的观察与思考》（北京：东方出版社，2009年）、《从伊豆到北京有多远》（南京：凤凰出版传媒集团、江苏文艺出版社，2010年）、《中国，我误解你了吗》（北京：华文出版社，2010年）、《中国的逻辑》（昆明：云南出版集团公司、云南人民出版社，2011年）、《爱国贼》（香港：大块文化出版股份有限公司，2011年）、《加藤嘉一：致困惑中的年轻人》（南京：凤凰出版社，2012年）、《中国的细节》（杭州：杭州蓝狮子文化创意有限公司，2014年）、《我所发现的美国》（北京：东方出版社，2017年）等。

[3] 元山里子的汉语作品如下：《三代东瀛物语》（广州：花城出版社，2017年）、《他和我的东瀛物语：一个日本侵华老兵遗孀的回忆录》（广州：花城出版社，2019年）等。

至为她出版个人的系列文集。在该社能享受如此待遇的日本作家迄今只有村上春树和夏目漱石,其受欢迎程度由此可见一斑。那么,新井一二三作品的魅力到底何在呢?

新井一二三出生于东京,早稻田大学政治经济学系毕业。1984—1986年在北京外国语学院和广州中山大学留学,回国后在《朝日新闻》当记者。1987年移居加拿大,做自由撰稿人,开始英汉双语写作。1994年移居香港,在港台期刊报纸上发表汉语作品。1997年回日本后依然为港台媒体撰写汉语文章。台湾大田出版社在21世纪初开始将她的汉语作品结集出版。大陆最早引进她文集的出版社是江西教育出版社,于2007年出版了她的三部作品《无性爱时代》、《樱花寓言》和《123成人式》,由此逐渐引起大陆媒体的关注,从2008年起大陆媒体也约请她写文章。

概括而言,新井的作品受欢迎主要有以下三个原因。首先,作品短小。这些作品,没有小说,全部是夹杂个人经验的文化随笔。篇幅长者不超过两万字,短的只有几百字。这在生活节奏越来越快的当代便于一般读者快捷阅读。

其次,文字明白晓畅,不失俏皮。大概是外国人写汉语文章之故,没有一般中国人作文常犯的故作深沉的坏毛病。就事论事,没有深奥的汉字和夸张的比喻;间或插入一些日语词句,自成一种洒脱的文风,比如"旅人一族","中文的'粉丝',到了日文里就翻身为'春雨'",等等。

最后,也是最重要的一点是,她提供了一种独特的日本趣味。新井说:

> 说起来很有趣，在中文大海里航行了这么多年以后，我最后发觉，其实本人最熟悉的是祖国日本的文化。一般不会特地讨论的日常生活，用外文描写起来，却是神奇、传奇故事的宝山。①

她的大多数文章都是讲日本文化，这与她作为日本作者在汉语媒体发表文章有关。她是身居日本的汉语作家，中国的媒体自然希望她写有关日本的内容。

其实有关日本文化的书籍，从20世纪60年代到80年代在日本曾风靡一时。随着二战后日本经济腾飞，涌现出一大批"日本文化论"书籍，试图为经济成功寻找文化根据。这些"日本文化论"大谈日本文化的独特性，并试图证明日本战后的经济奇迹是与欧美现代化不同的另一条现代化道路。然而，这些所谓的日本文化的独特性往往是与欧美文化比较之下抽取出的，无论是"集团主义"还是"羞耻文化"等特征无不如此。仅仅是与欧美不同就称为日本文化的独特性，显然缺少亚洲视点。因此当新井面对汉语读者写日本文化的时候，采取了与上述"日本文化论"不同的立场。

新井放弃了以日本经济奇迹为前提的"日本文化论"叙述方式。其根本原因在于她开始执笔介绍日本文化的20世纪90年代中期，日本泡沫经济业已破灭，那些传统的"日本文化论"赖以立论的条件正在消失。就她个人经历和家庭境况而言，即

---

① 新井一二三.你一定想知道的日本名词故事[M].上海：上海译文出版社，2017：3.

便是在经济高速发展时期也不是搭上经济快车道的那部分人。她是生于东京、长于东京的正宗"江户儿",但是在战后东京暴富的却往往是地方来的"乡下佬"。她在书中常自嘲是"败北的江户儿"。"江户儿"是一个固有名词,不仅指生长于东京的男子,更是指称"性格豪爽、具有男子气概的人"。新井的自嘲包含了一种反抗。她甘愿以"败北"的姿态,发挥"江户儿"的气概,反思日本的现代化,尤其反思东京都市建设的现代化问题。她写道:

> 以奥运会为标志的近代化,不仅改变了市井生活,而且对整座城市的基本理念带来了根本性的调整。比如说,为了赶上奥运会开幕而匆匆完成的首都高速公路网,就建设在旧水路上。东京的前身江户曾是能跟苏州、威尼斯相比的美丽水城,市内交通以水上航线为主,市民生活无论是交易还是娱乐都跟水路有很密切的关系。看江户时代的浮世绘,很多都画着水景。然而,1868年的明治维新以后,铁路、公路运输代替了水路的重要性,在市内四通八达的运河被放弃不用了。上世纪六〇年代初,奉命设计高速公路的一批工程师们,发现有现成的交通网沦落为恶臭冲鼻的脏水沟,毫不犹豫地决定填平起来了。他们万万没有想到,这江户城的遗产其实对居民生活起着非常重要的作用,即确保东京湾刮来的海风能由此通过。①

---

① 新井一二三.我这一代东京人[M].上海:上海译文出版社,2011:6-7.

1964年的东京奥运会在以往的"日本文化论"中均是被当作日本经济成功的标志性事件叙述的，但是在新井的文章中却成为批判的标靶。

新井放弃了"日本文化论"那种惯常的宏大叙事，而是专注于日常生活的细节描述。她在《你一定想知道的日本名词故事》的序中说："文化的精髓，事物的本质，往往就在于表面上看来不一定很重要的细节上……乍看不一样的风俗背后，有时存在着普遍的真理；乍看很像的习惯背后，有时却藏着很不同的哲学。"①

以该书中的《御杂煮》一文为例具体看看她的写作策略。第一节开首便指出"餅"这个日本汉字并非汉语"面饼"，而是"年糕"之义。接着介绍日本人制作和吃年糕的方法。按照一般"日本文化论"的写法接下来就应该谈与日本民族性的关联及其独特性。但作者却笔锋一转，在第二节对这种日本人吃年糕习惯的独特性表示异议，因为在电视节目上发现中国贵州土家族也有类似的吃法。第三节又介绍了给日本学生上中文课时介绍用饼吃北京烤鸭所闹的笑话。日本学生以为汉语的"饼"与日语的"餅"意思相同，因此难以理解"年糕"如何才能卷起来吃。她通过这种中日之间汉字意思与吃法的层层比较，指出相同之处，然后才开始揭示日本的独特吃法，即"御杂煮"加菜和佐料煮着吃的方法。同时不忘提醒，"御杂煮"的吃法在日

---

① 新井一二三.你一定想知道的日本名词故事[M].上海：上海译文出版社，2017：3.

本地区间的差异也很大,甚至会因此闹出家庭矛盾。文章就此打住。

新井的大多数文章都是这种写法,关注日常生活的某个细节,也会由此涉及一些历史由来,但既不会简单地将其升华为日本的独特性,也不会认为某种传统是一成不变的。在上述的《御杂煮》中她还特别介绍了现在的日本年轻人并不喜欢把年糕煮着吃,而是用微波炉把"餅"加热弄软以后倒酱油和黄油吃。同时,她的文章不完全是家长里短,也有社会话题。譬如她在《"在日"不等于日本人》中谈及"在日"一词的时候说,这个词是专门指在日的朝鲜人和韩国人。"'在日'是可悲的名词,因为本来该跟在后面的'韩国人、朝鲜人'显然被省略掉了,犹如殖民统治时期的'半岛人'或者'本岛人'。"①

尽管新井避免高屋建瓴地提出这样或那样的"日本文化论",但是通过这种细节层层叠叠的汇聚,读者根据各自的阅读感受还是会形成某种关于日本文化的印象。正如她自己所说:"我写文章,历来要通过生活中的小事、小故事去打开展望世界文明的视角。这本书收录的文章谈及日本人的饮食生活、日本人的世界观、日本的人物、日本的男女关系、日本的社会风气等,每篇文章谈的都是也许别人以为微不足道的小事情。但愿这本书能给读者提供事先想象不到的视角,看完整本书时,读

---

① 新井一二三.你所不知道的日本名词故事[M].上海:上海译文出版社,2014:90,93.

者脑海里有了跟原先稍微不一样的日本观。"[1]因此细节对于她而言，不仅是一种写作策略，也是一种观察日本的方法。

新井的这种写作策略，确实让中国读者耳目一新。现代以来汉语界对日本的系统论述始于黄遵宪的《日本国志》。黄遵宪在日本目睹了明治维新后发生的巨变，认识到中国若想富国强兵，远法欧美不如近学日本。同时，国力增强后的日本对亚洲的扩张也引起他的高度警惕。这样的对日认识影响了《日本国志》的篇章结构，虽然记叙日本历史，但将明治维新史作为记叙的重点，意在借镜而观。一是吸收日本现代化的成功经验，二是探究抵御日本侵略的方略。就是说，《日本国志》是迫于拯救中国的现实，将日本作为观照中国的镜子和了解西洋的窗户。这种认识方法几乎贯穿了整个20世纪的中国。随着中日关系的起伏，在30、40年代侧重后者，在70、80年代侧重前者。21世纪之后，随着中日之间摩擦加剧，情绪化的言论在媒体泛滥，唯独缺少日常生活层面上的温情且克制的细致观察。新井关于日本文化的系列随笔正好弥补了这一不足。为了区别上述各种高头讲章的"日本文化论"，我将新井这种紧贴于日常生活细节的描写称为"日本趣味"。

新井的作品以其独特的日本文化视角从21世纪起受到大陆媒体的青睐，但在一般读者群中引起广泛注意还是得益于上海译文出版社从2011年开始陆续推出她的文集。第一辑共三

---

[1] 新井一二三.你所不知道的日本名词故事[M].上海：上海译文出版社，2014：3.

本,《我这一代东京人》《独立,从一个人旅行开始》《伪东京》。2012—2013年又推出《午后四时的啤酒》《没有了鲔鱼,没有了黄油》《东京迷上车:从橙色中央线出发》,在汉语读书界引起小小的轰动。此后该社陆续推出新作品集《我和阅读谈恋爱》《123成人式》《你所不知道的日本名词故事》《你一定想知道的日本名词故事》,共达10本之多。其中一些作品再版、三版。

推动新井作品受欢迎的一个不可忽视的因素是,2010年左右开始中日关系发生重要的转折。一方面,在官方层面因为历史问题和领土问题以及美国调整亚太战略等因素双方冲突愈加剧烈;另一方面,中国经济迅速发展,并于2010年GDP超越日本,富裕起来的部分中国民众开始涌向日本旅游,也就是说民间交流反而愈加密切。新井的作品恰好提供了一个专门针对广大汉语读者介绍日本文化的民间视角,因此受到读者的欢迎。

作为媒体人,她敏锐地察觉出当代流行于中国的日本大众文化所塑造的"日本文化"的片面性。她说:"近年的中国年轻人,通过电视或互联网等渠道,看过许多日本连续剧、动漫作品等,而且对作品里出现的日本生活之细节,有具体而强烈的兴趣。自从中国掀起了旅游热潮后,重复来日自由行的游客也激增,而他们对富士山、奈良大佛、秋叶原电器一条街都司空见惯,反之对偏僻山区没人知道的温泉旅馆、位于东京小巷中的拉面馆、小饭馆等充满兴趣。"[①]她要将潮涌富士山、奈良大

[①] 新井一二三.你所不知道的日本名词故事[M].上海:上海译文出版社,2014:3.

佛和秋叶原的中国游客拉到"小巷中的拉面馆、小饭馆"等日本人的日常生活中，让其体验日本文化。于是新井孜孜不倦地介绍一个又一个日本的生活细节，看似琐碎，却有作者的体温，让人感到平易近人。

对日本日常生活细节的描写，虽然在20世纪20年代的留日学生的作品中已经出现，但是将其作为作品的主题全力描写并从中发现无穷乐趣和哲理，应该说新井的作品是最突出的。在此意义上，可以说新井的"日本趣味"既反日本的"日本文化论"，也反中国的"日本文化论"，提供了一个认识日本的新视角。

结　语

上述这些由日本人翻译和创作的汉语作品，由于被中国读者阅读，有些作品甚至是畅销书，俨然已经构成"中国文学"的一个组成部分。但同时也不能忽视汉语写作中的"日本"和"日本人"这一重要因素。从上述分析可以看出，他们在汉语翻译和创作上的独特贡献与这一因素密不可分。

中田敬义翻译的《北京官话伊苏普喻言》远远超出了当时的"文学"制度。时隔22年之后梁启超选用"白话"翻译《十五小豪杰》时才深刻意识到白话翻译不单是文体的问题，而是关涉"文学观"的革命。中田之所以采用北京官话翻译，并不是出于介绍文学，而是为了给日本人学习"北京官话"提供语言教材。这个超前的文学实践活动完全是由于语言教育实践的跨界。当然这也在一定程度上限制了其影响范围。

萧萧的日本文学翻译在20世纪50年代大放异彩，除了她拥有深厚的双语功底以外，与她在抗战胜利后至新中国成立前的翻译实践有很大关系。她给东北地区的残留日本人翻译《柳堡的故事》等作品，使她率先进入新时代的文学世界。这个文学世界与五四运动以来的知识分子主流文学不同，而是始于延安的人民文学。她在50年代着力翻译的高仓辉、德永直等人的作品正是这类文学。她采用平易文体翻译樋口一叶的作品，也可以说是在这条线上的自然延长。萧萧于60年代回日本定居。

新井一二三的日本文化随笔从细节入手，观察入微，更是得益于她作为一个东京人在东京的生活。她强调自己是"非典型日本人"，是为了反抗刻板固定的"日本文化论"。她的自我定位是"东京人"，她也主要从这个视角写作。但是中国媒体约请她写作的时候，是将她当作"日本人作者"。也就是说，她虽然自我认知是"东京人"，但是在汉语的大众媒体上写作时不可能只讲"私生活"，她在空间上时时往返于东京某个自己生活的区域与东京都乃至整个日本之间，在时间上也超越个人的经历而上溯至家庭史、地方史乃至日本历史，由此构成她的文化随笔独特的叙述内容和叙述方式。她的作品在专以出版外国文学见长的上海译文出版社出版也表明其与一般汉语作品不同的异质性。

日本人用英语创作的作品，如上所述业已被看作"日本文学"的一部分。在此意义上，日本人用汉语翻译和写作的作品，也理应看作"日本文学"的一部分。或许关于这类作品没有必要特别强调其国别性，原本就是跨境的作品，但由于其跨境性这一特征往往被"中国文学"和"日本文学"双方的学界忽视。在没有更合适的学术概念来框定这类作品之前，不妨将其看作既是一种特殊的"中国文学"，也是一种特殊的"日本文学"。

（原载《东北亚外语研究》2019年第4期）

第九章　日本现代文学在当代中国的接受

第一节　冷战结构下的翻译

1949年，社会主义国家的诞生使得中国的政治形态发生了巨大变化，对文学翻译也产生了重大影响。20世纪50年代，国家把翻译和介绍"国际革命文艺"，尤其是苏联文学放在了最重要的位置上。日本左翼文学作为"国际革命文艺"的一个组成部分也成为翻译对象，重点翻译出版了藏原惟人的理论著作和宫本百合子、小林多喜二、德永直等作家的小说。

20世纪20、30年代中国也曾大量翻译日本左翼文学，但50年代初期的翻译在选题上与此前有所不同，重点放在介绍第二次世界大战之后的民主主义文学上，其主要目的是通过介绍这些文学来起到重新认识日本、分清敌友的政治功能，以利于形成广泛的"国际革命阵线"。藏原惟人的文艺理论集《日本民主主义文化运动》翻译出版于1950年10月，是新中国成立后最早出版的日本文艺理论著作。其译者序言开首便说:"一提到日本和日本人,我们很多人都还有余悸,并不胜其愤恨之感。当然的,七八十年来的中国人民,的确是吃够了日本的苦。而且这种海洋般深的血债,还没有算清。不但如此,法西斯日本的残余势力在美帝卵翼指使之下,还在处心积虑谋害我们……但是我们把日本人的概念笼统化了,是不恰当的……我们必须全面地看,划清界限,分清敌友。日本的统治阶级是我们的敌人,而日本的人民却是我们的朋友。"[1]

翻译民主主义文学的另一个主要目的是声援日本人民对美国占领军的反抗。宫本百合子的《播州平野》是日本战后民主主义文学的奠基之作,翻译出版于1951年。该小说运用细致的现实主义手法,借主人公宏子的娘家与婆家两个家族纵横交错地描写了日本投降后的整个社会图景,如战后的混乱局面、由治安维持法案带来的法律的高压和不公正、监狱的黑暗与腐败等。该小说创作于1947年,就当时的社会背景而言,对日本社会去军国主义化的主要力量来自美国占领军的强制性措施。但翻译该小说时的1951年,却是朝鲜战争进行最为激烈的时候,也是日本反对美国占领、争取独立的民主运动的高潮时期。因此,译者在序言中从1951年的政治形势回溯历史,揭露美国战后占领日本的政治意图。进而指出:"美帝不但无意放弃这个侵略东方的军事据点之一,而且一心要奴役日本的人民,拿他们作其发动世界性的侵略战争时的前线的炮灰。美帝的这种阴谋

---

[1] 藏原惟人.日本民主主义文化运动[M].尤炳圻,译.天津:知识书店,1950:译者序言1.

是能彻底实现的么？日本女作家的这本《播州平野》的著作上告诉我们的是，不仅日本人民不愿做再一次的牺牲，而且还要站起来反抗的……我们以援助兄弟之邦的朝鲜那种心情来援助反帝反封建的另一个兄弟之邦——日本——的人民吧！"①显然，该小说的翻译也承担起了声援日本人民反美运动的政治功能。

直接描写战后日本工人阶级开展革命斗争运动的是德永直所著的《静静的群山》（一、二部）。该小说以战后山区的某军需工厂为舞台，描绘了工人们在共产党的领导下思想觉悟迅速提高，组织强大的工会与军阀残余势力作斗争的故事。由于该小说创作于1950年，美国已经改变对日政策，因此小说对美国的战后政策的侵略性有一定的认识和描述。值得注意的是，该小说的创作本身也是与美帝国主义进行的一个斗争。日本共产党机关报《赤旗》自1950年受占领军的镇压被迫停刊以后，几经曲折，于1954年3月起复刊。《静静的群山》第二部从1954年3月至1954年12月连载于《赤旗》上。作者称："《静静的群山》的第二部原是为了这个复刊斗争而写的。"②因此，该小说当时在中国、苏联等社会主义国家受到高度评价，很快出版了中译本第一部③和第二部④。

---

① 宫木百合子.播州平野[M].沈起予，译.上海：文化工作社，1951：写在前面1，5.
② 德永直.静静的群山：第二部[M].萧萧，译.北京：作家出版社，1957：807.
③ 德永直.静静的群山：第一部[M].萧萧，译.上海：文化生活出版社，1956.
④ 德永直.静静的群山：第二部[M].萧萧，译.北京：作家出版社，1957.

相比之下，小林多喜二虽然是日本无产阶级文学的最杰出代表，但由于他的作品全部创作于战前，或许是现实针对性不够强，其作品的翻译介绍相对滞后，至1955年以后才逐渐多起来。这也是由于随着朝鲜战争的结束，从20世纪50年代中期起日本文学翻译的选题发生了一些变化，即淡化了声援日本人民反美的政治目的性，开始重视"经典作家和经典作品"的翻译。当然，此处的"经典"主要是指无产阶级文学和批判现实主义文学以及古典文学。1958年人民文学出版社出版了《小林多喜二选集》三卷本，第一、二卷收集中篇小说，第三卷收集部分评论和书信。该选集对所选作品以及评价虽然也强调革命性，但艺术评价的成分明显增强，例如，译者在前言中并不讳言小林作品中的不足之处："《安子》描写两个农村妇女参加党的地下生活，逐渐提高阶级觉悟的过程。当时有不少作品，因为要强调人物的阶级性，写得比较公式化概念化。作者想通过安子的个性描写，创造出一个鲜明的突出的形象，但未能完全成功。"[1]

20世纪50年代中期以后，除左翼文学以外也开始翻译介绍日本的批判现实主义作品，其中引人注目的是岛崎藤村的《破戒》。三年间有人民文学出版社[2]、上海文艺联合出版社[3]和平明

---

[1] 小林多喜二.小林多喜二选集：第一卷[M].适夷，王康，震先，译.北京：人民文学出版社，1958：前言4.
[2] 岛崎藤村.破戒[M].由其，译.北京：人民文学出版社，1958.
[3] 岛崎藤村.破戒[M].白云，译.上海：上海文艺联合出版社，1955.

出版社①出版了该作品。《破戒》是日本自然主义文学的代表作之一，但50年代的中国由于受苏联社会主义现实主义文艺观的影响，把自然主义文学看作消极落后的文学流派，认为该流派的创作方法停留于表面琐碎的描写，不能深刻地把握事物的本质。因此，翻译介绍《破戒》，需要在文艺理论上给这部作品一个新的定位。译者平白在译后记中说："藤村的《破戒》一向在日本被认为是自然主义文学的奠基作品之一……然而，就中，藤村的《破戒》却显然独树一帜。首先，它的政治性、反抗性是相当强烈的，它表现的'冲破苛酷的命运而要坚强生活下去的小人物的意志'，虽然是个人的，同时却也有阶级的性质，有普遍的性质。"如此这般分析，译者就将《破戒》从一般的自然主义文学中区别开来，看作批判现实主义的文学作品了。但与此同时，译者也指出了《破戒》存在的缺点："作者对于种族问题不能从阶级问题分开来看、种族的斗争不能从阶级的斗争分开来看，这是没有认识到马列主义的真理……《破戒》全书充满了回顾、咏叹、悲伤、感伤的气氛，这也正是作者还没有能够越出软弱、动摇地小资产阶级一步的有力证明。"②不难看出，这是以社会主义现实主义文艺观在评论作品，对明治时期的作者提出了过高的政治要求。

在当时，这样的文艺批评并不限于《破戒》，而是一种通行的文艺批评方法。刘振瀛在《夏目漱石选集：第一卷》的前记

---

① 岛崎藤村.破戒[M].平白,译.上海：平明出版社,1955.
② 岛崎藤村.破戒[M].平白,译.上海：平明出版社,1955：译后记302-303.

中也基本采取了同样的批评方法。他先承认《我是猫》和《哥儿》在内容上"对资本主义社会，进行了无情的攻击与嘲笑"，讽刺了金钱关系、家族制度和资产阶级的所谓的"个性与自由"。然后接着指出"从它的性质来说，还是停留在十九世纪批判的现实主义的范畴里"，因而"历史局限性也就不难想见了"。具体而言，指作者的讽刺精神是来自封建道德的儒家思想与西欧资本主义上升期的那种从个人主义出发的个性与良知。他没有看见创造这个世界的真正的力量——人民群众，因此讽刺批判的背后隐藏的是"浓厚的虚无绝望的色彩"，得出了凄凉的结论[①]。

而正是在政治觉悟这一点上，石川啄木以其具有的社会主义倾向得到了较高的评价。石川啄木是一位明治时期的作家，主要成就在短歌创作上，其小说的艺术性本来不是很高，但因为他的政治立场倾向于社会主义，人民文学出版社专门出版了《石川啄木小说集》。编者在前言中也不得不承认，石川啄木的小说在艺术上还有"许多显著的缺点"，但更着重强调："在他这一系列的小说里，我们可以看到五年之间，啄木的思想是怎样从混沌之中迅速发展，逐渐地深刻化，终于摸索到一条正确的道路——社会主义的道路，这一点，使他在明治末期的日本文学上成为一个先驱者，一个进步的诗人。"[②] 总之，批判现实主义的创作方法、社会主义觉悟和反战思想成为这一时期近现代

[①] 夏目漱石.夏目漱石选集：第一卷［M］.胡雪，由其，译.北京：人民文学出版社，1958：前记1-21.

[②] 石川啄木.石川啄木小说集［M］.丰子恺，等译.北京：人民文学出版社，1958：前言7.

作品翻译选题的重要标准。

总体上看，20世纪50、60年代的日本文学翻译比起1949年以前在译文的质量上有所提高，且数量不少，然而却几乎没有对同时代的中国文学产生影响。究其原因，主要有以下三点：

第一，新中国的文化自我定位发生了变化。进入现代之后，因日本先于中国取得现代化的成功，因此日本的现代文化被看作先进于中国，中日之间的文化交流主要是中国站在接受的立场上。就文学交流而言，也主要是通过日本接受西洋文学的影响。但1949年新中国的成立却打破了两国现代以来的文化定位。新中国的独立自主与日本战后被美国军事占领的现实形成鲜明对比，使得中国知识界普遍认为，在世界史的历史进程中中国超越了日本，处于历史先进的地位。这样一种文化自我定位首先反映在翻译态度上。当时的翻译主要不是为了吸取，而是为了输出革命，即所谓的"声援日本人民反美斗争"。比如，藏原惟人是日本著名的无产阶级文艺理论家，其著作在20世纪20、30年代就有许多中文译本，对当时的中国革命文学运动和左翼文学运动产生过重要影响。50年代初期也曾翻译过他的多种文艺理论著作，却丝毫没有再产生影响，这与翻译介绍的态度有一定关系。译者在相关理论著作译本的序言中也承认，日本民主主义文化运动的经验，值得我们学习的地方有很多，但终究不过是"极有助于我们对于日本人民的正确的认识，增加我们对日本人民必然胜利的信心"[①]。显然缺乏积极吸取的热情。

---

① 藏原惟人.日本民主主义文化运动[M].尤炳圻，译.天津：知识书店，1950：译者序言5.

第二，这样的文化自我定位还反映在注重翻译那些受到毛泽东文艺思想影响的作家与作品上，最典型的例子就是德永直。德永直多次提及他的创作受到毛泽东文艺思想的影响，在《静静的群山》第二部的后记里更是明确地说："如果第二部比第一部有点进步的话，这都是我受了日本人民英勇斗争的鼓励和《在延安文艺座谈会上的讲话》的启发，努力使自己接近工人和农民的结果。"[①]这个受到毛泽东文艺思想影响的日本作家在中国得到特殊待遇，成为当时翻译介绍的重中之重[②]。但也正因为是受了毛泽东文艺思想的影响，尽管他的作品被翻译了很多，因对于中国作家缺少新鲜感，没有产生影响。

第三，单一的社会主义现实主义文艺观妨碍了对日本文学独特性的理解和把握。比如，夏目漱石的《旅宿》是一篇超凡脱俗、具有唯美风格的作品。在20世纪20年代就有中文译本，

---

① 德永直.静静的群山：第二部 [M].萧萧，译.北京：作家出版社，1957：807-808.

② 德永直的中文译本除《静静的群山》外，还有：短篇小说集《街》（李克异、王振仁译，上海：新文艺出版社，1957年）、《没有太阳的街》（李芒、刘仲平、李思敬译，北京：人民文学出版社，1958年）、短篇小说集《怎样走上战斗道路的》（储元熹、林玉波译，上海：上海文艺出版社，1959年）、《德永直选集》（第二、三卷）（萧萧译，北京：人民文学出版社，1959年）、《德永直选集》（第四卷）（石坚白、刘仲平、萧萧等译，北京：人民文学出版社，1959年）、《德永直选集》（第一卷）（李芒译，北京：人民文学出版社，1960年）、《童年的故事》（刘仲平、储元熹、包容译，北京：少年儿童出版社，1960年）、《妻呵，安息吧！》（周丰一译，上海：上海文艺出版社，1961年）。此外，山代巴也称《板车之歌》（钱稻孙、叔昌译，北京：作家出版社，1961年）的创作受到毛泽东文艺思想的影响。

对当时的一些作家产生过影响。50年代人民文学出版社出版的《夏目漱石选集》也将其收入，但前言对该小说基本持一种否定的态度，认为这是作者安排的"一个逃避的场所"，脱离人民群众[①]。对"白桦派"作家志贺直哉也提出要从"阶级""人民性"的角度去理解。译者认为，由于志贺直哉的阶级局限性，使他不能突破自己所创造的感性的精神世界，但联系着作者对社会的关心与政治和文学上的坚贞又不能完全否定他的作品。因为战前他曾与小林多喜二交往，战后则支持"新日本文学会"。尤其为了反抗美国政府镇压共产党，他拒绝为反动刊物写稿，"都明白地表现了这位作家与自己的人民群众之间的精神的联系"[②]。但即便如此，对这样一个强烈地主张个人主义、注重感性世界的作家，偏偏要求读者从"人民性"的角度去理解，显然南辕北辙，根本无法真正地进入他的文学世界。

总而言之，20世纪50、60年代尽管翻译了许多优秀的日本文学作品，如《二叶亭四迷小说集》（石坚白、秦柯译，人民文学出版社，1962年）、《石川啄木诗歌集》（周启明、卞立强译，人民文学出版社，1962年）等，但由于受上述时代背景的限制，对当时的中国文学没有产生显著影响。而60年代中期至70年代中期，日本文学翻译几乎是空白，只有几种译本，如无产阶级作家小林多喜二的作品和作为反面教材翻译的三岛由纪夫的作品。

[①] 夏目漱石.夏目漱石选集：第一卷［M］.胡雪，由其，译.北京：人民文学出版社，1958：前记16.

[②] 志贺直哉.志贺直哉小说集［M］.适夷，等译.北京：作家出版社，1956：前记2.

第二节 新时期的翻译热潮与文学观的转型

在经过长时间的文化封锁之后，中国从20世纪70年代末开始，出现了大规模介绍西方文化的热潮。就日本文学翻译而言，选题广泛，几乎无所不包，上至古典名著，下至现当代各种大众文学作品。从发表刊物看，除专门译介日本文学的杂志《日本文学》和《日语学习与研究》外，《外国文艺》《世界文学》《外国文学》《译林》《当代外国文学》等杂志也都积极翻译介绍日本文学。20世纪80年代，出版了几套日本文学翻译丛书。其中影响较大的有三套，第一套是人民文学出版社出版的《日本文学丛书》。该丛书从20世纪80年代初开始出版，包括《源氏物语》《平家物语》等古典名著以及夏目漱石、佐藤春夫等近现代作家的重要作品。第二套丛书是上海译文出版社出版的《日本文学丛书》。该丛书选题范围为近现代名家，包括夏目漱石、森鸥外、谷崎润一郎等作家。第三套丛书是由海峡文艺出版社等七家出版社联合推出的《日本文学流派代表作丛书》。进入90年代，随着市场经济的发展、出版环境的变化，翻译的重点向经典作家和流行作家的文集化、系列化发展。在经典作家方面，最有代表性的是叶渭渠等主编的《川端康成文集》和《三岛由纪夫文集》等。在流行作家方面，林少华翻译的《村上春树文集》则独占鳌头,由畅销变为长销。据统计,80、90年代日本文学作品翻译约1400种,占清末以来日本文学译本总数的三分之二,可以说这是日本文学翻译最繁荣的一个时期[①]。当然更值得注意的是,在此期间日本文学与其他外国文学一道,已然成为持续不断地促进中国的文学观和创作手法变革的重要因素之一。

如前所述,20世纪50、60年代中国的文学观主要受苏联社会主义现实主义和19世纪批判现实主义的影响,并以此作为文学创作的参照系,排斥其他文学流派和创作手法。因此,新时期初期,为打破这种现实主义一统天下的局面,有意识地介绍了各种国外的文学流派。1978年创刊的《外国文艺》在其创刊号的后记中指出,由于"四人帮"的破坏,我国文艺工作者对外国文学毫无了解,因此迫切需要"介绍外国当代有代表性的文艺流派及其作家的代表作,反映外国文艺思潮和动态"。该创刊号刊载了日本"新感觉派"代表作家川端康成的两篇小说、意大利"隐逸派"著名诗人蒙塔莱的诗歌、法国存在主义作家萨特的剧作《肮脏的手》以及美国当代"黑色幽默派"作家海勒的长篇小说《第二十二条军规》的几章。1981年,上海文艺出版社出版了袁可嘉等人编辑的四卷《外国现代派作品选》,其中包含多篇日本现代派的作品,第二册《存在主义》一栏中选入了椎名麟三的《深夜的酒宴》和安部公房的《墙壁》;第三册

---

① 王向远.二十世纪中国的日本翻译文学史[M].北京:北京师范大学出版社,2001:240-243.

选入石原慎太郎的《太阳的季节》。由此可见，从新时期一开始，日本现代派文学就是作为外国文学流派的一个重要组成部分被翻译介绍的。

在80年代，一些日本文学流派被陆续翻译介绍，如自然主义文学流派、唯美派、新思潮派、白桦派等。其中，唯美派作家谷崎润一郎的翻译尤为值得关注。谷崎润一郎的"恶魔主义倾向"的作品在20、30年代曾经有很多译本，对田汉的戏剧创作和刘呐鸥等"新感觉派"作家产生过影响。但50、60年代却一部译本也没有，主要原因是其"崇洋思想"和艺术至上主义的文学主张被看作资产阶级的腐朽思想。但谷崎的创作风格其实从中期由东京移居京都之后发生了变化，从前期的"崇洋思想"和西洋式的唯美主义创作方式回归日本的古典美，并执意追求，形成了具有传统美学特色的创作风格。因此80年代重新介绍这位作家时，便从翻译中后期的作品《春琴抄》（也译为《春琴传》）[1]和《细雪》[2]开始。《春琴抄》最为充分地体现了他中后期的创作特色。小说描写了一个凄美婉约的爱情故事，男主人公佐助爱慕双目失明而美貌异常的三弦琴师春琴，并为了爱情最后心甘情愿地刺瞎自己的双目。译者在序言中评价道："作者把自己崇拜女性的美貌和受虐狂的思想表现得淋漓尽致。谷崎在这篇作品里，以绚烂的色彩、强烈的感官刺激、完整的结

---

[1] 谷崎润一郎.春琴传[M].张进，等译.长沙：湖南人民出版社，1984.

[2] 谷崎润一郎.细雪[M].周逸之，译.长沙：湖南人民出版社，1985.

构、圆熟的技巧和生动的笔致描绘了一幅幅爱情至上主义的风俗画。"①虽然译者对"受虐狂的思想"有所保留，但肯定了作者高超的写作技巧和完美的艺术风格。谷崎润一郎文学的唯美风格和"浓烈的痴男怨女、悲欢离合的故事"对李修文等作家产生了影响。李修文说："爱与死在一起才会产生悲剧，我喜欢悲剧。在我接触的文学作品中，我一直很喜欢蒲松龄的《聊斋志异》和日本《春琴抄》《雨月物语》中那种回肠荡气、浓烈的痴男怨女、悲欢离合的故事。死是生命力的局限、爱是生命力的张扬，这两者结合有种凄艳的美。"②杭州大剧院为纪念越剧百年，将小说《春琴抄》改编成越剧《春琴传》，于2006年成功公演。③

随着国外现代派文学的大量翻译介绍，20世纪80年代的文学界和学术界出现了一次次关于如何评价现代派文学问题的激烈争论。虽然论者大都认为不可全盘肯定和盲目模仿外国的现代派文学，但也由此反省和批判了此前的"现实主义独尊"的文学观，促进了新时期文学观的变革。而在这一变革的过程中，日本现代派文学的翻译介绍显然从一个侧面起到了重要的促进作用。

新时期文学的另一个重要内容是呼唤人性的解放。翻看80年代初期的翻译作品，无论是女作家野上弥生子的《狐》"流露

---

① 李芒.唯美派特辑·序言［J］.日本文学，1983（2）：86.
② 姜小玲.把心情讲给远方的朋友听［N］.解放日报，2003-06-30.
③ 刘慧.浙江小百花《春琴传》将亮相［N］.浙江日报，2006-03-10（6）.

着人道主义感情"[①]，还是"无赖派"作家坂口安吾的《白痴》试图从相反的方向去恢复人性的真实面貌[②]，"人性""人道主义"成为很多译者翻译选题时的重要标准之一。当年森村诚一的推理小说《人性的证明》轰动一时，该小说的核心情节是在缺少关键物证的情况下"人性"成为破案的唯一"证据"。嫌疑人八杉恭子究竟还有无人性？为了破案，警察栋居动之以情，诉诸人性，用那首《草帽歌》来打开僵局。最后，她终于自首，证明了人性的光芒。因此，在新时期呼唤人性解放的过程中，日本文学同样发挥了不可忽视的作用。

与此同时，对人性的肯定反过来又扩大了翻译的范围。比如，50、60年代对夏目漱石的翻译主要集中在其前期作品上，究其原因是认为其中后期作品过多地关注知识分子的内心世界和"自我"的问题，陷入个人主义的狭隘世界。但对"人性"的呼唤与肯定赋予了重新评价"自我"的价值。刘振瀛在评论漱石的小说《后来的事》时，指出："作者在写代助与三千代的关系这条主线上，与其说是作者在写爱情故事，不如说是作者在探索'自我'确立的过程，探索日本半封建的婚姻制度与维护自我尊严的矛盾，探索世俗伦理观念的虚伪本质。"[③]在这里，"自我"不再是一个贬义词。对"自我确立"的关注，也开始扭

---

① 文洁若.日本当代小说选：下[M].北京：外国文学出版社，1981：1093.
② 《外国文艺》编辑部.当代日本小说集：维荣的妻子[M].上海：上海译文出版社，1986：110.
③ 夏目漱石.后来的事[M].吴树文，译.上海：上海译文出版社，1984：序言4.

转以前对漱石中后期作品的否定性评价。刘振瀛在另一篇文章中说，到了后期，漱石把批判的矛头指向生活在近代社会中的知识分子的"我执"世界，这使他对人生的思索更加深化和复杂化。①由肯定"人性"引发了对漱石中后期作品的重新评价，最终促成了这些作品的翻译，其中不少作品有多个译本。

对芥川龙之介的翻译情况也比较相似。芥川的作品《罗生门》早在1921年就由鲁迅译成中文。鲁迅在译者附记中指出，芥川文学的主题多表现人的"不安"。应该说，这是比较准确地把握住了芥川文学的总体特色。芥川的眼睛始终盯住人的利己主义，作品基调偏灰暗。最后，他不堪对人生的"不安"自杀了。由于他是在无产阶级文学蓬勃兴起时自杀的，因此他的政治立场一直受到日本无产阶级作家的批判，称其为"败北的文学"。这大概是导致50、60年代没有翻译其作品的重要原因。但80年代，这恰好是他的作品对人性的深刻洞察又成为被翻译对象和受到读者喜爱的主要原因。作家刘恒在谈到芥川的小说《桔子》时说：

> 日本作家里，我偏爱芥川，却很少读他的作品。这矛盾自己也无法解释……有幸翻到并有幸读了两遍的只有小小的一篇，便是《桔子》。不能算精彩的小说，几个细节却至今不曾忘掉，大师的笔力再散淡，也是不凡的。

---

① 夏目漱石.哥儿[M].刘振瀛，吴树文，译.上海：上海译文出版社，1987：译本序.

忘不掉的只有这些——村姑乘火车离乡。几个孩子立在道口，挥手尖叫。村姑从疾行的车上扔下了几只桔子。小鸟一样的孩子是她的弟弟——就记住了这些，几个孩子，还有几只桔子，在夕阳中一掠而过的桔子！

我断定自己见过这种情景，不止一次，却统统忽略了。芥川没有忽略，他提醒了我，让我看出了自己的麻木和漠然。①

《桔子》是芥川中期的一篇小说。这篇小说在看似不经意的几个细节中描写了一种亲情的温馨，在他整个基调灰暗的作品群中，属于难得的亮丽作品之一。芥川的自杀是在创作了这篇小说的8年之后。对此，刘恒评价道："为几只桔子唏嘘不已的芥川自杀了。桔子很美好，但桔子以外还有一个更为庞大也更为沉重的世界，善良而敏感的芥川给压扁了！不过，书呆子可以赴死，我们却不能不活下去。向读者推荐《桔子》，不是无事生非，是希望有心人困顿之余，测量一下善良的深浅和人道精神的脆弱性。如果感悟的能力尚存，或许会触到芥川颤动的灵魂，进而触到自己的灵魂……我们自己的桔子在哪儿呢？我们已经失去了为陌生人祝福的能力，也很难感受自身痛苦以外的他人的痛苦。那么让我们盯紧那些属于自己的桔子，看着它们

---

① 刘恒.芥川的《桔子》[M]//蔡葵.小说家喜爱的小说.北京：北京十月文艺出版社，1996：115.

怎样从眼前一闪而过吧。"[①]在数量庞大的外国作品中,作家刘恒偏偏挑选出芥川这篇不起眼的小说向读者推荐,显然有某种东西触动了他。那个"桔子"——日常生活中的平凡细节,既容易被忽略,却也能触动"灵魂"。从某种角度上看,刘恒的《贫嘴张大民的幸福生活》的平民视角就是建立在这种平凡生活的日常性之上的,其中的感动也是来自无数的容易被忽略却触动灵魂的细节。

作家张抗抗则感服于芥川龙之介的另一篇小说《莽丛中》。《莽丛中》曾被大导演黑泽明拍成电影《罗生门》,接连荣获威尼斯国际电影节奖和奥斯卡金像奖等而扬名世界。小说中,围绕一桩凶杀案的过程,作者不动声色地排列了各不相同的几种叙述。由于立场和利害关系的不同,面对同一件事情每个当事人的叙述产生了差异。小说最终也没有给出"正确"的答案,而将事件悬空搁置,开放性地结束。张抗抗从中发现了某种存在主义思想的意味,说:"这种构思的生成,我以为基于作者对人生的认知——世间万物的不确定性和模糊性。于是推理在此已显得毫无必要,抑或幼稚而拙劣。推理小说是一种有头有尾、有逻辑有秩序的故事。而在芥川龙之介笔下,推理已无法解决他对人性善恶切之入微、深之骨髓的剖析。推理到极致,却发现自己走上了没有退路的悬崖,面临着云山雾罩的深渊。"又说:"小说中每个人物的证词都仅仅只是一种可能……每个人所

---

① 刘恒.芥川的《桔子》[M]//蔡葵.小说家喜爱的小说.北京:北京十月文艺出版社,1996:116.

经历并感觉的，只能是他自己所认定的真实。所谓的事实，在每个人的私欲和利己的出发点上，已幻化成了属于个人的客观世界。无论是隐瞒了真相的伪证，还是他所亲历的现场确实如此，各人间迥然相异的陈述，在本质上都是企图从道义上挽救自己的辩护词。共同之处，只是他们都删去了其中的残暴和疯狂，对其进行了理性的伪装。当情节的一般序列被小说中七双眼睛和七个嘴巴所颠覆时、当故事实际上已无法再作为一种原来意义上的故事存在时，作者已实现了他的意图。"张抗抗认为，她之所以喜爱《莽丛中》，不仅因为短篇小说的写作，最难处难在如此精妙的构思，还因为十余年间，"它总是时不时地提醒着你：文学亦如世事万物，本有许多可能"①。

在考察当代中日文学关系时，还有一个不容忽视的层面，即由两国作家、学者之间的私人交往带动的文学交流。20世纪20、30年代中日两国文学的交流也包含了作家的私交，并留下许多佳话。新时期初期，人民文学出版社首先翻译出版《有吉佐和子小说选》②和《井上靖小说选》③，就是因为这两个作家都"曾多次访问我国，对中日两国人民的友好和文化交流做出积极的贡献"。井上靖的小说在80年代大受欢迎不仅因为小说多取材于中国，也和他担任中日友好协会会长有一定关系。陈建功

---

① 张抗抗.可能［M］//蔡葵.小说家喜爱的小说.北京：北京十月文艺出版社，1996：248-250.
② 有吉佐和子.有吉佐和子小说选［M］.文洁若，叶渭渠，译.北京：人民文学出版社，1977：出版说明.
③ 井上靖.井上靖小说选［M］.唐月梅，译.北京：人民文学出版社，1977：出版说明.

和立松和平的交往也促成了他们各自的作品在对方国家的翻译出版①。2002年，在中日两国翻译家和学者的积极推动下举办了大型的"中日女作家的座谈交流会"。为了配合这次交流会，中国出版了"中日女作家新作大系"两套共20册②。尽管这些作品之间几乎不存在影响关系，但正如序言所说："在日益全球化的今天，当您阅读这些由中日两国活跃的女作家创作的作品时，可能会觉得即便存在着国别、语言和文化上的差异，但作为同在亚洲的同时代人，其实我们面临着不少相同的问题。"③正是共同"面临着不少相同的问题"，构成了相互交流的基础，而两国学者和翻译家的交往则无疑是促成此次交流的重要契机。

---

① 陈建功在《心灵与心灵的拥抱——序〈立松和平文集〉》(立松和平.立松和平文集[M].北京：作家出版社，1998：1)中说："我在日本被翻译发表的第一篇作品，是立松和平促成的。"《立松和平文集》包括《雷神鸟》(徐前、黄华珍译)、《性的启示录·穷愁潦倒》(郑民钦译)、《走投无路·自行车·远雷》(龚志明、竺祖慈、陈喜儒译)。

② 中国文联出版社2001年推出"中日女作家新作大系"共20册，包括"日本方阵"：柳美里《女学生之友》(李华武、许金龙等译)，山田咏美《床上的眼睛》(杨伟译)，小川洋子《妊娠日历》(竺家荣译)，高树信子《透光的树》(陈喜儒、李锦琦译)，多和田叶子《三人关系》(于家胜、翁家慧译)，川上弘美《沉溺》(吴家桐、王建新译)，笙野赖子《无尽的噩梦》(竺家荣、王建新译)，中泽惠《感受大海的时候》(李云云等译)，津岛佑子《微笑的狼》(竺家荣译)，松浦理英子《本色女人》(秦岚、刘晓峰译)；"中国方阵"：王安忆《弟兄们》，林白《猫的激情时代》，方方《暗示》，残雪《蚊子与山歌》，徐坤《小青是一条鱼》，铁凝《马路动作》，张抗抗《钟点人》，迟子建《清水洗尘》，陈染《凡墙都是门》，池莉《一夜盛开如玫瑰》。

③ 山田咏美.床上的眼睛[M].杨伟，译.北京：中国文联出版社，2001：总序7.

在作家的私人交往中最引人注目的当是大江健三郎与莫言的关系。从创作本身看，他们之间也不存在影响关系，但就创作题材而言确有许多相通之处。关于这点，大江不止一次提及。他说："我不是作为东京人进行创作的，我主要描写边远地区的人。我认为中国作家也是如此，比如郑义的《老井》、莫言的《红高粱》……这些作品也不是以北京而是以边远地区为背景描写的，如毛泽东主席所说，发动游击战争，以农村包围城市。这是我与莫言等人的共通之处，但他们比我描绘得更有力度。中国的边远地区以及民众是中国文学的宝库。"[①] 不仅如此，大江还主动与莫言交往。2002年春节，大江专程前往莫言的老家高密访问。在那里两人就边缘与中心、故乡与文学等话题进行了对谈。对大江突然访问莫言故乡的意义，日本学者岛村辉进行了详细分析："大江早在诺贝尔奖获奖演说中就对莫言有所提及，但我们可以推测，他选择这一时期对莫言快速接近，是要通过对现代中国'先锋文学家'莫言的称颂，向中国读者宣传自己的文学性，同时，大概也不乏多年抱有的试图提升亚洲文学在世界文学中的地位的目的……大江有意识地利用自己作为诺贝尔奖得主的身份，提高莫言乃至现代中国文学在世界文学中的地位。可以想见，大江是预见到了这种两面作战对自己以及对莫言都是双赢，而且不论对日本文学还是中国文学而言都会增加各自对世界发言的分量，才这样做的。同时，这也可以认为是在大江面对实质上以美国为中心的西方原理'普遍化'

[①] 大江健三郎，莫言，等.中日作家学者四人谈[N].环球时报，2000-09-29.

的'全球化'动向时,从亚洲的'个性'出发,打出另一种'普遍'的一贯作风的延长线上的。"① 作为一个文学事件,大江访问莫言的故乡曾经在媒体上被大量报道渲染,这种交往对莫言的创作以及扩大莫言和中国文学在世界上的影响力究竟会有多大帮助,目前还很难判断。不过有一点可以肯定的是,由于大江的鼎力介绍,莫言的作品在日本出了不少译本,并成为最受关注的当代中国作家之一。

总体上看,日本文学在打破"现实主义独尊"的文学观和呼唤人性解放方面对20世纪80年代的中国文学产生了很大影响,而进入90年代之后,随着翻译文学的大量涌入,这种影响则变得更为分散和个性化。如果说80年代主要是川端康成文学的"新感觉"对一批中国作家产生了影响,那么90年代则有一批日本作家,如芥川龙之介、谷崎润一郎、三岛由纪夫、大江健三郎、村上春树等在各种层面以各种方式对中国文坛产生了或深或浅的影响。

第三节　大众文学与翻译的商业化

在近30年的日本现代文学翻译介绍中,从发行数量看无疑

---

① 岛村辉.个别与普遍:大江健三郎的远近法［C］//北京日本学研究中心文学研究室.日本文学翻译论文集.北京:人民文学出版社,2004:329-330.

是大众文学所占份额最大。日本的"大众文学"一词出现于20世纪20年代中期,在题材上有三种类型:历史小说、现代小说和侦探小说。历史小说又可细分为完全虚构与典出有故的两种类型。中国翻译出版了司马辽太郎《丰臣家的人们》(陈生保、张青平译,外国文学出版社,1983年)、小山胜清《日本剑侠宫本武藏》(全四册)(岱北译,山东文艺出版社,1985年)、陈舜臣《鸦片战争》(卞立强译,贵州人民出版社,1985年)、富田常雄《姿三四郎》(上下册)(尚侠、徐冰译,时代文艺出版社,1985年)等。现代小说的题材范围非常宽泛,早期以"家庭小说""恋爱小说"为主,其读者对象是女性,后来读者层扩大到一般男性读者,包括"幽默小说""战争小说"等。80年代以后翻译出版的菊池宽《珍珠夫人》(冯度译,海峡文艺出版社,1985年)、五木宽之《青春之门》(中国文联出版公司,1987年)、《渡边淳一作品丛书》(文化艺术出版社,1999年)等均属于"现代小说"。但翻译出版量最大的还是侦探小说。

日本的侦探小说初期有两大派,一是以逻辑推理为特征的"本格派"(正统派之意),代表作家有江户川乱步等;二是以科学幻想、变态心理、阴森恐怖和荒诞离奇为特点的"变格派",代表作家为横沟正史等。第二次世界大战之后,因文字改革,"侦"字被废,于是日本使用"推理小说"代替"侦探小说"的名称。20世纪50年代,推理小说有了新的发展,出现了"社会派"推理小说,代表作家有松本清张、水上勉、森村诚一等。中国早在1965年就曾翻译出版过松本清张的《日本的黑雾》。该书以日本战后发生的一些真实案件为线索,运用各种官方机密材料，严密推理，揭露美帝军事占领日本时期的黑暗内幕。但真正意义上的推理小说的出版则是始于1979年晏洲翻译的松本清张的《点与线》（群众出版社）。

作为一种小说类型，早在20世纪初期侦探小说就翻译介绍到中国来了，但在新中国成立后，由于受苏联文艺思想的影响，侦探小说出版一度停滞。50、60年代的反特小说虽然也是侦探小说的一种变种，但与国外的侦探小说有很大区别。首先，在内容上，反特小说有非常鲜明的阶级立场，而侦探小说的是非观更多地建立在良心、人性、法律等基础之上。其次，从解决案件的方法看，反特小说的主要角色虽然是公安人员，但上有党的领导，下有广大群众的参与，而侦探小说往往突出的是侦探个人的非凡能力，主要运用推理方法解决案件。而恰好是这些良心、人性、个人英雄主义等被看作资产阶级思想的表现。因此，重新介绍之初，在文艺理论上如何给侦探小说一个定位颇为困难。于是一开始主要从认识论的角度，强调推理小说在认识论上的辩证性。在《点与线》的出版说明中，编者说："不论做哪一行工作，都离不了调查研究，研究任何问题，都不能离开推理。推理，必须合乎逻辑，没有科学的即合乎逻辑的推理，就不会有正确的结论。而在公安侦察工作方面，不搞正确的推理，就会出冤案、错案。"[①]《点与线》与其说是作为文学书籍，还不如说是作为公安人员的破案参考文献出版的。李正伦

---

① 松本清张.点与线［M］.晏洲，译.北京：群众出版社，1979：出版说明1.

在《日本短篇推理小说选》的序中也强调了推理小说的认识论效用:"姑且不论它的劝善惩恶的巨大功能,单就锻炼读者的逻辑思维能力,促进对问题的调查研究,周密思考,过细分析,寻求合理的答案,得出正确的结论等巨大作用,就很值得重视。"①

接着,则依据批判现实主义的文学观从社会批判性上肯定侦探小说的文学价值。当然,就此而言,本来也很符合日本社会派推理小说的特点。或许也可以这样说,由于日本社会派推理小说注重揭露资本主义社会的黑暗,因此在80年代侦探小说的翻译介绍热潮中才引领了潮流。轰动一时的电影《追捕》是根据西村寿行的推理小说《涉过愤怒的河——追捕》改编的,电影公映之后,小说也很快出了中文译本,其"内容提要"介绍说:"本书是一部反映资本主义社会问题的所谓'问题小说'。以年轻的检察官杜丘冬人被陷害和逃亡为主线,揭开了社会上的重重黑幕,暴露了官商勾结、图财害命的丑恶现实,同时也反映了法律和正义的虚伪性。"②

森村诚一是另一位具有代表性的"社会派推理小说家"。他于1976年发表《人性的证明》在日本引起轰动,随后由角川书店投资拍成电影,更是刮起一股"森村旋风"。1979年该小说被译成中文,畅销一时。森村诚一是一位有社会责任感的作

---

① 李正伦.日本短篇推理小说选[M].沈阳:辽宁人民出版社,1981:序5.
② 西村寿行.涉过愤怒的河:追捕[M].张柏霞,译.长春:吉林人民出版社,1982.

家。他在《人性的证明》后记中说,他对推理小说单靠逻辑来破案,早就感到不满,"有人说,推理小说本身就决定了构思的机械性。这种说法,难道不是过于看重逻辑结构,而置人生的种种矛盾和生活气息于不顾么"?①因此,80年代初他还写过《食人魔窟》和《恶魔的饱食》等以日本关东军七三一部队在中国用人体做细菌试验为题材的纪实性作品。作者用大量的历史资料和原七三一部队人员的证词,揭露了这支恶魔部队的罪恶行径。这两部作品也很快被译成中文。森村在中译本的"致中国读者"中说:"我的意图并不是要煽起中国人的旧怨,而是为了坦率地承认日本以往的错误,为了日本不再犯此种错误。"②

日本社会派推理小说在探索犯罪原因时没有局限于个人恩怨,而是把眼光投射到广阔的社会之中,的确这是其特征,也是值得称道之处。但作为小说类型,毕竟是推理小说,有其独特的艺术特色和艺术规律,而关于这一点,不得不遗憾地看到其在80年代初期或多或少被忽略了。有些译者也试图做出一些说明:"这种小说,运用富有逻辑性的推理手法,把错综复杂、起伏跌宕的故事情节,一层一层地展现在读者面前,使读者随着案情的侦破,时而感到山穷水尽疑无路,时而又感到柳暗花明又一村,因而读起来饶有趣味,引人入胜。"③但旋即笔锋一

---

① 高慧勤.日本推理小说作家森村诚一及其《人性的证明》[J].外国文学动态,1979(1):6.
② 森村诚一.恶魔的饱食(续集)[M].正路,萧平,顾红,译.长春:吉林人民出版社,1983:致中国读者1.
③ 森村诚一.人性的证明[M].王智新,译.南京:江苏人民出版社,1979:编者的话1.

转，依然是大谈特谈推理小说的社会性。直至80年代末才出现将推理小说作为一个具有独特艺术风格的小说类型进行研究的论著，如颜剑飞《推理小说技巧散论》（海峡文艺出版社，1991年）、黄泽新、宋安娜《侦探小说学》（百花文艺出版社，1996年）、曹正文《世界侦探小说史略》（上海译文出版社，1998年）、任翔《文学的另一道风景——侦探小说史论》（中国青年出版社，2001年）。

在中国，如果说80年代柯南·道尔和阿加莎·克里斯蒂等所著的欧美侦探小说还可以与以松本清张和森村诚一为代表所著的日本推理小说平分秋色，那么90年代则是日本推理小说占据了翻译界的主流，黑龙江人民出版社推出赤川次郎的小说、海南出版社出版江户川乱步的小说，掀起一股股"推理小说热"。受外国侦探小说的刺激，中国作家也开始尝试创作侦探小说。但在中国特定的社会环境下，80年代的侦探小说基本属于"法制文学"，以歌颂人民警察为主，如《西部警察》《九一八大案纪实》《金海岸》等。值得注意的是，在"法制文学"向"侦探小说"转变的过程中，日本推理小说起到重要作用。当时，日本的社会派推理小说是中国大多数侦探小说作家心仪的品种。有学者认为，中国的"作家们扬弃了欧美侦探小说比较单纯的逻辑游戏，他们不仅描写侦探的侦破过程而且将为什么犯罪这一缘由融入文本，这一点使得中国的侦探小说与日本的社会派推理小说志趣相投"[①]。作家曹正文于80年代中期创作了5部推

---

① 任翔.文学的另一道风景：侦探小说史论［M］.北京：中国青年出版社，2001：195-197.

理小说:《秋香别墅的阴影》《佛岛密踪》《四十岁男人的困惑》《金色的陷阱》《紫色的诱惑》。这些小说着重揭示现实生活中人性的贪欲与精神世界的犯罪现象,从而构成了一个个扑朔迷离的凶杀案。作者本人承认:"破案过程运用推理方式,明显受到日本推理小说的影响。"[1]日本的社会派推理小说不仅刺激了中国侦探小说的创作,在80年代还促进了通俗文学热的兴起。[2]

与此同时,中国侦探小说的创作也引起了文艺理论界的重视。如何借鉴国外侦探小说成功的经验、中国侦探小说应该如何定位以及发展趋势等问题,成为文艺理论工作者的研究课题,出现了不少研究性的文章。在这些研究中,日本推理小说始终是一个核心话题。李德纯以系列论文持续分析了松本清张的推理小说的艺术特色,曹正文在《世界侦探小说史略》中则用六章的篇幅探讨日本侦探小说的特点,还介绍了38部小说的梗概。2000年,在乌鲁木齐召开了"新世纪之风——中日两国侦探小说探讨会"。来自中国各地和日本的作家、学者不仅充分肯定了20世纪以来日本推理小说给中国现代文学以积极的影响,还就中国侦探小说的未来发展,以及加强中日侦探作家的交流和联系等问题发表了见解。也有学者在思考中国侦探小说如何走向世界时,以日本社会派推理小说为参照,强调了形成一个创作流派的重要性。因为日本的社会派推理小说形成以后,震撼世

---

[1] 曹正文.世界侦探小说史略[M].上海:上海译文出版社,1998:161.

[2] 周晓燕.平民化与平俗化:当前文学发展的两种趋向[J].北京师范大学学报(社会科学版),1996(1):86-92.

界文坛，成为风靡全世界的一个艺术品种。[1]由此可见，日本的推理小说在建设中国的侦探小说理论方面也发挥了重要作用。

[以题目《新中国成立后的翻译与接受》原载朱栋霖编《1949—2000中外文学比较史》（下），江苏教育出版社，2009年]

---

[1] 黄泽新，宋安娜.对我国侦探小说走向世界的几点思考[J].啄木鸟，1996（5）：135-141.

第十章 从"小说之发达"到"新文学的源流":周作人的文学史观与夏目漱石文艺理论

引 言

周作人于1917年、1918年撰写的《欧洲文学史》、《近代欧洲文学史》和《日本近三十年小说之发达》是中国的外国文学史书写的肇始。关于《欧洲文学史》的编写情况,周作人在《知堂回想录》中说:"这是一种杂凑而成的书,材料全由英文本各国文学史,文人传记,作品批评,杂和做成,完全不成东西,不过在那时候也凑合着用了。"①日本学者小林二男在研究报告中考察了《日本近三十年小说之发达》对相马御风《明治文学讲话》的借鉴。②尽管这些文学史基本上是对现成的外国文

---

① 周作人.知堂回想录[M]//钟叔河.周作人散文全集13.桂林:广西师范大学出版社,2009:552.
② 小林二男.中国における日本文学受容の一形態——(接下页)

学史资料的编译，但也正因如此才较完整地输入了外国文学史的知识系谱和文学史的书写框架。尤其是《日本近三十年小说之发达》所贯穿的文学史观有效地声援了五四新文化运动。然而时隔14年之后，1932年周作人出版了《中国新文学的源流》，系统阐述了关于中国文学演变机制的思考，其中则包含对五四新文化运动时期所输入的文学观和文学史框架的反思。具体言之，由对中国传统文学的否定转为肯定，由进化论文学史观转为"循环论"文学史观。关于这些转变的原因和过程迄今已经有一些研究，如有论者从国家认同和民族意识的角度探讨他转向文化历史方面的原因①，也有论者从与同时代革命文学的关系出发分析其动机，等等②。这些考察很有见地，也富于启发性，但依然存在尚未解决的问题，如《中国新文学的源流》的独特文学史观从何而来？通过这样的文学史书写，周作人到底要主张何种文学观？这样的文学观对中国现代文学史书写有怎样的影响？鉴于《中国新文学的源流》特别提及夏目漱石《文学论》研究方法的科学性，加之夏目漱石文学及其文艺理论又是《日本近三十年小说之发达》中的重要论述对象，因此本章打算从与夏目漱石文艺理论的关系出发就上述问题做一考察。

周作人の「日本近三十年小説之発達」と相馬御風の「明治文学講話」「現代日本文学講話」をめぐって[R]//渡辺新一代表.2002—2004年度科学研究費補助金研究成果報告書『中国に入った日本文学の翻訳のあり方-夏目漱石から村上春樹まで-』.2005.

① 赵京华.周作人的民族国家意识[J].文学评论，2015(1)：63-75.
② 罗岗.写史偏多言外意：从周作人《中国新文学的源流》看中国现代"文学"观念的建构[J].中国现代文学研究丛刊，1996(3)：70-93.

第二编　重审文学史制度

第一节　文学史书写与现代文化制度

作为一种知识制度，文学史的书写始于18世纪末的欧洲，是与各种现代文化制度和国民国家建构制度相伴诞生的，对"文学"概念的现代性转变发挥了重要作用。至20世纪初，欧洲主流文学史采用的是把文类的演变、重要作家和作品的点评与历史背景相联系的历史主义方法，贯穿着进化论史观。周作人的早期文学史撰写也不例外，与中国各种现代文化制度和国民国家制度的产生紧密相连。①

《欧洲文学史》是周作人1917年9月受聘于北京大学文科教授后为一门3学分的欧洲文学史课程所写的讲义稿，于1918年10月由上海商务印书馆出版。《近代欧洲文学史》是周作人以另一门课程——19世纪欧洲文学史的讲义稿为基础编写的。周作人在其绪论中说："文学发达，亦如生物进化之例。历级而进，自然而成。"②可以看出，周作人以进化论史观叙述文学变迁的立场十分明显。在《近代欧洲文学史》中，从古代到近代欧洲文学的演变被叙述成不断摆脱神权获得理性的进化过程，也是小

---

① 赵京华.鲁迅与盐谷温：兼及国民文学时代的中国文学史编撰体制之创建[J].鲁迅研究月刊，2014（2）：4-21.
② 周作人.近代欧洲文学史[M].北京：北京十月文艺出版社，2013：3.

说这一文类获得文学概念核心地位的变迁过程。该著由于诸种因素当时没有出版，社会影响有限，而继承这种进化论文学史观的《日本近三十年小说之发达》则对当时的文坛产生了重要影响。

《日本近三十年小说之发达》先发表于1918年《北京大学日刊》（141—152号），后载于同年《新青年》（第5卷1号），正值五四新文化运动的高潮之时。该文有非常明确的问题意识，即通过介绍日本近三十年的文学史，为中国的文学现状把脉，并为新文学改革指明前进的方向。在周作人看来，"日本近三十年小说之发达"的根本原因在于提倡和实践了"人的文学""平民文学"的理念。他在《日本近三十年小说之发达》中评价二叶亭四迷的文学时说："文学与人生两件事，关联的愈加密切，这也是新文学发达的一步。"又如对自然主义文学的评价也是"将实在人生模写出来"。[①]

有关日本明治以后的文学，周作人在该文中仅聚焦小说的发展历程，没有涉及现代诗歌和戏剧等其他文类。究其原因，有以下两点。其一，与该文的写作参照日本评论家相马御风的《明治文学讲话》有关。相马御风的这篇文章虽然题目为"明治文学讲话"，但内容基本上是小说史。而相马御风的这种现代文学史的写法绝非偶然，在一定程度上反映了日本当时的文学观，即认为小说是文学概念的核心。在日本，"小说"这一文类进入文学概念的核心位置得益于坪内逍遥在《小说神髓》中的大力

[①] 周作人.日本近三十年小说之发达[M]//钟叔河.周作人散文全集2.桂林：广西师范大学出版社，2009：47，49.

提倡。坪内逍遥认为，小说在描绘人情社会这点上超越其他艺术形式，"最终凌驾传奇、戏剧成为文坛上最大艺术"。[①]这样的文学概念，导致日本的现代文学史书写大都将重点放在小说上。[②]

其二，与周作人写这篇文章的直接契机也有关。该文最初是1918年4月19日在北京大学文科研究所小说研究会上发表的讲演稿。文科国文门研究所成立于1917年，成立之初的研究计划主要以文字学、文学（古文辞、诗词等）等传统文学为研究对象[③]，但研究所最初实际开展的活动却以小说研究为主。从1917年12月14日至1918年5月研究所共开了5次小说研究会，参加的教员有刘半农、周作人、胡适等，研究员有袁振英、崔龙文、傅斯年等。小说虽然不是他们的主要研究对象，但大家都意识到如何评价小说是突破传统文学概念的关键，因此积极参与小说研究会。每次研究会由一个教员做报告，之后大家围绕报告进行讨论。研究会的每次报告不仅是现代小说研究领域的拓荒性工作，其中许多报告又作为文章正式发表，如刘半农的《通俗小说之积极教训与消极教训》(《太平洋》1918年第10期)、胡适的《论短篇小说》(《新青年》1918年第5期)和周作人的《日本近三十年小说之发达》，对当时的"文学革命"运动起到推波助澜的积极作用。

---

① 坪内逍遥.小说神髓［M］//日本近代文学大系3：坪内逍遥集.東京：角川書店，1974：46-48.
② 岩城准太郎《明治文学史》(育英会，1906年)等一般文学史以小说为主叙述，会提及新诗、短歌和俳句、戏剧。
③ 王学珍，郭建荣.北京大学史料：第二卷（1912—1937）［M］.北京：北京大学出版社，2000：1331.

第二节　周作人与夏目漱石的"余裕论"

《日本近三十年小说之发达》给当时中国学界和文坛所输入的新文学观，与周作人同期发表的《人的文学》和《平民文学》等文章形成了相互呼应。周作人在《人的文学》中指出新文学应该是"人的文学"。而在《平民文学》中则提倡朴实的白话文体："平民文学应以普通的文体，写普通的思想与事实。"因为在历史上"古文多是贵族的文学，白话多是平民的文学……古文的著作，大抵偏于部分的、修饰的、享乐的或游戏的，所以确有贵族文学的性质。"①在周作人看来，是否用朴实的白话文体写现实人生是衡量新文学的关键指标，反对那种回避人生问题的游戏态度。

然而值得注意的是，在这样一个脉络中观察，则会发现《日本近三十年小说之发达》中有关夏目漱石的介绍显得有些另类、突兀。该文对夏目漱石文学的介绍主要有三点。一是指出其文学主张是"低徊趣味"和"余裕论"，并以《〈鸡冠花〉序》为论据。二是指出其中后期作品风格发生变化，心理描写深刻。三是指出其"构造文辞，均极完美"。就第一点和第三点而言，其实与周作人这一时期的文学主张相异，但该文恰好对

---

① 周作人.平民文学［M］//钟叔河.周作人散文全集2.桂林：广西师范大学出版社，2009：102-103.

这两点大加赞赏。当然,该文的写作参照了相马御风的《明治文学讲话》,有些语句甚至来自原文,但周作人并非逐字翻译,在删减与保留之中仍然可以看出他本人对夏目漱石文学的独特理解。

相马御风《明治文学讲话》中的相关文字包含四部分内容。一是认为夏目漱石的文艺观是"余裕论",引用《〈鸡冠花〉序》作论据。二是并不完全认同"余裕论",引用了一段自然主义作家田山花袋对其批评的文字。三是指出夏目漱石《行人》之后创作风格变化,心理叙述深刻独到,高度评价《明暗》的艺术成就。四是指出夏目漱石文学辞藻丰富、构思精巧,认为早期作品继承了江户文艺的特色。与相马御风《明治文学讲话》的原文相对照可以看出,最大的不同是周作人省略了田山花袋的一段批评文字:"从内容上看,他对趣味、嗜好、人生和艺术的态度或许就是这样的,那就没有办法,想象和嗜好占据了所有的内容,人物和事件中看不到从现象捕捉而来的活生生的气息。每部作品给人的感觉都是人为痕迹的。"① 田山花袋认为,夏目漱石的作品注重自己的趣味和想象,缺乏对现实生活的如实描写。如此评价夏目漱石文学显然是从自然主义文学立场出发的。尽管相马御风认为这样的观点过于苛刻,但也认可其中所包含的合理性。然而,周作人对此完全视而不见。

另一点需要关注的是,周作人对《〈鸡冠花〉序》的翻译与

---

① 相馬御風.明治文學講話[M]//佐藤義亮.新文學百科精講.東京:新潮社,1917:734.

理解。相马御风的引用全文如下：

>　　所谓有余裕的小说，如名所示是不急迫的小说，避免"非常"这个字眼的小说，日常居家衣着的小说。借用现在流行的话说，就是某些人所谓触着或不触着之中那些不触着的小说。<u>当然触着不触着这样的字眼暧昧不清，我是在社会上一般人所使用的意义上模糊地使用，因此我对该词不负责任。只是某些人在提倡触着不触着，一说不触着的小说，大家都容易理解，因此也就暧昧模糊地有意识地借用该词。因为，在词的定义上双方有某种默契，</u>有些人认为不触着就不是小说。因此，我有意识地划分不触着这样一个范围，主张不触着的小说也和触着的小说一样有存在的权利，可以取得同样的功效。<u>对不触着的小说之内涵需稍作解释，才能阐明我的意见。我希望自己关于小说的见解能得到读者的认可。我既不愿与人争吵，也无意接受别人的骂战。（因此需要尽量说明自己的意思以避免误会）</u>无论在某个人还是在某个国家的历史上（无论是利害问题、道义问题、还是其他问题）如果发生生死攸关的大事件，那么这个人或这个国家全国的人满脑子都是该问题。普通人平时要吃喝拉撒，但在这样的大事件中人们就会忽略这些事情……这样一来连屎尿都忘记了。这就是没有余裕的极端，很大地触着，除眼前焦头烂额的事件以外什么都看不见。世界变成一根筋，成为一个平面，紧张得连睡觉也不敢翻身。

<u>无法翻身也没有关系，但不能以为只有这样的内容才是小说</u>。世界很广阔，广阔的世界上有各种各样的生活。随机应变地享受各种生活是余裕，观察生活也是余裕，体味生活也是余裕。<u>因这些余裕而生发的事情，由这些事情产生的情绪依然是人生，是活泼生动的人生</u>。①

周作人的译文如下：

  余裕的小说，即如名字所示，非急迫的小说也，避非常一字之小说也，日用衣服之小说也。如借用近来流行之文句，即或人所谓触着不触着之中，不触着的小说也……或人以为不触着者，即非小说；余今故明定不触着的小说之范围，以为不触着的小说，不特与触着的小说，同有存在之权利，且亦能收同等之成功……世界广矣，此广阔世界之中，起居之法，种种不同。随缘临机，乐此种种起居，即余裕也。或观察之，亦余裕也。或玩味之，亦余裕也。②

上述三处画线部分是周作人的翻译文省略之处。被省略的第一处和第二处是对"触着"这个词内涵的辨析。该词是日本

---

① 相馬御風.明治文学講話［M］//佐藤義亮.新文学百科精講.東京：新潮社，1917：732-733.译文为笔者所译。"吃喝拉撒"原日语词为"行屎走尿"，从"行尸走肉"化用而来，是夏目漱石调侃的说法。

② 周作人.日本近三十年小说之发达［M］//钟叔河.周作人散文全集2.桂林：广西师范大学出版社，2009：51.

自然派作家最先使用的，即认为描写人生的小说是"触着的小说"，反之则是"不触着的小说"，没有价值。夏目漱石认为，该词并非一个定义明确的词。因为所谓"描写人生"本身，涉及如何划定"人生"范围的问题。就夏目漱石而言，他对人生的理解包括四个方面，除自然主义推崇的"真"以外，还有"善、美、壮"。①因此，为避免发生理解上的歧义，夏目漱石在进入议论之前先对"触着"与"不触着"做了一个定义。他认为，所谓"触着"是指人面临某些"生死攸关的大事件"，全神贯注于该事件，以至于忘记吃喝拉撒。在此需要留意夏目漱石使用的这个比喻："触着"是"生死攸关的大事件"，让人忘记吃喝拉撒；与之相反的则是"不触着"，即日常的"吃喝拉撒"。在这样的词义限定之下，漱石并不否定写"生死攸关的大事件"的意义，但指出这毕竟是非常时期的事件，只是人生的极少数时刻，而人生更多的时间是吃喝拉撒的日常。接着上述省略的这两段话，夏目漱石才断言说，虽然描写这样的吃喝拉撒的日常是"非触着"，但也可以成为小说的内容。因此在此所说的"余裕"不完全是指对世俗的超脱，更应该包含吃喝拉撒的"日常生活"。但由于省略了上述内容，造成对"余裕"的理解发生偏差。周作人本人和后来的研究者都是在"超脱世俗"的意义上理解"余裕"。②由于是这样的理解，省略原文最后一句也就顺理成章。

---

① 夏目漱石.漱石全集11［M］.東京：岩波書店，1966.
② 王向远.从"余裕论"看鲁迅与夏目漱石的文艺观［J］.鲁迅研究月刊，1995(4)：37-41.

夏目漱石在《〈鸡冠花〉序》中指出"有余裕"的小说也可以成为小说，不是要否定自然主义文学本身的价值，而是否定自然主义文学至上论。但相马御风为了文学史书写的方便，以"非自然主义诸作家"为标题，将夏目漱石的主张放在与自然主义文学完全对立之上来把握，抹杀了夏目漱石对自然主义文学理解的一面。而周作人在此基础上更进一步强化了这种对立，在上述的引用之后又特地增加了一段自己的评述：

> 自然派说，凡小说须触着人生；漱石说，不触着的，也是小说，也一样是文学。并且又何必那样急迫，我们也可以缓缓地，从从容容地赏玩人生。自然派是急忙奔走；我们就缓步逍遥，同公园散步一般，也未始不可，这就是余裕派的意思同由来。①

周作人将余裕派与自然派完全对立起来，并用"公园散步"来解释"余裕"的具体内涵。但这样的解释其实缩小了"余裕"的含义。因为"公园散步"不仅包含日常生活中的休闲部分，而且暗含对日常生活的超脱之意。对夏目漱石文学作如此解释，照理是不符合周作人当时所提倡的"人的文学"和"平民文学"的主张的，而他却认为这样的夏目漱石"不愧为明治时代一个散文大家"②。

---

① 周作人.日本近三十年小说之发达［M］//钟叔河.周作人散文全集2.桂林：广西师范大学出版社，2009：51-52.
② 周作人.日本近三十年小说之发达［M］//钟叔河.周作人散文全集2.桂林：广西师范大学出版社，2009：52.

这样的错位评价恐怕与他对夏目漱石作品的阅读体验有关。周作人毫不隐讳地说夏目漱石是自己最喜欢的日本作家。据他回忆："夏目的小说，自《我是猫》《漾虚集》《鹑笼》以至《三四郎》和《门》，从前在赤羽桥边小楼上偷懒不去上课的时候，差不多都读过而且爱读过，虽我最爱的还是猫，但别的也都颇可喜，可喜的却并不一定是意思，有时便只为文章觉得令人流连不忍放手。"① 可以看出，他对夏目漱石的喜爱首先来自对其文章的喜爱。在五四新文化运动时期，周作人受自己输入的文学史观的束缚，以改造社会的功利性否定文学的趣味性，但在对夏目漱石文学的个性化理解中却无意识地流露出他本人的一些文学趣味。

第三节　"余裕论"再认识与"美文"的提倡

　　周作人的文学史观在1923年出版的《现代日本小说集》中发生了一些微妙的变化。该小说集由周作人与鲁迅共同翻译，收录15位作家的30篇作品。周作人在其序中谈及选择标准时说：

---

① 周作人.《文学论》译本序［M］//钟叔河.周作人散文全集5.桂林：广西师范大学出版社，2009：761-762.

> 至于从文坛全体中选出这十五个人，从他们著作里选出这三十篇，使用什么标准，我不得不声明这是大半以个人的趣味为主。但是我们虽然以为纯客观的批评是不可能的，却也不肯以小主观去妄加取舍；我们的方法是就已有定评的人和著作中，择取自己所能理解感受者，收入集内，所以我们所选的范围或者未免稍狭；但是在这狭的范围以内的人及其作品却有永久的价值的。①

所谓"定评"，即在文学史上或在文坛上获得公认之义。周作人依然抱有尊重文学史的意思，主要选择那些文学史上公认的重要作家，但在选定这些作家的具体作品时则大半依据个人的趣味。这种个人的趣味主要体现在对作品的内容和风格以至文类的选择上。

由于书名是"小说集"，鲁迅和周作人在选择作品时显然意识到文类问题。比如关于武者小路实笃的作品，本来打算选《某日的一休》，但当得知该作品是戏剧时，认为"于我辈之小说集不合"就放弃了。②最终选定的作品是《第二的母亲》和《久米仙人》，前者是一部小说，后者更接近于杂感随笔。这种情况不限于武者小路实笃，所选夏目漱石的两篇作品，《挂幅》是虚构作品，《克莱喀先生》则是回忆文章。其他可以认定为散

---

① 周作人.《现代日本小说集》序[M]//钟叔河.周作人散文全集2.桂林：广西师范大学出版社，2009：662-663.
② 鲁迅.鲁迅全集11[M].北京：人民文学出版社，1981：424.

文小品的还有长与善郎的《亡姊》、佐藤春夫的《我的父亲与父亲的鹤的故事》等。总体上看,《现代日本小说集》所选作品不以情节取胜,注重细节,具有散文化倾向,有些作品就是散文。这可谓是他们"个人的趣味"的体现。在《日本近三十年小说之发达》中,尽管在对夏目漱石文学的评定上流露出作者个人的文学趣味,但在整体上还是文学史观压倒了个人的文学趣味,即专注那些描写"生死攸关的大事件"的小说。然而,在《现代日本小说集》中,他们的"个人的趣味"得到很大拓展,虽然依然关注人生主题,但注重日常生活细节,所选作品也超越了"小说"文类。这一特征也体现在关于夏目漱石的作者介绍中。

有关附录于小说集中的夏目漱石介绍短文,学界主流看法认为是鲁迅撰写。[1]夏目漱石的两篇作品由鲁迅翻译。这样的看法似也不无道理,但由于该文与《日本近三十年小说之发达》的相关文字几乎相同,恐怕看作周作人所撰更为合理。[2]起码可以断定,所依据的蓝本依然是相马御风的《明治文学讲话》。

《现代日本小说集》中关于夏目漱石的介绍与《日本近三十年小说之发达》的介绍文字基本相同,但是也有两处细微差别。其一,恢复了相马御风引用文的最后一句,并翻译为:"有了这个余裕才得发生的事件以及对于这些事件的情绪,固亦依然是

---

[1] 高恒文."低徊"的趣味:关于鲁迅一个文学批评的笺疏与考释[J].现代中文学刊,2010(2):60-69.
[2] 小川利康.关于汉译有岛武郎的《四件小事》:从《现代日本小说集》所载译文谈起[J].王惠敏,译.鲁迅研究月刊,1993(8):34-40.

人生，是活泼泼地之人生也。"如前所述，夏目漱石在此所讲的"余裕"不完全指"对世俗的超脱"，而是针对"生死攸关的大事件"而言的日常性，因此才会认为"起居之法"也是"人生"，而且是"活泼泼地之人生也"。由于恢复了这一句翻译，可以说周作人扩大了对"余裕"的认识，将日常生活包括了进去。

其二，介绍的文脉有所调整。略去对"余裕论"与自然派之间对立关系的强调，也略去对中晚期作品风格变化的评价，保留了"想象丰富，文辞精美"的评价。将评价的焦距对准夏目漱石的早期作品，最后得出结论说："明治文坛上的新江户艺术的主流，当世无与匹者。"[①]这句话本身虽然也源自相马御风的《明治文学讲话》[②]，但在《日本近三十年小说之发达》中是删掉的。因为依《日本近三十年小说之发达》的文学史观，文学的演变是不断进化的过程，从现代文学的角度看近世文学自然被当作否定的对象。因此在《现代日本小说集》中恢复这个句子，可以看作周作人在试图重新把握与评估现代文学与古典文学的关系。

周作人如此重视个人趣味、扩大对生活的理解以及对散文作品的青睐，与他这一时期的思想和文学观变化有关。五四新

---

① 周作人.《现代日本小说集》作家介绍[M]//钟叔河.周作人散文全集2.桂林：广西师范大学出版社，2009：666.

② 原文如下："殊に、その初期の作「我輩は猫である」「坊ちやん」などに於ける、軽快で、洒落で、機才に富んだ文品は、江戸芸術に著しいあの一面を明治文壇に継いだものとして、他に類無き異色でなければならない。"（相馬御風.明治文学講話[M]//佐藤義亮.新文学百科精講.東京：新潮社，1917：735-736.）

文化运动时期，出于改造社会的目的，周作人提倡进化论，积极推进小说改革，主张"人的文学"。但是随着五四新文化运动的展开与逐渐落下帷幕，运动推进者内部出现种种分化，有人埋头做学问，有人投身革命；鲁迅陷入"彷徨"，周作人则转而提倡"艺术独立论"。"艺术独立论"容易被误会是"为了艺术的艺术"，但周作人的意思并没有排斥人生。他说："总之艺术是独立的，却又原来是人性的，所以既不必使它隔离人生，又不必使它服侍人生，只任它成为浑然的人生便好了……现在却以个人为主人，表现情思而成艺术，即为其生活之一部，初不为福利他人而作，而他人接触这艺术，得到一种共鸣与感兴，使其精神生活充实而丰富，又即以为实生活的基本；这是人生的艺术的要点，有独立的艺术美与无形的功利。"[1]在周作人看来，真正的艺术应该包含人生，但不能为了人生而牺牲艺术的独立性。只有通过个性的表达，作品才能引起读者的共鸣，也才能实现作品的艺术价值。与此同时，读者也只有通过这样的表达获得感动，才能丰富人生的内涵。这样的看法与1918年的文学主张相比确实发生了一些变化。个性的表达成为他的"艺术独立论"的核心思想。

  周作人在散文集《自己的园地》的自序中说："我是爱好文艺者，我想在文艺里理解别人的心情，在文艺里找出自己的心情，得到被理解的愉快。在这一点上，如能得到满足，我总是感谢的。所以我享乐——我想——天才的创造，也享乐庸人的

---

[1] 周作人.自己的园地［M］//钟叔河.周作人散文全集2.桂林：广西师范大学出版社，2009：510-511.

谈话。"①在此所谓"天才的创造"是指小说和诗歌的创作，而"庸人的谈话"则是指收集在《自己的园地》中的这些小短文，也即他在这个时期开始大力提倡的"美文"。他认为，"美文"所表达的就是那些"既不能作为小说，又不适于做诗"的种种思想和情感。②这样的"美文"在此前的现代文学史叙述中完全没有进入他的视线，但此时他认为"美文"不但值得现代作家去尝试，而且同其他种类的文学作品一样具有艺术价值。

《美文》和《自己的园地》的发表与《现代日本小说集》的翻译时间大致在1921年至1922年。也就是说这些文章的写作与《现代日本小说集》的翻译在时间上重合，可以认为相互之间存在着某种互动关系。或者受夏目漱石文艺理论的影响，周作人加深了对人生内涵的理解，扩大了文学作品题材和体裁的范围，进而提倡"美文"；抑或他提出"美文"的概念之后，加深了对夏目漱石文艺理论和文学的理解。

第四节　夏目漱石的《文学论》

周作人对夏目漱石文艺理论进一步深入理解的新契机是

---

① 中国现代文学馆.周作人代表作[M].北京：华夏出版社，2008：44-45.
② 周作人.美文[M]//钟叔河.周作人散文全集2.桂林：广西师范大学出版社，2009：356.

1931年给张我军翻译的《文学论》作序。这篇序不长,但包含许多重要的信息。首先,周作人满怀深情地回忆了与夏目漱石文学的相遇以及耽读其作品的愉悦。其次,指出夏目漱石的文艺理论主要是《文学评论》和《文学论》,"余裕论"只是其中一部分。周作人对这两部著作给予极高评价。

关于《文学论》,周作人虽然自称"还不曾好好地细读一遍",但对该书的序记忆深刻。在日本学界有关《文学论》的研究,如何理解该序历来是评价该著的一大关键。遗憾的是,张我军翻译《文学论》时竟将该序全部删除。在该序中,夏目漱石自述了研究英国文学的经历和困惑。他从小受汉文学的熏陶,以为英国文学与汉文学相同,但学习之后才发现两者差异很大。前者是传统的经世学问,后者是现代概念的语言艺术。为了解决东西方文学概念的冲突,夏目漱石决定摆脱当时的一般"文学"定义,从心理学和社会学的角度重新探究"文学"的本质。

夏目漱石在20世纪初研究文学时之所以采用心理学的研究方法,其根本原因就是要摆脱进化论观的西方中心主义。因为在这样的进化论史观观照下,日本文学只能沿着西方文学演变的路径发展。对此,夏目漱石认为日本文学尽管会受西方文学的影响,但前进的方向并不必然与西方文学相同。西方的审美标准不能成为评判日本文学价值的基准。因此,他需要摆脱进化论史观,于是依靠心理学试图寻找一种能够涵盖东西方文学的研究框架。在《文学论》中出现的作品和例子,除小说以外,有汉文、诗歌、散文、戏剧,甚至历史著作等。这样一种研究框架,无疑破除了以进化论为理论背景的小说中心主义的现代文学史观。

周作人在译本序中直接引用了一段《文学论》中序的文字:"余誓欲心理地考察文学以有何必要生于此世,而发达,而颓废,余誓欲社会地究明文学以何必要而存在,而兴隆,而衰灭也。"[①]与原文比较可以看出,周作人的译文相当忠实于原文。尽管他表示对夏目漱石的序"记忆清楚",但不可能连标点符号都记忆如此准确。唯一能解释的就是,他在接受张我军的委托写序时又重新把《文学论》的日文版翻出来阅读过。周作人引用的这两句话,可以说是高度概括了夏目漱石写《文学论》的动机以及研究方法。与此同时,这两句引用也透露出周作人本人当时所面临的问题。从五四新文化运动之后,中国新文学的文学观不断变化,20世纪30年代初左翼文学运动又蓬勃兴起。在一些激进的左翼人士眼里除"左翼文学"之外皆非文学。这些文学观看似变化,但有一个共同点就是追逐外来新潮文化。"文学以何必要而存在,而兴隆,而衰灭也",这其实也是周作人当时内心回荡的一个问题。

周作人在翌年的《中国新文学的源流》中作为科学的研究

[①] 原文如下:"余は心理的に文学は如何なる必要あつて、此世に生れ、発達し、頽廃するかを極めんと誓へり。余は社会的に文学は如何なる必要あつて、存在し、興隆し、衰滅するかを究めんと誓へり。"(夏目漱石.漱石全集 9.東京:岩波書店,1966:10-11.)

法特别提及夏目漱石的《文学论》绝非偶然。他认为，科学的研究法"是应用心理学或历史等对文学加以剖析的"。运用心理学研究文学的代表著作就是夏目漱石的《文学论》，而他在《中国新文学的源流》中要做的则是"以治历史的态度"去研究中国文学的变迁。的确，周作人在《中国新文学的源流》中处理的是文学史问题，但从该著的实际情况看似乎并不是他所声明的那样"以治历史的态度"进行研究，反而采取的是一种心理学方法。那么两者之间到底是什么关系呢？

第五节　心理学观照下的文艺思潮推移论

周作人的《中国新文学的源流》的内容，简言之，主要是考察了中国两千年来文学思潮推移的规律和动力。在夏目漱石的《文学论》中也有关于文艺思潮推移的议论。夏目漱石将文艺思潮看成社会群体的意识的体现，并将这种现象称为"集合意识"。夏目漱石认为，一个时期有一个时期的"集合意识"的焦点，如明治维新后的文艺思潮经历了写实主义、拟古典主义、浪漫主义、自然主义等。但是，在任何一个时期，这种"集合意识"都不是均质的，可分为三种意识，即天才意识、秀才意识、模仿意识。在文艺思潮的演变过程中，天才的暗示是推动演变的一个十分重要的因素。但夏目漱石同时指出，天才的暗示不完全是凭空而来的，是基于对现在的审美趣味的超越。超越的方式有以下几种类型：一是（现在的审美趣味）+（古的审美趣味）；二是（现在的审美趣味）+（古+古的审美趣味）；三是（现在的审美趣味）+（新的审美趣味）；四是（现在的审美趣味）+（新+古的审美趣味）。可以看出，无论哪种超越方式都是由现在的审美趣味生发开的，是由现在的审美趣味加上其他的审美趣味所形成的一种新的审美趣味。①

在夏目漱石看来，文艺思潮推移的另一个因素是大众的厌倦感。从心理学上看，有了厌倦，才会有追求新的冲动。因此，他认为推移并不一定意味着是从低级向高级转移。他说："我特别强调这点是因为有一种误解，认为世上看见时尚变化，不以为受好恶的支配，以为每次变化趣味都在进步。换句话说，误以为自己现在的趣味为最好、最完全、唯一的标准。以现在的标准来衡量一切虽然是自然的事情，但是没有道理。"②如前所述，夏目漱石认为文艺有四种理想，即善、美、壮和真。前三种理想大体上可以划归为浪漫主义文学，后一种可以划归为写实主义文学。整个文学史基本上就是浪漫派和写实派的交替发展，也就是说从一个文艺理想推移到另一个文艺理想，不能简单地看成进化。

尽管不能将周作人的"循环论"史观形成的原因全部归结于受夏目漱石《文学论》的影响，但不能否认是其重要因素之一。将周作人的《中国新文学的源流》与《文学论》相比较，

---

① 夏目漱石.漱石全集9[M].東京：岩波書店，1966：407-504.
② 夏目漱石.漱石全集9[M].東京：岩波書店，1966：441.

可以看出有以下相近之处。首先，从心理学的角度看待有关文艺思潮推移的动力。如上所述，《文学论》认为文艺思潮推移的动力是天才的暗示引领和读者的厌恶情绪，而《中国新文学的源流》则用"反动"来描述这种动力。周作人说："照我看来，中国文学始终是两种互相反对的力量起伏着，过去如此，将来也总如此。"[①]他认为，中国的文艺思潮是"言志派"和"载道派"相互交替消长发展的。虽然他本人推崇"言志派"，但并不一味地肯定，而是也看到"言志派"走向极端，就会出现流弊，招致"载道派"的反动。

其次，对待古典文学的态度。《文学论》认为大多数文艺思潮都是在传统文艺思潮基础上的翻新，否定现在主义，即以现在为标准评判一切。究其原因，明治时期的文学史中所包含的现在主义其实是西方中心主义，具体到明治末期则是自然主义文学至上论，夏目漱石对此种论调持否定态度。周作人的《日本近三十年小说之发达》贯穿的是进化论文学史观，对中国传统文学持一种否定态度，但在《中国新文学的源流》中周作人的文学史观发生很大变化，非常重视与传统文学的关系。题目标为"中国新文学的源流"，就是要从历史传统的角度看新文学的来历。周作人将新文学的源头不仅追踪到明朝的"公安派"，更上溯至元代、五代、魏晋六朝、晚周。当然，他也很关注每次摆动的变化。譬如，他认为虽然胡适先生的主张与公安派差

[①] 周作人.中国新文学的源流[M]//钟叔河.周作人散文全集6.桂林：广西师范大学出版社，2009：63.

不多，但现在的白话不是公安派的简单重复，而是包含了新词句和新思想。①

周作人在《中国新文学的源流》中对言志派文学的提倡，尽管不排除他对当时左翼文学运动中一些激进论调的抵制，但也不可将问题局限于这一点。因为从他的文学观看，这并不是他的一时兴起，而是他的文学观的一个自然延长。尤其还需要看到《中国新文学的源流》所包含的另一个纬度，即针对现代文学史书写框架的问题。如前所述，欧洲和日本的现代文学史贯穿着小说中心主义的进化论史观。周作人本人曾经是这一文学史观的积极输入者。但周作人在"美文"写作和文学评论活动中逐渐修正。其一，提倡"美文"，突破现代文学史中的小说中心主义。其二，摆脱进化论史观，从心理学的角度研究文学的演变，从而更积极地把握传统文学与现代文学的复杂关系。

周作人在《日本近三十年小说之发达》中只讲小说，而在《中国新文学的源流》中虽然特别指出研究俗文学的重要性，但通篇讲述的既不是现代文学中的宠儿小说和戏剧，也不是诗歌，而是"文"。这样的内容安排，一方面与他当时对"文"的独特认识密不可分，他认为，"小品文是文学发达的极致"。②另一方面也与他对一般所谓的"文学"概念持抵触立场有关。20世纪30年代，他在接受编选《中国新文学大系散文一集》时说："这回西谛先生介绍我编选一册散文，在我实在是意外的事，因为我

---

① 周作人.中国新文学的源流［M］//钟叔河.周作人散文全集6.桂林：广西师范大学出版社，2009：89-101.
② 周作人.《中国新文学大系散文一集》导言［M］//钟叔河.周作人散文全集6.桂林：广西师范大学出版社，2009：723.

与正统文学早是没有关系的了。但是我终于担任下来了。对于小说、戏剧、诗等我不能懂，文章好坏还似乎知道一点，不妨试一下子……我并不一定喜欢所谓小品文，小品文这名字我也很不赞成，我觉得文就是文，没有大品小品之分。"①

这两方面合而观之可以看出，周作人对当时将文学概念局限于小说、戏剧、诗的现状深表不满。他认为，"文"是小说、戏剧、诗以外的一个重要文类，其艺术价值绝不低于小说、戏剧、诗。在他看来，"文"不限于小品文，而是包含更广的范围。周作人在《中国新文学的源流》中只谈"文"而不谈及其他文类，并不是否定小说、戏剧、诗这些文类，而应该理解为在"文"没有获得现代文学概念中稳固文类地位的状况下所采取的有意强调之策略。

结语："文"与现代文学史书写

五四新文化运动时期，周作人在《日本近三十年小说之发达》中以进化论文学史观，用外国文学否定中国传统文学，将小说当作现代文学概念的核心文类。但是时隔14年之后，他在《中国新文学的源流》中则重建与传统文学的关系，用"文"置换了"小说"在文学概念中的核心位置。这一变化过程尽管原

---

① 周作人.《中国新文学大系散文一集》编选感想［M］//钟叔河.周作人散文全集6.桂林：广西师范大学出版社，2009：540.

因很多，但如上所述，其中一个重要因素是与夏目漱石文学及其文艺理论的交集。从对"余裕论"解释为"超脱世俗"，到理解为"日常生活"，进而提倡"美文"摆脱"小说至上论"；对《文学论》的文艺思潮推移理论的共鸣，使他找到大胆肯定"文"的理论根据。在他的倡导下，散文作为一个单独的文类进入现代文学史书写之中，在中国的"文学"概念现代化转型中留下独特的印迹。

在中国，最早论及中国现代文学史的著作是胡适撰于1923年的《五十年来之中国文学》。他将五四新文化运动以来的新文学分为白话诗、白话短篇小说、白话散文、戏剧与长篇小说等四类。而之所以将白话散文特地作为一个单独文类，胡适说是归功于周作人等人对"小品散文"的提倡和出色的创作。[1]尽管白话散文早在20世纪20年代上半期作为一个文类已经进入文学史书写的框架之中，但是其文学地位并不稳固。至30年代左右，鲁迅一方面认为，"五四"以来"散文小品的成功，几乎在小说、戏曲和诗歌之上"[2]；但另一方面又发现，"有些人，每当意在奚落我的时候，就往往称我为'杂感家'，以显出在高等文人的眼中的鄙视"[3]。没有小说、戏剧创作的周作人更是认为自己"与正统文学早是没有关系的了"。出于对这种"正统文学"观的修正，周作人提倡"小品文"，积极支持林语堂在20世纪30年代创办小品文专门杂志《论语》《人世间》等，在文坛上引发

---

[1] 胡适.五十年来之中国文学[M].上海：申报馆，1923：94.
[2] 鲁迅.鲁迅全集4[M].北京：人民文学出版社，1981：576.
[3] 鲁迅.鲁迅全集4[M].北京：人民文学出版社，1981：3.

"小品文"热。同一时期他本人在《中国新文学的源流》中从学理上论证"文"的文学正统性也算是其中一个实践。

在这样的背景之下，王哲甫在撰写第一部中国现代文学史《中国新文学运动史》（1933年），将散文列为与小说、戏剧和诗歌并列的单独文类时，已经有了相当清醒的认识："散文的范围很广，除了有韵的诗歌以外，都是散文，小说也算是散文之一种。但我们在这里所指的，乃是狭义的散文，如小品、杂感、游记一类的东西，因为它们所包含的情感多于理智，近于纯文学的作品，所以有特别论列的必要。"[1]可以看出，此观点基本上是在周作人关于"文"的主张的延长线上。这种由小说、戏剧、诗歌和散文等四部分构成的文学史框架，经由《中国新文学大系》（赵家璧主编，上海良友图书印刷公司，1935—1936年）成为后来的现代中国文学史书写的基本体例，延续至今。

以此对照同时代的外国现代文学史可以发现这种体例的独特性，并不像有的学者所说的那样是对外国文学史框架的完全照搬。[2]同时代的日本现代文学史一般没有把散文作为一个单独的文类列出来。[3]英国文学史不是在"文类"，而更多是在"文体"之义上使用"散文"（prose）。1927年中国出版的第一

---

[1] 王哲甫.中国新文学运动史[M].北京：北平杰成书局，1933：174-175.

[2] 刘禾在《跨语际实践：文学，民族文化与被译介的现代性（中国：1900—1937）》（宋伟杰，等译，北京：生活·读书·新知三联书店，2002：332）中认为，中国现代文学史书写完全照搬外国文学史框架，将英语中的fiction、poety、drama和familia prose完全对应为小说、诗歌、戏剧和散文等四个文类。

[3] 吉田精一.明治大正文学史[M].東京：東京修文館，1941.

部《英国文学史》(欧阳兰编译)在"散文"标题下所述内容包括小说、论文和历史著作。[①]同样情形也见于1930年由林惠元译、林语堂校的《英国文学史》之中。[②]很显然,这些《英国文学史》中的"散文"与中国现代文学史中所说的"小品散文"不同,所指的是非韵文的"散文"体。因此,在当时将散文作为一个单独文类写进中国现代文学史不妨看作现代文学史书写的一个创举,其中周作人在学理上可谓贡献最大。

(以题目《周作人的文学史观与夏目漱石文艺理论》原载《中国现代文学研究丛刊》2016年第7期)

---

① 欧阳兰.英国文学史[M].北京:京师大学文科出版部,1927:145-153.

② DELMER F S.英国文学史[M].林惠元,译.林语堂,校.上海:北新书局,1930:159-166.

第三编
学术史与学术共同体

第十一章　中国的日本文学史述评

在商品大潮和影视文化的冲击下，文学正日益边缘化，成为"无用之学"；与此同时，随着研究方法和思想观念的不断更新，文学史的既有框架乃至文学史本身也越来越受到质疑。毋庸讳言，中国的日本文学史研究和教学正处于困境之中。因此，认真思考文学史及其教学的问题实在很有必要。笼统地否定文学史或回避其中的问题，只能使既有文学史的框架得以延续。本章以中国人编写的日本文学史为考察对象，梳理日本文学史编写状况，探讨其中的问题，挖掘可以利用的学术资源，为文学教学和重构文学史做一些探索。

第一节　谢六逸的《日本文学史》

晚清以降，日本文学作品被陆续翻译到中国来，随之介绍和研究日本文学的文字也逐渐增多，但缺乏系统性，至1927年谢六逸在《日本文学》（开明书店）中粗略勾勒日本文学史，并在此基础上充实内容于1929年出版《日本文学史》（北新书局）。谢六逸的《日本文学史》共分上下两卷，十余万字。上卷叙上古、中古、近古的文学，下卷叙近世与现代文学。叙明治以前的文学，以介绍重要作品为主，叙明治以后的文学则以文学界的派别或团体为线索，阐明各派的特征与文学演进的趋向。

谢六逸的《日本文学史》的最大特点是对"写日本文学史给中国人看"这一立场的自觉认同。作者在编例中称："本书立于客观的地位编纂，与日本学者为该国人士编著的书，观点略有不同。故对于叙述的轻重与材料的取舍，悉以适应我国的阅者为准则。"[1]基于这样的思路，作者对一般中国读者不熟悉的日本古代文学，抱着介绍的态度，花大量的篇幅译介重要作品。比如在《古代的歌谣》一章里，只有2页是对时代背景和歌谣特色的叙述，另外14页全是翻译的诗歌；在《源氏物语》一节里，也只有1页是关于作者和作品特色的介绍，其余14页是故事梗概。古代部分几乎可以称为诗歌选集和小说的故事梗概集。因当时日本古典作品翻译介绍到中国来的还很少，所以他这样做是有其意义和必要性的。

当然，"写给中国人看"并不意味着作者只是为了迎合中国读者的趣味。恰好相反，促使作者写这部著作的动机之一是纠正中国人的某种错误观念。作者在序中说："中国人在'同文同种'的错误观念下，有多数人在轻视日本的文学与语言。他们

---

[1] 谢六逸.日本文学史［M］.上海：北新书局，1929：编例1-2.

第三编　学术史与学术共同体

以日本人的'汉诗汉文'代表日本自古迄今的文学；拿'三个月小成，六个月大成'的偷懒心理来蔑视日本的语言文字，否认日本固有的文学与他们经历变革的语言。这些错误，是有纠正的必要的。"[1]因此，在进入文学史内容的叙述之前，专辟《绪论》一章论述日本民族和日本文字的变迁。作者认为日本民族不是单纯的一种，乃是几种民族——倭奴族、真古斯族、印度支那族、印度勒吉亚族和汉族——的混合，他们的文化也是多民族文化融合的结晶。在文字上，虽然借用汉字，但作者更强调日本人对汉字的吸收、消化和创新。当然，不仅是这一章，整部著作的撰写都可以看作作者为了消除中国人的"同文同种"的错误观念所做的努力。

该书的另外一个显著特点是作者的开放的治学态度。这部著作虽然在当时是最完整的日本文学史，但作者在篇首仍称："本书篇幅有限，对于日本文学全部的叙述，患不能详尽，希望国内另有详尽的书出来。"[2]这并非故意卖弄谦逊之词，作者在后记中具体地指出疏漏和不满意之处，希望"将来有机会再补足"。作者这种自我批判精神为该书创造了一个开放的学术空间。作者期望更多的人来参与这项工作，为此在卷末附参考书目数十种，有通史、断代史、分科研究专著、单篇论文，搜罗相当广泛详细。附录中有关1929年日本文艺团体的调查资料和杂志一览表至今也是了解当时文坛背景的十分珍贵的资料。这些资料为这一学科的研究发展打下了基础。不仅如此，在编写

---

[1]　谢六逸.日本文学史[M].上海：北新书局，1929：序1.
[2]　谢六逸.日本文学史[M].上海：北新书局，1929：编例2.

文学史的具体操作中，也有许多值得借鉴之处，比如后来的文学史中几乎不提的报刊媒体对文学的促进作用，以及纯文学和大众文学之间的消长问题等在这部著作中都有所论及。

当然，该书也有不足，如为了强调日本文学的独特价值，将日本汉诗汉文从文学史中全部删除。这等于将古代文学的一个重要侧面全部排斥在外，属于矫枉过正。①关于近现代文学史的叙述，有些地方分析不足，近于罗列资料。

第二节　教科书中的文学史

在谢六逸的《日本文学史》之后，由于各方面因素，长时间没有日本文学史专著的出版，至改革开放后，才出版了王长新著《日本文学史》（日文）（外语教学与研究出版社，1982年）。这本书是"作为高等学校日语专业的日本文学史课教材而编写的"。②

因是高等学校日语专业的教科书，它具有作为教科书的一些明显特征，如书中对难读的人名、地名、书名以及个别难读的词加了标音。为使学生重点掌握各个时代的文学特点和有代表性的作品，采用了重点带一般的写法，如古代前期

---

① 王勇.中日关系史考［M］.北京：中央编译出版社，1995：225.
② 王长新.日本文学史［M］.北京：外语教学与研究出版社，1982：序言3.

以《万叶集》为重点，对《古事记》《日本书纪》等做了一般性的介绍。在古代部分，大量引用原文片段，增加学生的感性认识，近代则以介绍文艺思潮文学流派为主，到新感觉派文学为止。

王长新在序言中说："为了使读者更好地理解各个时期的文学特点，对各个时代的历史背景、社会的阶级关系以及经济结构做了比较详细的介绍。"[①]落实到具体的叙述，作者断言"古代、中世的文学是统治阶级的贵族或武士的文学，是代表统治阶级的利益和反映统治阶级的思想感情的文学"。在这一判断之下，王长新是这样来论述《万叶集》时期的诗人和诗歌的："柿本人麻吕作为宫廷诗人平安朝以来受到贵族阶级的称赞，被尊为歌圣。他的和歌构思宏大、技巧纯熟，但是总体上看以歌颂朝廷、皇室和贵族阶级的和歌居多。与此相比，地位不高、出身卑下的山上忆良的和歌在内容上则要出色得多。"（第一章第四节）[②]既然以阶级来衡量作品的价值，那么在王长新看来最好的作品当然是"东歌"和"防人歌"了。因为这些和歌都是收集流行于农民之间的歌谣。作者显然是以阶级成分的划分来代替文学的分析。但是，对这样的分析方法作者也表现出某种犹疑的态度，并没有因阶级成分彻底否定贵族阶级的文学，如对天皇的和歌也做了引用介绍。虽然有这样一些局限性，但总的

---

① 王长新.日本文学史［M］.北京：外语教学与研究出版社，1982：序言4.
② 王长新.日本文学史［M］.北京：外语教学与研究出版社，1982：10.

来说，作为一部过渡时期的文学史，其功不可没。

作为教科书编写的还有陈德文编著的《日本现代文学史》（南京大学出版社，1991年）和谭晶华选编的《日本现代文学史（小说·评论）》（上海外语教育出版社，1992年）。陈德文的《日本现代文学史》是根据讲义编写的。在体例上，以各个流派的形成和发展为线索，以作家和作品为依托进行叙述。编者在前言里说："全书共十七章，作为教材使用时，教程可安排一年，每学期讲授八至九章，中间酌情插入一两次课堂演习。可选取某一流派或某一作家为题目，让学生下课准备，课堂上发表。根据本人多年实践的体会，此种办法对增强教学效果，调动学生的主观能动性大有裨益。"[1]在编写过程中自觉地将授课内容和时间安排考虑其中，可算是该书的一大特色。谭晶华的教材努力将系统性、简明性与形象性有机地结合起来，一些经典作品有节选的引文，但没有包括所有体裁，仅限于小说和评论。

第三节 面向一般读者的文学史

与上述教科书相比，下面三部著作由于面向的读者不限于本科日语专业的学生，因此在篇章结构和叙述策略上显示出一

---

[1] 陈德文.日本现代文学史［M］.南京：南京大学出版社，1991：前言1.

些不同的特色。

第一部是吕元明著《日本文学史》（吉林人民出版社，1987年）。该书是作者多年教学研究的总结。全书设总论和正文八章，上起古代下至20世纪70年代"透明文学"。总论部分详细地阐述了作者关于编写日本文学史的一些思考，是一篇有分量的论文。最为关键的一点是对文学史研究及其研究方法的自觉。在《日本的文学史研究》一节里，作者回顾了日本的文学史编写的历史，并对这些文学史的编写方法和特点做了有节制的点评，指出其优缺点。这样系统地以日本文学史为对象来进行考察，在中国的日本文学研究界恐怕还是第一次。在《日本文学史的意义》一节里，作者则对流行一时的阶级分析方法提出了批评："文学是依靠形象来反映生活的，我们必须依据这一尺度来研究文学对社会、对生活的反映及其意义。日本第一部长篇小说《源氏物语》，极其深刻地描写了平安朝宫廷贵族阶级的没落，而受到极高的评价。在这种场合不是根据小说的作者的阶级成分来衡量小说价值的，而是根据小说对社会生活反映的深度和广度来做出结论的。"① 但作者同时又说："在阶级的社会中，文学表现着各个阶级的利益，也充满着各个阶级的思想和感情。"只是在不同社会里各个阶级所起的历史作用不同，应该看是否代表了历史的进步。② 经过这样一番理论整理后，作者认为《万叶集》中的许多诗歌，虽然是歌颂天皇的或出自皇族

---

① 吕元明.日本文学史［M］.长春：吉林人民出版社，1987：2.
② 吕元明.日本文学史［M］.长春：吉林人民出版社，1987：3-4.

之手笔，但在日本由地方豪族走向中央集权制国家的时候，这些站在历史进步方面的诗歌和作者是有其历史进步意义的。而在资本主义时代，作为资产阶级民主改革思想表达者的白桦派作家、新思潮派作家乃至新兴艺术派、新感觉派文学，都有其积极意义。可以看出，作者想超越单一的阶级分析方法，但是最终还是没有完全超越，只是比起王长新的《日本文学史》使用得更加辩证一些。

该书的另一个闪光点是设置第八章《阿伊努、琉球文学》。日本的文学史书写对阿伊努文学的关注始于20世纪90年代以后。在西方的解构主义和后殖民主义理论思潮的影响下，日本学界从反省日本现代文学及其研究制度的角度出发，开始研究日本的殖民地文学和日本少数民族文学[①]，正式写进文学通史里则是在90年代中期以后。而吕元明早在80年代末就已经在文学史里专辟一章来论述了。虽然内容还显得单薄，但具有十分重要的价值。

第二部是王长新主编的《日本文学史》(吉林大学出版社，1990年)。这部著作比起他在1982年编写的文学史来，在内容上更详细、更全面，一直叙述到战后20世纪70年代，对个别时代分期也做了一些变动。[②]在叙述上尽量做到客观，而不是用阶级分析方法横扫一切。由于读者对象不同，在叙述策略和章节

---

① 島村輝.「日本近代文学」研究私見：日本の現状と中国からの視点[J].(日)女子美術大学研究紀要，2000(30)：93-102.
② 王长新在1982年版的《日本文学史》中将明治文学和大正・昭和文学分开，而在1990年版的文学史中则将明治和大正文学分为近代文学，昭和前期分为现代文学，这样划分似更合理。

安排上，也有所调整。比如在叙述《万叶集》的时候，估计一般读者对日本诗歌采用"节拍律"这一特点不知道，因此专门设置《日本的诗歌》一节，系统地介绍了日本诗歌的特点、分类和修辞手法。这种关于常识性知识的介绍，其实是假定读者文化背景不同，而努力做的一种文化上的疏通。作者虽然没有明言，但能感到是站在中日文学比较的立场上来写的。

该书的第五章《大众文学及其他》也颇具特色。日本的文学史家一般不很重视大众文学，许多文学史对它都只字不提，但是作者认为："在今天，区分大众文学和纯文学的藩篱正慢慢地被拆除，二者的界限越来越模糊不清，有必要认真思考大众文学的存在价值。"[1]在这一章里，作者对历史小说、推理小说和科幻小说做了述评。将推理小说家森村城一、科幻小说作家小松左京和半村良写进文学史中也是非常大胆的举动。

该书由于是多人合作，整部著作的质量不均衡，有些章节用语不严谨、叙述混乱。

第三部是叶渭渠、唐月梅著《20世纪日本文学史》（青岛出版社，1998年）。该书最大特点是将日本近现代文学置于20世纪世界文学潮流的大背景下，以和洋文学交流的动态分析，系统地论述日本文学从19世纪与20世纪之交的近代转型，到20世纪与西方传来的各种主义和流派的异质文学的碰撞融合而实现日本化的过程。该书尤其重视探索和洋文学融合的历史经验。根据这一思路，对一般文学史持否定态度的私小说做了较为肯

---

[1] 王长新.日本文学史[M].长春：吉林大学出版社，1990：412-413.

定的评价。作者认为私小说按照日本式的思考方式吸收和消化西方自然主义文学，同时又继承了日本传统的"真实"文学思想，是典型的和洋文学融合的结晶。

的确，从时间范围看，日本所谓的近现代文学其实大致属于20世纪文学。日本自然主义文学运动对日本近现代文学的发展方向起过十分重要的作用，但它形成于1900年以后，同时代的象征主义文学、世纪末文艺思潮也对这场文学运动产生过影响。[①]就此而言，以《20世纪日本文学史》这样的题目来叙述日本的"近现代文学"本来是颇具魅力和富有挑战性的，但该书的理论框架依然是按近代文学、现代文学这样一个发展顺序来叙述的，并没有充分注意20世纪初欧美文学对日本文学的同时代影响，有关日本自然主义文学的叙述依然只着眼于和法国自然主义文学，尤其是左拉的自然主义文学理论做比较，是一个令人遗憾之处。

结　语

以上对中国2000年以前出版的几种日本文学史做了一个简单的述评。[②]总体上看，共同的不足之处是文学史框架的陈旧，

---

① 相馬庸郎.日本自然主義論[M].東京：八木書店，1970.
② 本章从探讨日本文学教学的角度出发只选取了以上几种具有代表性的日本文学史做评述。此外，还有以下若干文学（接下页）

以近现代文学史为例,主要体现在以纯文学史为主线的叙述框架上,以及对支撑这一文学史框架的欧洲中心主义认识的不足。在解释文学现象和剖析文学作品时所使用的方法也还不够丰富。虽然如此,这些文学史仍然有许多地方对于我们今天重新编写文学史或文学教学具有启发意义。概括起来有以下几点。

(1)如何处理好编写者或授课人的文化角色的定位问题。在以上几种文学史中,面向一般读者编写的日本文学史比作为教科书编写的日本文学史普遍要好一些。究其原因,大概是由于教科书注重日本文学知识的灌输,并假定读者懂日本文化,因此省略了一些常识性和前提性的叙述,忽略了读者毕竟是中国人这一事实。而面向一般读者编写的日本文学史,则对一些

通史、断代史、文艺思潮史:叶渭渠和唐月梅《日本现代文学思潮史》(北京:中国华侨出版社,1991年)、雷石榆《日本文学简史》(石家庄:河北教育出版社,1992年)、平献民《当代日本文学史纲》(沈阳:辽宁教育出版社,1993年)、叶渭渠和唐月梅《日本古代文学思潮史》(北京:中国社会科学出版社,1996年);专题文学史:刘柏青《日本无产阶级文艺运动简史1921—1934》(长春:时代文艺出版社,1985年)、李德纯《战后日本文学史》(沈阳:辽宁人民出版社,1988年)、吕元明《被遗忘的在华日本反战文学》(长春:吉林教育出版社,1993年)、何乃英《日本当代文学研究》(北京:北京师范大学出版社,1997年)、刘振瀛《日本文学史话》(北京:商务印书馆,1995年);比较文学史:王晓平《近代中日文学交流史稿》(长沙:湖南出版社,1987年)、严绍璗《中日古代文学关系史稿》(长沙:湖南出版社,1987年)、孟庆枢和张富贵《日本近代文艺思潮与中国现代文学》(长春:时代文艺出版社,1992年)、王向远《中日现代文学比较论》(长沙:湖南教育出版社,1998年);辞典类:张岩峰《简明日本文学辞典》(长春:东北师范大学出版社,1989年)、吕元明《日本文学辞典》(上海:上海辞书出版社,1994年)。

常识性和前提性的知识给予解释，与此同时，还善于将日本文学现象放在与中国文学或其他外国文学进行对比的关系中加以把握，其结果更鲜明地凸现了日本文学的特点。读完一部文学史让人感觉不是单纯地掌握知识，而是对异文化的理解。

（2）如何面对所处时代的文化环境的问题。在这一方面，谢六逸的《日本文学史》做得十分出色。他之所以写日本文学史、之所以采用这样一种叙述姿态和篇章布局是出于他对当时所处时代的文化环境认识的结果。我们今天同样面临许多问题。在新的世界格局和文化背景下，应该如何定义"文学""文学史"是值得深思的。比如关于大众文学的问题，虽然有的著作已经开始尝试论及，但在文学史的叙述上还没有解决纯文学和大众文学之间的相互依存、相互作用的问题。大众文学依然是被放在一个和纯文学没有联系的封闭系统中来叙述的。要解决这个问题，恐怕需要解构现在的"文学"概念和以纯文学为主线的文学史的叙述框架，摸索新的把握和叙述文学史的方法。

（3）尊重前人的研究，博采众家之长。中国的日本文学研究的积累虽然还难以说得上丰厚，但是也多少有一些可以继承的家底。在评述以上文学史的过程中，发现有不少辛勤的劳动和独创性的观点没有被后来者继承和发扬光大。比如谢六逸曾经为日本文学史研究列出过那么多的书目，吕元明在20世纪80年代后期就已经注意到日本少数民族文学的问题，但都没有被重视。不尊重和不汲取前人的研究成果，只能使研究停留在低水平的重复劳动上。当然，尊重前人的研究成果并不等于完全认同，真正的尊重应该是建立在批判基础上的吸收。要做到这一点还应该充分利用中日两国以及其他国家的人文学科的学术资源，博采众家之长。

［原载北京大学日本文化研究所等编《日本语言文化论集》（3），北京：北京出版社和文津出版社，2002年］

第十二章　中国的日本现代文学研究史：课题与方法

中国对日本现代文学的介绍可以上溯到清末。1898年，梁启超在《清议报》上翻译连载政治小说《佳人奇遇》之初曾发表《译印政治小说序》。对日本现代文学的研究始于五四新文化运动，有周作人的《日本近三十年小说之发达》（1918年），谢六逸的《日本文学》（1927年）、《日本文学史》（1929年）等著述。20世纪50年代至60年代中期主要侧重于无产阶级文学和现实主义文学的翻译与研究。真正大规模展开日本文学的研究则是在70年代末以后。1979年，第一个全国性的日本文学研究组织——"日本文学研究会"成立；日本文学研究发表的重要刊物《日语学习与研究》也于同年创刊。自此中国进入日本文学研究最为活跃、成果也最为丰硕的时期。近四十年的日本现代文学研究可以划分为三个时期：第一时期（1979—1988年）、第二时期（1989—1999年）、第三时期（2000年至今）。鉴于第一、二时期已经有较多相关评述，本章着重梳理第三时期。[①]

---

① 关于第一时期和第二时期的学术史评述可参看王志松（接下页）

第一节　20世纪80、90年代的研究状况

在进入第三时期的梳理之前有必要对第一、二时期的研究状况先做一个大致的介绍。

第一时期的最初阶段主要是围绕无产阶级文学研究展开的，接着通过辨析现实主义概念以及梳理其发展脉络来重新评价无产阶级文学以外的其他作家和作品，逐步冲破文学禁区。这种泛现实主义的评价方式虽然肯定了一大批作家和作品，但也由此造成对一些作品的曲解。于是出现一些文章介绍浪漫主义、自然主义、唯美主义、余裕派、白桦派、新现实主义、新感觉派、新兴艺术派等文学流派。尽管这些文章大多只是日本文学史的粗浅转述，却都试图多线条地梳理日本现代文学史，突破中国的现实主义一元化的评价标准。

在第二时期，随着文学观念的变化和社会环境的变迁，出现以文化和美学评价标准取代意识形态批评的倾向。如在第一时期川端文学的虚无思想受到批判，但在第二时期用佛教思想

《中国近三十年日本近现代文学研究简述：兼论学术史研究与学科建设》（北京大学日本语言文化系编《日本语言文化研究：第九辑》，北京：学苑出版社，2012年）、王志松和岛村辉编《日本近现代文学研究》（北京：外语教学与研究出版社，2014年）、王向远著《日本文学研究的学术历程》（重庆：重庆出版社，2016年）。第三时期的时间范围到本章执笔的2016年。

赋予其新的解释;①私小说在第一时期也曾遭遇否定,但在第二时期得到重新评价,被认为是一种表达日本人审美意识的独特方式。②学界由此逐渐摆脱现实主义至上论的文学史观,积极探索日本现代文学的多样性和独特性。

学界的这些动向和成果最为典型地体现在叶渭渠和唐月梅著《日本文学史：近代卷》《日本文学史：现代卷》之中。该著出版于2000年1月,分上下两册,共70万字,至今仍然是汉语界规模最大的日本近现代文学通史。该著认为,长期以来在"文艺为政治服务"的方针影响之下,往往将文学作为政治的载体、宣传的工具,未能全面理解文艺学是一个涉及许多"边缘学科"的特殊综合学科,文学的"教育、认识、审美"三种功能是辩证统一的,而且这种统一性根植于美学哲学。因此他们提出,要在文学史研究中重新认识文学价值。"文学的发展有其自身的规律,应该尊重文学的规律性。"③具体而言,该著认为："研究日本近代文学史,重要的是必须首先确定日本近代文学的基准。从世界文学史的范畴来说,传统走向近代,大致必须具有以下三个价值基准：一是近代自我的确立；二是文学观念的更新；三是文体的改革。"④正是由于有了"确立自我"和"文

---

① 叶渭渠.生的变奏曲：从《千鹤》到《睡美人》[J].外国文学评论,1989(3)：42-47.
② 高慧勤.自然主义与"私小说"：从"客观写实"到"主观告白"[J].解放军外语学院学报,1993(2)：57-70.
③ 叶渭渠,唐月梅.日本文学史：现代卷[M].北京：经济日报出版社,2000：716.
④ 叶渭渠,唐月梅.日本文学史：近代卷[M].北京：经济日报出版社,2000：17.

学自律性"这两个观念的支撑,该著的整个论述显得有条不紊,自圆其说。

需要指出的是,这两个观念并非叶渭渠和唐月梅首创,而是日本战后的现代文学史书写"国文学"观的框架。第二次世界大战后,日本文学研究界出于对战争的反思,以现代化理论为基准,认为战前的日本社会是"非理性主义",没有确立现代人的主体性和自律性,因此主张战后的社会重建要从建立理性主义和确立人的主体性出发,在文学研究上注重"确立自我"的主题和"文学自律性"。这样的文学评价基准在中国20世纪80、90年代作为反对文学禁锢的理论根据具有积极意义的一面。但同时也要认识到其特殊的历史性和局限性。这些标准的"自明性"随着70年代女性主义批评、后殖民主义等思潮的兴起,在日本学界已经受到质疑和批判,然而该著对此依然深信不疑,延续了日本"国文学"观的总体框架。

当然,该著也有自己的特色。在第一、二时期涌现了许多中日比较文学研究的成果,如关于日本文学对中国现代文学的影响、鲁迅对日本战后思想的影响、中国题材日本作品的研究等。该著将这些成果纳入叙述范围。例如有关厨川白村,日本的文学史一般不会论及,但该著专门设一节论述,因为厨川白村在20世纪20、30年代对中国文坛有重大影响;[1] 又如在对一些作家的评述中加入该作家在中国的传播情况;等等。

---

[1] 叶渭渠,唐月梅.日本文学史:近代卷[M].北京:经济日报出版社,2000:327.

因此该著包含了深刻的矛盾。一方面，极力用日本"国文学"观的框架维持文学史叙述的完整性，并以此冲击当时中国文学界的一些禁区。另一方面，中国视角的引入又在解构日本"国文学"观的框架。总之，该著出版于世纪之交的2000年，具有很强的象征性，是此前中国的日本现代文学研究的一个总结，也预示着某种新的变化。可以说此后的相关研究既是以该著的研究成果为基础，又是以超越其文学史框架为目标展开的。①

---

① 当然，瑕不掩瑜。就日本近现代文学通史撰写而言，此后还有张龙妹、曲莉著《日本文学（下编）》（北京：高等教育出版社，2008年），任力主编《日本近现代文学史》（哈尔滨：东北林业大学出版社，2008年），王健宜、吴艳、刘伟著《日本近现代文学史》（北京：世界知识出版社，2010年），刘晓芳主编《日本近现代文学史》（上海：华东理工大学出版社，2013年），杨国华著《日本当代文学史》（上海：上海三联书店，2014年），等等，这些文学史主要以教学为目的，虽各具特色，但在总体上并未超越该著，在叙述框架上也照旧复制日本"国文学史"。近年出现了一些对日本文学史书写反思的研究，如王向远《日本文学史研究中基本概念的界定与使用——叶渭渠、唐月梅著〈日本文学思潮史〉及〈日本文学史〉的成就与问题》（《山东社会科学》2013年第4期），在肯定成就的基础之上，指出在文学史基本概念、术语的确立、理解、界定和表述方面，还有一些值得商榷的问题。庄焰《读加藤周一〈日本文学史序说〉——兼谈日本文学史叙述传统》（《外国文学》2015年第4期）和史瑞雪《西方第一部日本文学史对近世小说的论述及其特色》（《广西师范学院学报（哲学社会科学版）》2016年第5期）等。这些研究必将有利于新的文学史撰写。

第二节　21世纪初的研究趋势

进入2000年以后，日本现代文学研究的论著数量大幅度增加。为了较为客观地把握现状，本章先从调查"中国知网"的论文和出版著作的基本数据入手。中国知网目前无疑是国内收录论文规模最大的数据库，但就日本现代文学研究而言，还有不完备之处，如相当多的论文集没有收入，也没有收录东北师范大学日语系编的《日本文学》（长春：吉林人民出版社）等定期集刊。加上关键词的局限性，在检索时难以穷尽相关课题的所有论文。尽管如此，不能否认通过大数据的检索可以发现一些研究趋势。为了凸显2000年以后的研究特色，本次检索的范围分三个时段：1978年以前、1978—1999年和2000—2016年。

先看文学流派和文艺思潮。输入关键词"现实主义文学"、"浪漫主义文学"、"自然主义文学"、"白桦派"、"新思潮派"、"无产阶级文学"、"新感觉派"、"战后派"、"唯美派（耽美派）"、"私小说"和搭配词"日本"，得出以下数据，如图12-1所示。

从图12-1可以看出：

（1）1978年以前只有关于"现实主义文学"和"无产阶级文学"的文章，1978年以后才开始出现其他文学流派的研究，进入2000年之后所有流派的研究都有明显增加，但增加幅度最大的是"唯美派（耽美派）"和"浪漫主义文学"，增幅最小的是"现实主义文学"和"无产阶级文学"。

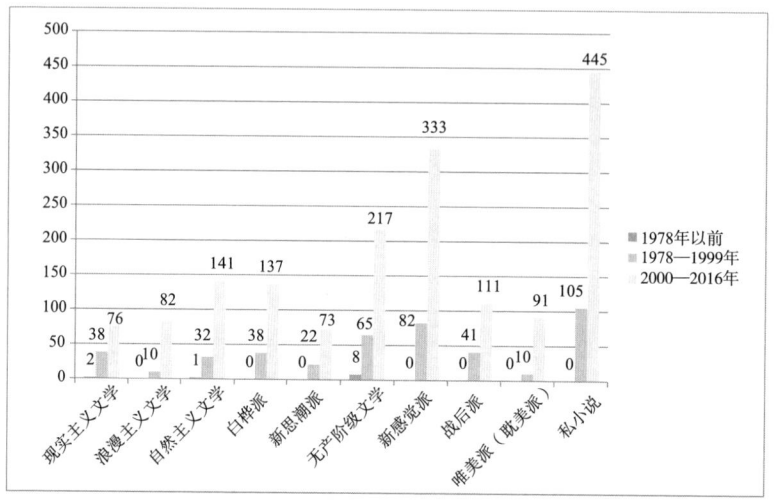

图12-1　日本现代文学流派研究论文数值

（2）论文数值最高的流派是"新感觉派"。"新感觉派"对中国20世纪20、30年代现代主义文学产生过影响，而这一文学史实被长期掩盖，直至80年代之后中国学界才重新评价现代主义文学；加上90年代之后随着都市化进程的加剧，都市文学研究持续升温，因此"新感觉派"尤其受到学界关注。

（3）"私小说"的论文数值也很高。虽然这不是一个流派，但体现了日本独特的美学风格，因此引起中国学者的广泛兴趣。

接着看重要作家。输入关键词作家名，论文数值居前五位的作家依次是村上春树、川端康成、夏目漱石、大江健三郎、芥川龙之介，如图12-2所示。

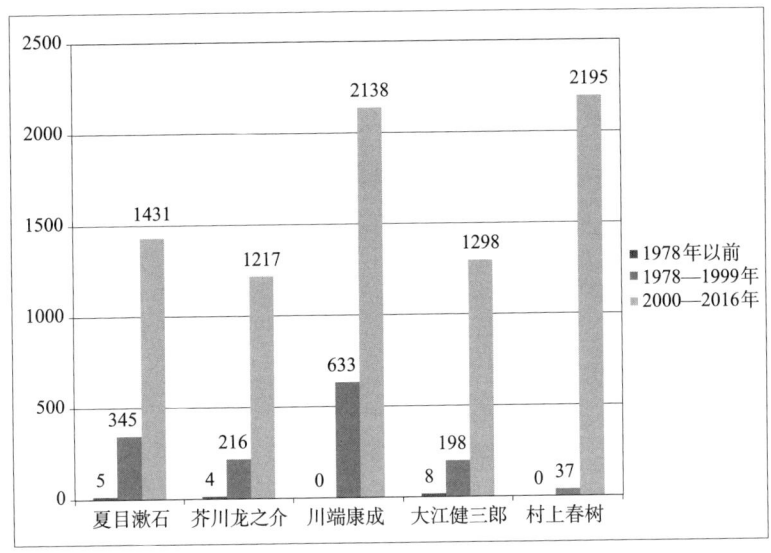

图 12-2 前五位作家研究论文数值

村上春树位列榜首，与村上文学自20世纪90年代末起在大陆的流行有很大关系。阅读村上作品，一时竟成"小资"的标志。作为诺贝尔文学奖得主，川端康成虽位列第二，但80年代，有关川端文学的论文数则位居第一。川端文学的西方现代派手法和东方传统思想、美学的完美结合一直是中国学者热衷探讨的课题，也常常当作反思中国文学现状的一个重要参照。位列第三的夏目漱石是作品最早译介到中国来的日本近代作家之一，从50年代起就一直是受关注的重要作家。大江健三郎位列第四，其相关研究主要涌现于2000年以后，与他90年代中期获得诺贝尔文学奖及其作品中所体现出的鲜明的现实批判立场有关。芥川龙之介位列第五也属意料之中。其作品在中国本来就拥有广泛读者，出版汉译选集多达50余种，2005年出版《芥川龙之介文集》（共5卷）（济南：山东教育出版社），因此也是学界关注的主要对象。

其他比较受关注的作家数值情况如图12-3所示。

上榜的作家以200数值为分界线。从图12-3可以看出以下特色：

（1）对唯美派作家的关注度很高，上榜作家有谷崎润一郎、佐藤春夫、三岛由纪夫。没有上榜的泉镜花的数值也高达147，还有相关专著出版。

（2）对日本式现代主义文学的关注，有横光利一、太宰治上榜。

（3）对文艺理论的关注，有藏原惟人、厨川白村上榜。

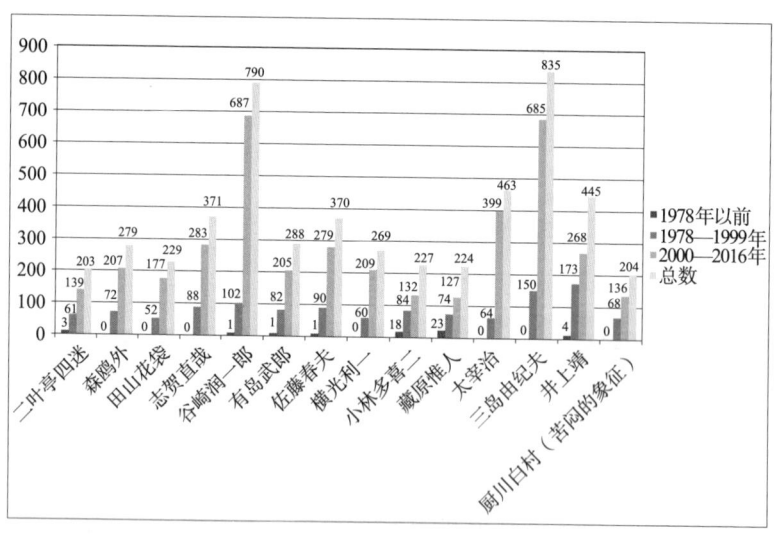

图12-3 重要作家研究论文数值

（4）对中国因素的关注。所谓中国因素即该作家的作品或有中国题材或对中国有影响等。在这方面井上靖是一个典型代表，而二叶亭四迷、田山花袋、小林多喜二、厨川白村等作家上榜也多少与此有关，参照图12-4。

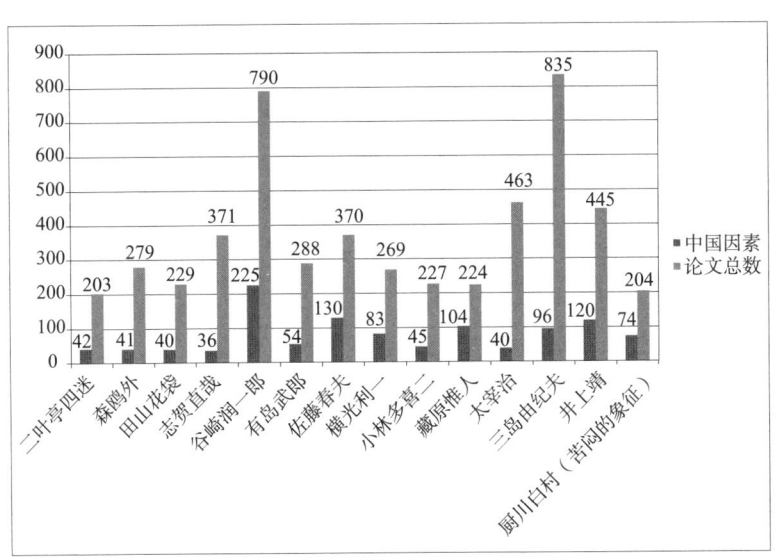

图 12-4 中国因素研究论文数值

（5）上榜作家中没有女作家，但宫本百合子的数值是194，吉本芭娜娜的数值也有147。尤其是有关吉本芭娜娜的研究，论文虽然少，但多有分量，且有相关专著出版。输入关键词"女作家"和搭配词"日本"，则有608条，是很可观的数值。因此，有关女作家的研究也是不容忽视的一个现象。

日本文学中的中国因素是学界关注的一个热点，而中国文学中的日本因素同样是一个重点。输入关键词中国作家名和搭配词"日本"，获得以下居前五位作家的数值，如图12-5所示。

这些相关文章广泛地探讨了中国作家在日本的留学体验、受日本文化和文学的影响、交友以及他们的作品在日本的传播等问题。

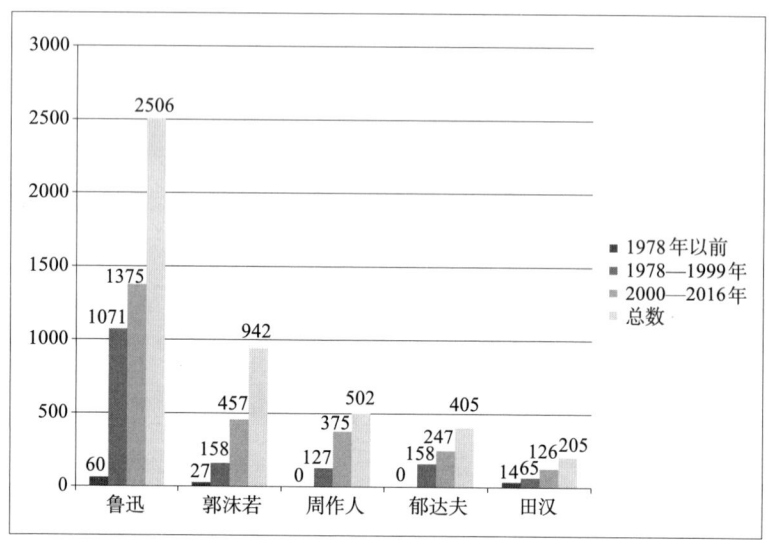

图 12-5　日本因素研究论文数值

关于日本文学中的中国因素和中国文学中的日本因素的研究属于中日比较文学研究领域。在中日比较文学研究领域，2000年以后出现新的动向。其一是翻译文学研究。以前的翻译文学研究主要是在语言学层面进行，20世纪90年代中期以后作为比较文学研究的一个领域渐次展开研究，包括日译汉和汉译日两个方面，21世纪之后成果日益丰富。其二是关于战争文学、伪满洲国文学和沦陷区文学的研究，包括日语文学和汉语文学以及翻译，近年取得很大发展。其三是旅居异国的华裔、日裔文学研究。概括起来，目前的中日比较文学研究领域扩展很广，形成以下新的格局，如表12-1所示。

表 12-1　中日比较文学研究领域分布

翻译文学		中国文学中的日本因素			日本文学中的中国因素			战争文学、伪满洲国文学、沦陷区文学			旅居异国文学	
日译汉	汉译日	留日	日本文学接受	日本题材	汉文学	中国题材	中国游历	中国文学接受	日语文学	汉语文学	翻译	在日华人日语文学	在华日本人汉语文学

从表 12-1 可以看出，中日比较文学研究极大地突破了传统的比较文学的影响研究和平行研究的范式。这些研究不仅促进了日本文学研究，也丰富了人们对中国现代文学的认识，冲击了国别文学研究的格局，形成新的文学观。

日本现代文学研究的论著数量大、范围广，难以面面俱到，因此本章打算根据以上数据分析得到的研究趋势做一个简要的评述。

第三节　最受关注的五位作家

先从数值最高的前五位作家开始看。尽管不能以论文数量多少判定文学价值的高低，但也可以大致看出 21 世纪中国学界对日本现代文学的关注点所在。

第一，有关村上春树文学的研究。以 2009 年为界可以分为两个阶段。这之前，不仅林少华译《村上春树文集》（上海：上海译文出版社)34卷独霸出版界,他本人有关村上文学的解说也引领着读书界和学界。林少华最根本的观点是,村上展现现代人在高度消费社会中的孤独与无奈的同时,给都市小人物提供了一种不失品位与尊严的生活情调(《村上春树和他的作品》,银川:宁夏人民出版社,2005年)。

但是这种局面在2009年被打破。首先,"林译"的权威性被质疑,《日语学习与研究》杂志于2009年分两期专栏发表"林译"争论文章。藤井省三在《村上春树的中文翻译——日本文化的输入与中国本土文化的变革》中肯定"林译"对村上文学中文翻译20年间所发挥的作用,但也指出"林译"存在的错译、漏译现象。藤井援用劳伦斯·韦努蒂(Lawrence Venuti)的翻译理论对林少华的美化翻译提出了批评,认为这种翻译方法不仅改变了村上文学的风格,也不利于引入异质文化促进本土文化的变革。对此,林少华在《文体的翻译和翻译的文体》(以上两篇文章发表于《日语学习与研究》2009年第1期)中称:"文学翻译既是再创造的艺术,就必然有译者个性即译者文体介入其间。换言之,文学翻译只能是原作者文体和译者文体或者文体的翻译和翻译的文体相妥协相融合的产物。"林少华坚持认为,尽管他的翻译并非百分之百的所谓等值翻译,但在一定程度上忠实地传达了原作的文体。虽然这次争论是个案,但涉及译文质量、文体选择以及翻译的文学性和跨文化性问题,触及了当代翻译理论和翻译实践的一些根本性问题,不但对于加深理解村上春树文学有意义,对于促进翻译研究也有积极的作用。

其次,2009年之后有关村上文学的解读呈现出多元化。一是关于后现代与现代的关系问题。杨炳菁《后现代语境中的村上春树》（北京：中央编译出版社，2009年）在后现代语境把握村上文学的基础之上指出，村上小说不仅继承了日本现代文学探寻自我的重要主题，同时对历史保持高度关注，并通过历史指涉实现更深层面上的认识自我。刘研《日本"后战后"时期的精神史寓言——村上春树论》（北京：商务印书馆，2016年）将村上文学置于日本"后战后"的历史语境中，从身份认同（identity）的视角，对作品中的都市化、东西方文化交融、战争记忆、中国他者、当代社会等问题进行了广泛而深入的探讨。二是关于中国他者与历史记忆的问题。尚一鸥《村上春树的中国观》（《国外社会科学》2009年第3期）、刘研《论村上春树〈去中国的小船〉中的创伤记忆》（《南京师范大学文学院学报》2013年第2期）等探讨了村上对中国如芒刺般的他者认识的两难境地。对此，关冰冰和杨炳菁在《多元文化的融合体——论村上春树笔下的"杰"》（《解放军外国语学院学报》2013年第5期）和《村上春树小说中的"虚"与"实"——论〈去中国的小船〉中的"中国"》（《国际汉学》2016年第3期）等文中提出不同看法，主张应尽量淡化国家观念才能理解村上文学的丰富性。三是关于小说的结构问题。郭勇《论村上春树文学的大众性——以〈寻羊冒险记〉为中心》（《日语学习与研究》2009年第1期）、林少华《之于村上春树的物语：从〈地下世界〉到〈1Q84〉》（《外国文学》2010年第4期）、王志松《村上春树"故事"的临界点——论〈地下〉和〈在约定的场所：地下2〉》（《东北亚外语研究》2014年第4期）等探讨了村上文学的大众性和世界认知等问题与故事结构的关系。四是村上文学与莫言文学的比较研究，如林少华《莫言与村上：似与不似之间》(《中国比较文学》2014年第1期) 等。

第二，有关川端康成的研究。主要成果集中在关于川端文学与东方文化关系的探究上。张石《川端康成与东方古典》(上海：上海古籍出版社，2003年) 和《川端康成与中国易学》(广州：广东人民出版社，2016年) 着重探究了川端文学与易学的关系。周阅《川端康成文学的文化学研究——以东方文化为中心》(北京：北京大学出版社，2008年) 结合实证考察与审美分析，研究了川端文学与佛教思想、中国美术、道家庄子和儒家思想以及中国传统小说的关系。也有对川端作品的细致品评，如孟庆枢《诗化的缺失体验——川端康成〈古都〉论考》(《外国文学评论》2002年第3期)、周阅《川端康成在战后的深层反思——论〈重逢〉》(《外国文学评论》2010年第1期) 等。

第三，有关夏目漱石的研究。21世纪的相关研究是从高宁的两篇批判文章开始的。他在《从〈心〉看夏目漱石留给世界文坛的遗憾》(孙莲贵主编《日本近代文学作品评述》，天津：天津人民出版社，2000年) 中从叙事手法运用和报纸连载这两个角度分析指出，《心》在第一人称的运用上过于主观，造成许多叙述的矛盾。高宁在《虚像与反差——夏目漱石精神世界探微》(《外国文学评论》2001年第2期) 中则对漱石的保守思想提出严厉的批评，指出漱石在天皇观、国家观、对外战争等重要问题上始终与日本政府保持一致，具有明显的保守倾向。关于叙事技巧问题，王成《论夏目漱石的新闻小说〈虞美人草〉》

（《日语学习与研究》2002年第3期）从报纸连载小说独特的创作原则和审美特征出发，考察了漱石第一部报纸连载小说《虞美人草》在时事性、故事情节的设置和伦理性上所做的探索。王志松《漱石的"结构论"——兼论〈虞美人草〉》（原题「漱石の「小説の組み立て論」——『虞美人草』との関連で」，《日本学研究》第11期，北京：世界知识出版社，2002年）考察了《虞美人草》的创作与同时期漱石的理论探索之间的关系及其得失。王志松《试析夏目漱石前期三部曲的叙述方式及其美学内涵》（《北京师范大学学报》2000年专刊）分析了《三四郎》《从此以后》《门》，认为这三部作品采用第三人称有限视角与中立视角相结合的叙述方式，给读者提供了更大的解释权和想象空间。陈雪《"写生文"观与"非人情美学"——析夏目漱石小说〈草枕〉的图像性叙事》（《国外文学》2013年第2期）通过对主人公那美的形象塑造的考察，探讨了《草枕》中图像性叙事与漱石的"写生文"观以及与"非人情美学"之间的关系。关于亚洲观问题，王成《夏目漱石的满洲游记》（《读书》2006年第11期）以《满韩漫游》为例分析了漱石于其中不自觉地流露出民族主义意识以及对中国的歧视，但同时指出漱石"在旅行中感受到了中国大地上蕴藏的力量，也为日本的满洲殖民感到了危机"。类似的看法也见于高洁的《迎合与批判之间——论夏目漱石的〈满韩漫游〉》（《日语学习与研究》2008年第3期）。刘凯《军国主义语境里的殖民地书写——夏目漱石〈满韩漫游〉辍笔考辩》（《东北亚外语研究》2014年第1期）则通过考察《满韩漫游》的连载中止行为更为积极地挖掘夏目漱石的批判意识。

张小玲《夏目漱石与近代日本的文化身份建构》(北京：北京大学出版社，2009年)从"文"着手，通过对《文学论》，以及对"写生文"文体、小说的叙事者风格、作家精神结构特征的分析，考察了漱石文体学、叙事学、生存论层面的"文"的具体内涵。郭勇《他者的表象——日本现代文学研究》(上海：上海交通大学出版社，2009年)引入"他者"概念，探讨了《三四郎》、《门》和《道草》中呈现出的自我与他者关系的种种面相，揭示了"自我确立"的必要以及幻灭的两难处境。李征《火车上的三四郎——夏目漱石〈三四郎〉中现代性与速度的意味》(《外国文学评论》2010年第3期)以《三四郎》为对象，分析了火车这一新式交通工具的出现给明治时代日本人的精神世界带来的巨大转型。

第四，关于大江健三郎的研究。胡志明《暧昧的选择——大江健三郎早期创作中对萨特存在主义影响的消化》(《外国文学评论》2000年第1期)通过对大江健三郎早期创作的多部代表作进行分析，考察了他接受和消化萨特存在主义艰难复杂的变化过程。王琢《想象力论——大江健三郎的小说方法》(上海：上海文艺出版社，2004年)从创作论角度切入，探讨了大江的"作为小说方法的想象力"，梳理了其源流和得以建立的路径。王新新《大江健三郎的文学世界：1957—1967》(北京：人民文学出版社，2004年)以大江健三郎的早期作品为研究对象，论述了大江健三郎在文学上的再启蒙的历史意义。霍士富长期致力于大江健三郎文学研究，发表《大江健三郎小说〈新人啊觉醒吧〉的复调性》(《国外文学》2003年第2期)等论文，出版专著《大江健三郎：天皇文化的反叛者》（北京：人民出版社，2013年），对日本现代化——军国主义的兴起和一味欧化等社会现象进行了深刻批评和反省。兰立亮《大江健三郎小说叙事研究》（北京：科学出版社，2015年）将叙事学方法和比较文学方法相结合，探讨大江文学的叙事特点及其思想意义。

第五，有关芥川龙之介的研究。21世纪的一个热点是对《中国游记》的探讨。泊功《近代日本文学家的"东方学"——以芥川龙之介为中心》（《日本学论坛》2002年第Z1期）援用萨义德的东方主义理论探讨了芥川龙之介《中国游记》中所透露的东方主义目光。但是这种套用萨义德的东方主义的做法也引起很多质疑。邱雅芬《〈上海游记〉：一个充满隐喻的文本》（《外国文学评论》2005年第2期）认为芥川在《上海游记》中苦恼于有关中国的理想和现实的冲突以及自己所热爱的中国传统文化为"浅薄的西洋"所侵蚀，只得将满腔怒火化作曲折晦涩的隐喻。高洁《"疾首蹙额"的旅行者——对〈中国游记〉中芥川龙之介批评中国之辞的另一种解读》（《中国比较文学》2007年第3期）认为《中国游记》中批评中国的言论并非出自芥川龙之介对中国的蔑视，而是源自芥川向中国的有识之士和沉醉于"中国趣味"的日本人传递中国社会沉重现实的急切之情。单援朝《〈中国游记〉与芥川认识》（《日本学论坛》2008年第2期）也指出芥川所说的关于中国的"坏话"非但不能简单地解释为"歧视"，反而戳穿了流行于大正时期东方主义色彩浓厚的"浅薄的中国趣味"。

此外，王书玮《芥川龙之介与中国》（北京：新世界出版社，2013年）探讨了芥川对中国古典文学的受容以及芥川和现代中国的相互影响。霍士富《芥川龙之介文学的时空哲学——〈罗生门〉论》(《国外文学》2014年第2期）从双重空间对峙和历史时间哲学的物语的视角切入，解释芥川文学的时空哲学之特质。邱雅芬编选的《芥川龙之介研究文集》（南京：译林出版社，2014年）收录了日、中、韩、英、美多国近百年芥川文学研究的文章。邱雅芬《芥川龙之介学术史研究》（南京：译林出版社，2014年）梳理了日本、韩国、欧美和中国的芥川研究史。像这样出版关于一个作家的资料集和研究史的著作在中国尚属首次，将有利于推进芥川文学的研究。

第四节　其他作家和文学流派

除上述五位作家外，论文数值排名靠前的作家有二叶亭四迷、森鸥外、田山花袋、谷崎润一郎、佐藤春夫、志贺直哉、有岛武郎、横光利一、藏原惟人、小林多喜二、太宰治、三岛由纪夫、井上靖等。中国学界关注他们的缘由，大致可以分为以下三种情况。

其一是对中国产生过影响的作家或是中国题材的作品。陶曙军《郁达夫和谷崎润一郎小说创作风格比较》(《武汉理工大学学报（社会科学版）》2003年第5期）、曾真《谷崎润一郎对田汉早期戏剧创作的影响》(《文艺争鸣》2011年第2期）、张冲

《田汉早期电影对谷崎润一郎文学的接受研究——以〈湖边春梦〉为考察对象》(《北京电影学院学报》2014年第5期)主要探讨日本文学对中国现代小说、戏剧和电影的影响。李雁南《谷崎润一郎笔下的中国江南》(《解放军外国语学院学报》2009年第2期)、何志勇《试论井上靖小说〈楼兰〉的创作意图》(《日语学习与研究》2006年第4期)、郭勇《行为主义的终焉——论中岛敦"弟子"》(《日语学习与研究》2007年第1期)、何志勇《试论井上靖历史小说〈苍狼〉的文学特质——从〈苍狼〉与〈忠直卿形状记〉的异同谈起》(《日语学习与研究》2010年第1期)、刘素桂《日本式东方主义文化观逻辑透视——解读井上靖〈苍狼〉中的"狼原理"》(《外国文学》2015年第4期)等主要探讨了中国题材的作品。

其二是唯美派文学。谢志宇《论谷崎润一郎的唯美主义文学作品》(《日本学刊》2000年第5期)、张文举《〈金阁寺〉本事、结构及意义阐释》(《外国文学评论》2003年第3期)、郭勇《美与恶的辩证法：重读三岛由纪夫〈金阁寺〉》(《外国文学评论》2007年第2期)、李征《"口吃"是一只小鸟——三岛由纪夫〈金阁寺〉的微精神分析》(《外国文学评论》2011年第3期)、李先瑞《本能主义者的精神幻灭：白桦派作家有岛武郎作品研究》(天津：南开大学出版社，2008年)、魏策策《三岛由纪夫的世界》(北京：商务印书馆，2016年)等将唯美颓废风格置于本能和政治的悖论关系中加以把握。

其三是体现东亚现代主义特色的作品。宿久高《〈苍蝇〉与横光利一的"新感觉"》(《日语学习与研究》2004年第3期)、郭勇《中岛敦文学的比较研究》（北京：北京大学出版社，2011年）、奚皓晖《论横光利一〈机械〉》（《日语学习与研究》2014年第1期）、熊鹰《"日本人"的发现与再现：以森鸥外的小说〈花子〉为例》（《外国文学评论》2016年第3期）等在西方现代文化与东方传统的关系中探讨作品的现代性问题。

　　在这样的研究视野之下，与此有关联的文学流派和作家、作品也受到较多关注。齐珮《日本唯美派文学研究》（北京：中国社会科学出版社，2009年）通过对永井荷风、谷崎润一郎、佐藤春夫及其作品的分析，凸显了日本唯美主义文学的独特价值和意义。孙艳华《幻想的空间：泉镜花及其浪漫主义小说》（北京：商务印书馆，2010年）探讨了泉镜花文学与日本古典文学、民间传说的关系，并从叙事学、意象和音乐的角度分析了泉镜花文学的幻想空间。戴松林《体验与文学创作——梶井基次郎与日本近代现实主义文学》（长沙：湖南大学出版社，2010年）以梶井基次郎为视角探讨了日本现实主义文学发生、发展和解体的过程。邹波《安部公房小说研究》（上海：复旦大学出版社，2015年）探究了安部公房文学的存在主义主题和超现实主义方法。

　　关于自然主义文学与私小说的研究。自然主义文学在日本现代文学形成过程中起着非常重要的作用，与私小说的形成有密切关系。魏大海《私小说：20世纪日本文学的一个"神话"》（济南：山东文艺出版社，2002年）对私小说的形成及其主要作家以及关于"私小说"的主要观点进行了梳理和评述。关于私小说源头的田山花袋《棉被》的写实问题，王志松《"告白"、"虚构"与"写实"——重新评价〈棉被〉的文学史意义》（《日语学习与研究》2001年第1期）对比《棉被》的素材，指出该作品包含虚构。周砚舒《日本私小说的创作方法——在"创作的我"与"被创作的我"之间循环往复》（《南京师范大学文学院学报》2015年第1期）通过分析大正末年、昭和初年私小说的内外文本，认为私小说在"创作的我"与"被创作的我"之间循环往复的过程中述说着自我探求的故事。刘晓芳长期专注于岛崎藤村文学研究，发表多篇论文，结集出版《岛崎藤村小说研究》（北京：北京大学出版社，2012年）。该著以日本著名作家岛崎藤村的四部作品《破戒》、《春》、《家》和《新生》为研究对象，通过对藤村的近代自我意识与自我告白意识之间的关联性进行考察，分析了告白这一形式在藤村文学中形成、确立、成熟的变化过程。

其他还有一些新课题、新视角的研究。朱自强《日本儿童文学论》（济南：山东文艺出版社，2007年）从日本儿童文学源流到史论和作品论，对日本儿童文学进行了综合论述。关立丹《武士道与日本近现代文学：以乃木希典和宫本武藏为中心》（北京：中国社会科学出版社，2009年）探讨了乃木希典和宫本武藏在现代作品中的文学形象变迁及其与武士道的关系。翁家慧《通向现实之路：日本"内向的一代"研究》（北京：中国社会科学出版社，2010年）从"自我"与"他者"、写实与文体的角度较系统地分析了古井由吉、后藤明生、黑井千次、小川国夫、阿部昭、大庭美奈子等"内向的一代"的文学世界。王成《"修养时代"的文学阅读——日本近现代文学作品研究》（北京：北京大学出版社，2013年）从读者论的角度分析了日本现代作家的作品在日本同时代的阅读以及在中国的翻译与传播。高西峰《记者、小说与知识分子关系——以日本明治末期小说为中心》（北京：中央编译出版社，2015年）探讨了明治末期在报社供职的文学家与其描写的新闻记者形象之间的关系。朱卫红《佐藤春夫作品研究——关于社会小说及其方法论的探讨（日文版）》（上海：上海交通大学出版社，2016年）考察了佐藤春夫从大正末年到昭和初年对社会小说的探索，揭示了佐藤文学的多面性。莫琼莎《野间宏文学研究——以"全体小说"创作为中心》（天津：南开大学出版社，2012年）以野间宏的小说创作理念为中心，从整体上把握其文学实质。还有齐明皓《日本私小说文学叙事研究》（大连：大连理工大学出版社，2011年）、李征《都市空间的叙事形态——日本近代小说文体研究》（上海：复旦大学出版社，2012年）、史军《冲突、和解、融合——远藤周作论》（北京：光明日报出版社，2013年）、刘先飞《深嵌的面具：创始期中日儿童文学比较研究》（北京：人民出版社，2015年）、张秀强《尾崎红叶文学研究》（北京：人民出版社，2015年）、牟学苑《小泉八云思想与创作研究》（北京：北京大学出版社，2016年）等论著也各具特色。

有关诗歌的研究。在已出版的四部诗歌史中，只有罗兴典《日本诗史》（上海：上海外语教育出版社，2002年）关注日本新诗（现代自由诗）史，其余三种都是从古至今的和歌俳句通史[1]。值得关注的论文有以下几篇。王中忱《语言·经验·多义

---

[1] 另三种是郑民钦《日本俳句史》（北京：京华出版社，2000年）、《日本民族诗歌史》（北京：北京燕山出版社，2004年）和唐月梅《日本诗歌史》（北京：北京大学出版社，2015年）。

的"现代主义"——以北川冬彦的前期诗作为中心》(《东北亚外语研究》2013年第3期)通过考察诗人北川冬彦的前期诗作,分析了他的"艺术左派"立场与"帝国日本"殖民扩张行为的紧张关系,以及由此产生的"北川诗法"的"前卫性"。杨伟《日本现代主义诗歌与中国——以诗歌杂志〈亚〉和〈铜锣〉为中心》(《中国比较文学》2015年第2期)以20世纪20年代创刊于中国大连的《亚》和同期创刊于广州的《铜锣》为中心,论述日本现代主义诗歌与中国的关联。杨伟《"少数文学"视域下的黄瀛诗歌与宫泽贤治诗歌》(《外国文学评论》2015年第1期)探讨了黄瀛和宫泽贤治在20世纪20、30年代对日语以及被日语所表征的各种编码体制进行的变革,以及由此带来的新视界。

第五节　女性文学

21世纪伊始,日本女性文学在中国的关注度骤然升温,先后出版了小池真理子《日本女作家名作系列:恋》(北京:文化艺术出版社,2000年)、许金龙和原善主编《中日女作家新作大系:日本方阵》(共10卷)(北京:中国文联出版社,2001年)、水田宗子主编《日本现代女性文学集》(上海:上海译文出版社,2001年)等一系列书籍,杂志《外国文学》(2000年第2期)也推出日本女性文学专辑。与此同时,水田宗子的女性主义批评论文集《女性的自我与表现——近代女性文学的历程》

（北京：中国文联出版社，2000年）也被翻译介绍到中国。叶渭渠在该书的译本序中推介说，希望该书能传递最新的视点、原理和方法，促进女性文学的研究。

随之涌现了一批研究日本现代女性文学的论著。王成《日本女性文学进入新时代》（《外国文学》2000年2期）将女性文学分为战前的"女流文学"、战后的"女流文学"和女性文学等三个阶段，按时序进行较为系统的梳理。肖霞《全球化语境中的日本女性文学》（济南：山东大学出版社，2009年）在综述日本女性主义批评理论的基础之上，分析樋口一叶、野上弥生子、宫本百合子、林芙美子、佐多稻子、圆地文子的文学。刘春英《日本女性文学史》（北京：商务印书馆，2012年）将日本女性文学的总体发展历程放在广义的"文化语境"下分析，梳理历史流变，评述各时期具有代表性的女作家。叶琳《现当代日本文学女性作家研究》（南京：南京大学出版社，2013年）重点探讨了荣获芥川奖和直木奖等文学奖的女作家。肖霞《元始 女性是太阳——"青鞜"及其女性研究》（济南：山东人民出版社，2013年）以《青鞜》杂志、"青鞜社"创办人和主要参与者等人物成长经历和社会活动为切入点，分析她们的文艺作品与评论文章所展现的思想。

除以上综合性的论述外，也涌现了一些对个别作家的深入研究。其中比较集中的是关于吉本芭娜娜的研究。周阅《吉本芭娜娜的文学世界》（银川：宁夏人民出版社，2005年）较为完整地研究了吉本芭娜娜的生平与创作的主要特色。周阅《大众文化与吉本芭娜娜的创作》（《广东社会科学》2004年第2期）和

《从吉本芭娜娜的创作看日本大众文学——以〈厨房〉为中心》(《日语学习与研究》2009年第1期)讨论了吉本芭娜娜文学的大众文化特征,认为具有通俗性和商业性。周异夫《吉本芭娜娜文学的孤独主题与社会意义》(《日语学习与研究》2004年第4期)认为,吉本芭娜娜的作品以透明的感性和孤独的主题深刻地表现出当代日本年轻人的内心世界。杨伟《吉本芭娜娜:漫画与文学》(《国外文学》2008年第4期)以吉本芭娜娜与少女漫画的关系为切入点,探讨少女漫画对其小说的主题和结构、人物造型、言语感觉等诸方面的影响。

关于其他女作家的研究还有:林涛《迷失的女性——论夏树静子的〈W的悲剧〉》(《日语学习与研究》2009年第1期)对《W的悲剧》的人物设置、人物三角关系的建构以及犯罪案件内部暗藏的男权体制下的女性悲剧进行解读。王奕红和赵群《反抗抑或追随?——河野多惠子初期小说〈搜罗幼童〉探析》(《当代外国文学》2009年第4期)通过分析《搜罗幼童》的虐恋,揭示其表象背后所隐匿的庞大的被歧视人群。顾蕾《近代女性的流浪:从〈放浪记〉到〈浮云〉》(《外国文学》2011年第5期)考察了《放浪记》和《浮云》的女主人公的"越界"行为,分析她们企图依赖日本帝国的扩张以挣脱传统性别角色束缚而遭遇男性掠夺的悲剧。李莲姬《超越制度的"身体"——论田村俊子的〈枸杞子的诱惑〉》(《日语学习与研究》2014年第3期)认为《枸杞子的诱惑》通过改写传统少女小说模式,表达了反抗制度和权力的女权意识。田鸣《生命记忆的讲述:日本现代女作家大庭美奈子小说叙事研究》(北京:中国社会科学出版社，2014年）从"边缘生存""苦痛·创伤""家族·血缘""叙事文体"等角度对大庭文学的文本叙事进行综合研究。与上述作为受害者的女性形象不同，张晋文《樋口一叶与甲午战争——〈行云〉的文化解读》（《外国文学评论》2014年第4期）考察了樋口一叶的小说《行云》与甲午战争时事性的密切关系，指出主人公的轻薄言行与当时日本煽动战争的行为属于同一精神构造。

需要注意的是，有关女作家的研究并不限于性别主题，对她们作品中的社会性也有深入探讨。杨晓辉和朱玉萍《处所意识的重新建构——有吉佐和子〈复合污染〉之生态批评解读》（《东北亚外语研究》2016年第4期）以《复合污染》为对象，从历史、社会因素等维度，阐释了日本和平年代的"战争"、民众的生态苦难和全球生态系统的危机。刘利国和祝丽君《论石牟礼道子的生态创作意识——以"苦海净土"三部曲为例》（《日语学习与研究》2016年第6期）从生态批评的视角，剖析了石牟礼道子"苦海净土"三部曲所书写的人与自然、人与人、人与社会不和谐关系产生的根源，探讨了其生态创作意识。

第六节 文艺理论

日本现代文学的发展一直伴随着理论探索，从坪内逍遥的《小说神髓》到日本马克思主义文艺理论无不起着引领作用，同时对中国文艺理论的建设也产生重要影响。

坪内逍遥的《小说神髓》汉译本（刘振瀛译，北京：人民文学出版社）于1991年出版，但直至21世纪之后才出现相关研究。关冰冰《走向西方的日本近代文学的起点——进化论与坪内逍遥的小说改良》（《东北师大学报（哲学社会科学版）》2002年第3期）反思了坪内逍遥的小说改良中的进化论问题。关冰冰《坪内逍遥的"人情说"初探》（《日本学论坛》2002年第Z1期）对"人情说"的正反两方面意义进行了分析。郑文全《〈小说神髓〉的文体论》（《外国问题研究》2011年第4期）将《小说神髓》置于言文一致运动的背景下进行考察，指出其局限性。潘文东《日本近代小说理论研究：多维视域下的〈小说神髓〉研究》（北京：北京大学出版社，2015年）从美学思想、写实主义文学观、叙事理论、互文性等角度对《小说神髓》进行了综合研究。

关于厨川白村，因其理论对20世纪30—40年代的中国文坛产生过影响，一直为中国学界所关注。任现品《〈苦闷的象征〉：西方文化思潮的创造性整合》（《烟台大学学报（哲学社会科学版）》2000年第2期）分析了《苦闷的象征》与精神分析心理学的关系。王文宏《生命力的升华——厨川白村文艺思想研究》（长春：吉林人民出版社，2003年）考察了厨川白村文艺思想的渊源及其文艺思想产生的时代背景。李强《厨川白村文艺思想研究》（北京：昆仑出版社，2008年）从文化语境、早期文艺观、现代文艺批评意识、社会文明批评、文艺理论这五个方面系统地探讨了厨川白村文艺思想的形成轨迹及其思想意义。

日本马克思主义文艺理论不仅对中国左翼文艺运动产生了重要影响，对当代的文艺批评也多有启示。王志松在系列论文的基础上完成了《20世纪日本马克思主义文艺理论研究》（北京：北京大学出版社，2011年）。该书前半部分对具有代表性的日本马克思主义文艺理论家藏原惟人、三木清、户坂润、吉本隆明和柄谷行人的理论进行了专题分析，后半部分考察了中日两国之间马克思主义文艺理论的相互交流与影响。赵京华则对当代左翼批评进行了系列研究。他的《日本后现代与知识左翼》（北京：生活·读书·新知三联书店，2007年）以柄谷行人、子安宣邦、小森阳一和高桥哲哉等"新知识左翼"学者为研究对象，探讨了他们所提出的有别于以往传统左翼的抵抗资本主义和民族国家制度体系的批判理论和斗争策略。

孟庆枢等著《二十世纪日本文学批评》（长春：吉林人民出版社，2009年）概述了近代、现代和当代日本文学批评理论。王向远《日本近代文论的系谱、构造与特色》（《山东社会科学》2012年第6期）梳理了日本近代文论的演变历程及其理论系谱。王向远的另一项工作是翻译了《日本古典文论选译：近代卷》（上、下）（北京：中央编译出版社，2012年）和《文学论》（夏目漱石著，上海：上海译文出版社，2016年）。许多文章是第一次汉译，将有助于推进相关理论的研究。其他一些论文还有吴光辉《试论伊藤整的现代文艺批评观》（《外国文学研究》2003年第6期）、皮俊珺《冈崎义惠的"日本文艺学"思想溯源》（《社科纵横》2008年第2期）、莫琼莎《〈纯粹小说论〉与〈萨特论〉传承关系研究》（《北方工业大学学报》2011年第2期）等。

另一个课题是研究日本文艺理论对中国的影响。方长安《以他者话语质疑、批评"五四"文学非写实潮流——成仿吾对夏目漱石〈文学论〉的借用》(《武汉大学学报(哲学社会科学版)》2004年第4期)认为,成仿吾以夏目漱石《文学论》为理论依据,质疑和批评了"五四"文学一度出现的非写实潮流。王宗杰和孟庆枢《中日学术文化交流与中国近现代文学转型——从日本文学批评术语的引进谈起》(《学习与探索》2008年第5期)探讨了日本批评术语的引进对中国现代文学转型所产生的影响。张旭春《文学理论的西学东渐——本间久雄〈文学概论〉的西学渊源考》(《中国比较文学》2009年第4期)考察了从英国温切斯特的《文学批评原理》和哈德森的《文学研究入门》到日本本间久雄的《文学概论》,再到田汉的《文学概论》的理论旅行。王成《"直译"的"文艺大众化"——左联"文艺大众化"讨论的日本语境》(《中国现代文学研究丛刊》2010年第4期)以"文艺大众化"论述为中心,探讨了中国左联和日本"纳普"理论家之间的文本关联。金永兵和荣文汉《本间久雄文学概论模式及其在中国的影响》(《内蒙古师范大学学报(哲学社会科学版)》2010年第6期)通过对20世纪20年代译入中国的本间久雄的两部文学概论教材及其在中国的影响进行分析,阐明了这一教材模式促进了中国现代文论的萌生和发展。陈世华《"人生相涉论争":文学自律性与功利性主张的对撞——兼论对我国文坛的影响》(《东北亚外语研究》2015年第1期)分析了北村透谷的浪漫主义文学思想对鲁迅等人的文学思想所产生的影响。王志松《周作人的文学史观与夏目漱石文艺理论》(《中国现代文学研究丛刊》2016年第7期）认为，周作人在30年代通过与夏目漱石文学及其文艺理论的交集，摆脱了"小说至上论"的文学观，将散文作为一个单独的文类纳入中国现代文学史书写，在"文学"概念现代化转型中留下独特的印迹。徐秀慧《无产阶级文学的理论旅行（1925—1937）——以日本、中国大陆与中国台湾"文艺大众化"的论述为例》（《现代中文学刊》2013年第2期）研究了受苏联无产阶级文学理论影响的日本的"纳普"、中国大陆的"左联"与中国台湾的"台湾文艺联盟"的左翼文学理论旅行的文化现象。关于王国维的"意境说"是否受到明治时期日本学者田冈岭云的影响问题，祁晓明《王国维与日本明治时期的文学批评——田冈岭云文论对王国维"意境说"的影响》（《清华大学学报（哲学社会科学版）》2015年第4期）和罗钢、刘凯《影响的神话——关于"田冈岭云文论对王国维'意境说'的影响"之辨析》（《清华大学学报（哲学社会科学版）》2015年第4期）之间展开了有益的争论和探讨。

第七节　翻译文学

21世纪之后中日比较文学研究呈现出一派生机勃勃的局面，涌现了大量成果，先看翻译文学研究。

作为比较文学的翻译研究出现于20世纪90年代中期。王中忱《叙述者的变貌——试析日本政治小说〈经国美谈〉的中译本》(《清华大学学报(哲学社会科学版)》1995年第4期)通过比勘《经国美谈》原著与中译本,考察叙述者的面貌在翻译转换过程中的变化。王志松《文体的选择与创造——论梁启超的小说翻译文体对清末翻译界的影响》(《国外文学》1999年第1期)、《析〈十五小豪杰〉的"豪杰译"——兼论章回白话小说体与晚清翻译小说的连载问题》(《中国比较文学》2000年第3期)考察了梁启超在《佳人奇遇》《十五小豪杰》等小说的翻译中如何将文言、传统白话体小说的"白话"以及日欧文体融合起来创造新文体的问题。王向远《二十世纪中国的日本翻译文学史》(北京:北京师范大学出版社,2001年)第一次对中国20世纪翻译介绍日本文学进行全面的梳理,探讨译作的选题背景与动机、译者的翻译观、译作风格以及在中国的接受等问题。翻译文学研究的这些动向与当时的学术潮流有关,其一是翻译研究发生文化转向,谢天振积极倡导"译介学";其二是中国文学研究界也出现了讨论中国现代文学世界性因素的热潮。这两股潮流的互动,促进了日本学界翻译文学研究的繁荣。进入21世纪之后,翻译研究呈现以下动向:

首先,关于翻译与传播的研究,将翻译文学置于特定的社会背景之下探讨如何翻译、如何被接受的问题。王成《〈苦闷的象征〉在中国的翻译及传播》(《日语学习与研究》2002年第1期)通过比较几个中文译本,探讨了中国现代文学在20世纪20年代以后所形成的苦闷话语空间与《苦闷的象征》的翻译和传播之间的关系。王志松《新感觉文学在中国二三十年代的翻译与接受——文体与思想》(《日语学习与研究》2002年第2期)探讨了刘呐鸥等新感觉派小说家的翻译与新文体在30年代现代白话文基本定型的语言空间里所具有的"异化"功能。秦刚《现代中国文坛对芥川龙之介的译介与接受》(《中国现代文学研究丛刊》2004年第2期)对20世纪20、30年代中国文坛译介芥川文学的种种反响进行了详细的梳理。崔琦《晚清白话翻译文体与文化身份的建构——以吴梼汉译〈侠黑奴〉为中心》(《中国现代文学研究丛刊》2014年第3期)认为,日俄战争之后,在中国文化的"中心"位置逐渐丧失的背景下,吴梼通过《侠黑奴》的"异化"翻译将"他者"的知识导入汉语中来重新塑造新的文化身份。王中忱《组织与文学:列宁主义文学论的初期译介与回响——以一声译〈论党的出版物与文学〉为中心》(《中国现代文学研究丛刊》2016年第7期)通过考察一声所译的《论党的出版物与文学》,指出该文在初译为中文之时即成了一篇色彩鲜明的党的文学论。此外,王成还有《夏目漱石文学在中国的翻译与影响》(《日语学习与研究》2001年第1期)、《松本清张的推理小说与改革开放后的中国》(《日语学习与研究》2010年第4期)等论文。崔琦《吴梼的翻译活动与日本〈太阳〉杂志》(《清华大学学报(哲学社会科学版)》2013年第S1期)和马俊锋《〈东方杂志〉对白桦派的介绍与翻译》(《中国现代文学研究丛刊》2016年第7期)有关杂志媒介与翻译文学之间关系的考察也值得关注。

其次,关于翻译与创作之间关系的研究。王志松《刘呐鸥的新感觉小说:翻译与创作》(《中国现代文学研究丛刊》2002

年第4期）认为，刘呐鸥通过翻译夸大了日本新感觉派文体的新奇性，不仅塑造了他本人的创作文体，而且在很大程度上影响了中国新感觉派文学的发展方向。杨英华《关于鲁迅翻译武者小路实笃剧作〈一个青年的梦〉的态度与特色》（《鲁迅研究月刊》2004年第4期）认为《一个青年的梦》的翻译有不少改写，表明鲁迅在这部反战和探索人性问题的作品中注入了自己的独特认识。冯波《日本"乡愁小说"在1930年代前后的译介》（《中国现代文学研究丛刊》2012年第11期）从人道主义诉求与现代城乡关系的角度考察日本作家的"乡愁小说"在20世纪30年代的译介及其对中国现代乡愁小说的影响。国蕊《陈景韩对第一人称叙事小说翻译的探索》（《明清小说研究》2016年第4期）通过将陈景韩一系列的第一人称翻译小说与底本进行对照，考察了陈译本在第一人称翻译中产生的"讹误"以及对第一人称小说的理解和接受过程。金晶《谷崎润一郎文学在民国时期的接受情况研究》（天津：南开大学出版社，2013年）在梳理谷崎文学在民国时期的翻译状况的基础上，着重从性欲、女性观和艺术观的角度分析其文学作品与中国作家创作之间的关系。杨文瑜《文本的旅行——日本近代小说〈不如归〉在中国》（上海：华东理工大学出版社，2015年）以翔实的资料探讨《不如归》在现代中国的译介与传播，考证改编新剧、电影、戏剧过程中产生的差异，以实证手法还原《不如归》在中国的接受史。崔琦《从〈游戏〉到〈端午节〉——试论鲁迅翻译与创作之间的互文性》（《中国现代文学研究丛刊》2016年第3期）分析鲁迅翻译的森鸥外作品《游戏》与鲁迅创作的小说《端午节》之间的互文性。李青《在传统与"新民"之间——包天笑译教育小说〈儿童修身之感情〉研究》(《日语学习与研究》2016年第5期)认为包天笑通过改写译本提倡"因爱而孝"和冒险进取精神,创作了我国最早的"少年成长小说"。

再次,关于周氏兄弟翻译的研究也是一个热点。北京鲁迅博物馆于2008年编辑出版《鲁迅译文全集》(共8卷)(福州:福建教育出版社)。鲁迅的译文数量庞大,曾收入1938年的《鲁迅全集》,人民文学出版社于1958年出版十卷本《鲁迅译文集》。此次出版以初次发表或初版为底本,并参阅各种版本。这一工作无疑为鲁迅翻译研究的展开打下了坚实的基础。陈红《两篇鲁译安特莱夫的底本问题》(《日语学习与研究》2015年第5期)通过考证,指出《书籍》转译自中村白叶所译的『書物』,而《黯澹的烟霭里》并非转译自日译本。山田敬三《鲁迅与儒勒・凡尔纳之间》(《鲁迅研究月刊》2003年第6期)通过对照底本,探究了鲁迅翻译凡尔纳作品的意图。董炳月《翻译主体的身份和语言问题——以鲁迅与梁实秋的翻译论争为中心》(《鲁迅研究月刊》2008年第11期)从鲁迅与梁实秋的思想观念、留学背景入手,探讨了两人的翻译政治性、翻译美学的差异。熊鹰《从〈小约翰〉到〈药用植物〉:鲁迅反帝国主义植物学的一次翻译实践》(《鲁迅研究月刊》2015年第6期)考察了鲁迅通过对欧洲"科学"话语的策略性借用实践了对日本帝国植物学与药学的抵抗。潘秀蓉《周作人与日本古典文学》(日文版)(厦门:厦门大学出版社,2014年)在确认周作人翻译所依据的原著和注释书的基础之上,详细考察了20世纪20年代周作人翻译日本古典文学作品的背景、目的和手法，并分析了这一时期他的思想、文学观与翻译之间的关系。于小植《周作人文学翻译研究》（北京：北京大学出版社，2014年）考察了周作人语言观、翻译观的历史根源与变化及其文学翻译对中国现代白话文变革的历史贡献，探索了其小说诗歌翻译的语言特色和充满个人色彩的精神体验。杨位俭《战争、新村与启蒙的界限——基于〈一个青年的梦〉译介关系的考察》（《中国比较文学》2016年第3期）考察了武者小路实笃反战剧《一个青年的梦》经由周氏兄弟合作译介到国内，形成了一次重要的思想文化事件，推动新村理想的传播，并深刻卷入国际性的思想互动。裴亮《周作人译介武者小路实笃〈久米仙人〉考论——以选文倾向与重译思想为中心》（《鲁迅研究月刊》2016年第6期）认为，周作人通过重译《久米仙人》的方式进行翻译批评，创造出与武者小路实笃原作的精神更为贴近的翻译版本。

  最后，还有关于汉译日的研究。这方面最多的是关于鲁迅作品的翻译研究。林敏洁《增田涉注译本〈呐喊〉〈彷徨〉研究新路径——兼论〈伤逝〉与〈孤独者〉的关系》（《中国现代文学研究丛刊》2013年第11期）借助增田涉的《呐喊》《彷徨》注译本，对鲁迅小说《孤独者》《伤逝》进行了独特的诠释。李爱文、纪旭东《竹内好的鲁迅翻译特征研究》（《日语学习与研究》2015年第4期）通过具体分析竹内好的译文，发现他对鲁迅作品的翻译，以及在翻译中的"误译"均与其独特的鲁迅观有十分密切的关系。近年来因莫言获得诺贝尔文学奖，有关莫言作品在日本的译介也成为备受关注的一个热点。张文颖《论莫言文学作品日文翻译的功过与得失——以〈蛙〉为中心》(《日语学习与研究》2014年第4期)、朱芬《莫言在日本的译介》(《中国比较文学》2014年第4期)、林敏洁《莫言文学在日本的接受与传播——兼论其与获诺贝尔文学奖的关系》(《文学评论》2015年第6期)诸论文不仅分析了莫言作品的翻译问题,而且考察了日本文化界对其文学接受、评价的变迁过程,以及中国文学走向世界的过程中翻译、研究与传播的关系。另外还有关于伪满洲国的翻译研究,梅定娥《大内隆雄的翻译》(《外国文学评论》2013年第1期)、祝然《伪满洲国时期大内隆雄文学翻译活动研究》(《东北亚外语研究》2014年第2期)探讨了大内隆雄日译的中国作家作品,指出由于译者本人的转向身份使得他的译作带有复杂的政治性和矛盾性。

第八节　中国现代文学中的日本因素

中国现代文学的形成与发展受日本影响很大,相关著作有刘柏青《鲁迅与日本文学》(长春:吉林大学出版社,1985年)、刘立善《日本白桦派与中国作家》(沈阳:辽宁大学出版社,1995年)、王向远《中日现代文学比较论》(长沙:湖南教育出版社,1998年)。21世纪的研究也是在这条延长线上展开的。

中国现代作家与日本的关系分为两个部分,首先是留日体验与创作之间的关系。潘世圣的系列论文《关于鲁迅与仙台医学专门学校——"日本留学期鲁迅之实证研究"之一》(《鲁迅研究月刊》2001年第7期)和《鲁迅的思想构筑与明治日本思想文化界流行走向的结构关系——关于日本留学期鲁迅思想形态形成的考察之一》(《鲁迅研究月刊》2002年第4期)、高远东《"仙台经验"与"弃医从文"——对竹内好曲解鲁迅文学发生原因的一点分析》(《鲁迅研究月刊》2007年第4期)、董炳月《鲁迅留日时代的俄国投影：思想与文学观念的形成轨迹》(《鲁迅研究月刊》2009年第4期)、范国富《鲁迅留日时期思想建构中的列夫·托尔斯泰》(《鲁迅研究月刊》2016年第10期)等考察了鲁迅留学时的一些细节、同时代的文化背景对鲁迅思想和文学观形成的影响。李怡《日本体验与中国现代文学的发生》(北京：北京大学出版社，2009年)探讨了从晚清到"五四"的中国作家如何通过留日体验完成了对创作主体的自我激活。小川利康《周氏兄弟与东京——兄弟之间的文化体验差异》(《中国现代文学研究丛刊》2016年第7期)引入地理空间，考察了周氏兄弟在东京生活的地理位置与所吸收的文化的差异关系问题。

其次是关于受日本文学或经由日本的西方文学影响的研究。黄爱华《中国早期话剧与日本》(长沙：岳麓书社，2001年)通过追踪中国早期话剧接受日本新派剧、新剧影响的历程，探讨了两者之间的异同关系，阐明了中国戏剧现代化初期借鉴西方戏剧的曲折性和复杂性。石圆圆《"风物"的怀念和演绎：论周作人对日本地方文学的寄情书写》(《中国比较文学》2010年第4期)从发掘"风物"这一文化符号入手，阐述了周作人和日本地方文学之间的关系，以及把风物观贯穿到对中国地方文学和本土文化的发掘和创建中。童晓薇《日本影响下的创造社文学之路》（北京：社会科学文献出版社，2011年）重点研究了留日期间日本大正文化对创造社成员产生的影响。李冬木《芳贺矢一〈国民性十论〉与周氏兄弟》（《山东社会科学》2013年第7期）探讨了《国民性十论》对周氏兄弟思想形成的意义及其差异。李培艳《"新村主义"与周作人的新文学观》（《中国现代文学研究丛刊》2014年第11期）认为日本的新村运动不只是乌托邦式的"公社实验"运动，同时也是一种带有文学性理想主义的实践运动，其对五四新文化运动的影响同样体现在文学与社会两个层面。赵京华《鲁迅与盐谷温——兼及国民文学时代的中国文学史编撰体制之创建》（《鲁迅研究月刊》2014年第2期）从"国民文学"时代中日学者共建全新之中国文学史编撰体制的大视野出发，重点讨论了鲁迅与盐谷温之间学术上相互认同、彼此借鉴的互动关系。张永禄和张谡《论盐谷温对鲁迅小说史研究的影响》（《中国现代文学研究丛刊》2015年第5期）分析了鲁迅在中国小说史研究上接受并超越盐谷温的情况，开创性地把人的文学、进化论和娱乐性等现代小说经典理念与方法有机融合进中国古代小说的研究中。董炳月《"文章为美术之一"——鲁迅早年的美术观与相关问题》（《文学评论》2016年第4期）通过对青年鲁迅在仙台受日俄战争幻灯片的影响决定弃医从文的考察，分析了文学意识与美术意识对于文学家鲁迅诞生的意义。周海林《创造社与日本文学——关于早期成员的研究》（上海：上海社会科学院出版社，2016年）着重探讨了郁达夫与葛西善藏的关系、张资平的通俗小说与佐藤红绿的关联等。

再次，新时期又一次出现了日本文学对中国文坛的影响，也引起了学界的关注。俞利军《余华与川端康成比较研究》（《外国文学研究》2001年第1期）指出余华的初期创作深受日本诺贝尔文学奖获得者川端康成的影响。王志松《川端康成与八十年代的中国文学——兼论日本新感觉派文学对中国文学的第二次影响》（《日语学习与研究》2004年第2期）探讨了川端文学以及新感觉派文学对"寻根文学"和"先锋派文学"的领军人物贾平凹、余华和莫言的创作所产生的影响。康林《莫言与川端康成——以小说〈白狗秋千架〉和〈雪国〉为中心》（《中国比较文学》2011年第3期）以川端康成的《雪国》和莫言的《白狗秋千架》为中心，具体考察前者对后者的影响状况，以及川端文学在莫言创作中的意义。赵稀方《"新时期"构造中的日本文学——以森村诚一和川端康成为例》（《中国比较文学》2005年第4期）以森村诚一和川端康成为例，解读了"新时期"文化构造中日本文学的意义。

最后还有一些综合性的研究。王中忱《越界与想象：20世纪中国、日本文学比较研究论集》（北京：中国社会科学出版社，2001年）从"帝国、殖民以及与此相关的想象""媒体、翻译与中国文学的现代主体建构""跨国界的现实主义"等三个角度对中日文学进行了研究。方长安《选择·接受·转化：晚清至20世纪30年代初中国文学流变与日本文学关系》（武汉：武汉大学出版社，2003年）对中国近现代受日本文学影响的文学现象进行研究。肖霞《浪漫主义：日本之桥与"五四"文学》（济南：山东大学出版社，2003年）分析了日本浪漫主义文学通过何种渠道影响中国的浪漫主义文学，并分析了两者之间的异同。董炳月《"国民作家"的立场——中日现代文学关系研究》（北京：生活·读书·新知三联书店，2006年）选取中日两国现代文学史上五个文学个案作为考察对象，探究了中日两国近代以来相互认知的精神史。赵京华《周氏兄弟与日本》（北京：人民文学出版社，2011年）分上下两编，上编是《鲁迅在日本》，探讨了鲁迅在日本的接受和影响；下编是《周作人与日本》，探讨了周作人与日本文化的几个侧面。倪祥妍《日本小说家与郁达夫》（北京：北京大学出版社，2013年）探讨了郁达夫的文学观及小说创作以及日本近代小说家田山花袋、葛西善藏、佐藤春夫、谷崎润一郎、志贺直哉、永井荷风等对郁达夫创作的影响。陈朝辉《文学者的革命：论鲁迅与日本无产阶级文学》（北京：光明日报出版社，2016年）借用鲁迅的阅读视角，论证了七位日本左翼作家的文学观、革命观及思想意识形态的流变过程，反过来又通过这七位日本左翼作家文学思想的变迁过程及鲁迅对他们的译介活动，分析了鲁迅本人的革命文学观的演变过程。

第九节　日本现代文学中的中国因素

明治维新之后日本虽然高喊"脱亚入欧"，但作品中的各种中国因素仍清晰可辨。

首先是有关汉文学的研究。高文汉《日本近代汉文学》（银川：宁夏人民出版社，2005年）对日本近代汉文学的发展脉络、作家流派、主要作家的作品做了梳理和评介。陈福康《揭开日本汉文学史角落的另一幕》（《日语学习与研究》2008年第3期）揭示和批判了几个近代著名汉文学家及其作品中所隐含的军国主义糟粕。陈福康《论19世纪中叶后日本汉文学的几个问题》（《学术月刊》2011年第3期）指出19世纪中叶以后日本汉文学的三个问题，一是对日本明治前夕"志士文学"的评价问题；二是明治后汉文学中军国主义流毒的严重性；三是20世纪以来日本文学史书抹杀汉文学的错误问题。陈福康《日本汉文学史：下》（上海：上海外语教育出版社，2017年）介绍了明治时期汉诗汉文创作。孙虎堂的系列论文《略论成岛柳北及其汉文小说〈柳桥新志〉——兼论日本19世纪的花柳类汉文小说》（《兰州学刊》2008年第8期）、《东洋"纪梦"篇：评介日本汉文小说〈警醒铁鞭〉》（《蒲松龄研究》2009年第3期）、《日本明治时期"虞初体"汉文小说集述略》（《国外文学》2011年第3期）等对明治时期汉文小说的编创体例、旨趣、方法以及文体等方面进行了探讨。刘栋《民国时期日本汉文学期刊〈东华〉及其相关人物群体考述》（《泰山学院学报》2016年第1期）从理事、顾问、投稿者等方面对在日本发行的汉文学杂志《东华》进行了考察，认为这是一份极具政治意义的汉文学刊物，二战期间沦为鼓吹战争的宣传工具。高平《日本近代"诗史"观论析》（《外国文学评论》2015年第1期）对日本近代"诗史"观进行了分析，认为其紧密联系政治，凸显民族本位，用语雅驯而与时俱进，流露出强烈的干预现实的意识及与晚清诗坛竞争的意识。齐珮《佐藤春夫与中国古典闺秀诗——以〈车尘集〉的编选为视点》(《日语学习与研究》2014年第3期)从结构编排、作品选择和副文本手段等三方面分析了佐藤春夫编选《车尘集》的特征，认为佐藤春夫在无常美感、文化悼亡、民族语言特质等三方面表现出对中国古代闺秀诗的接受和理解。

其次是有关中国题材的研究。李俄宪撰写了关于中岛敦中国题材作品的系列论文，如《李陵和李徵的变形：关于中岛敦文学的特质问题》(《国外文学》2004年第3期)、《日本文学中子路形象的变异与〈史记〉》(《外国文学研究》2006年第5期)、《日本文学的形象和主题与中国题材取舍的关系——以中岛敦〈牛人〉的创作与出典〈左传〉的关系为例》(《外国文学研究》2008年第2期)，通过细致考辨原典材料与作品的异同凸显其创新之处。王向远《源头活水——日本当代历史小说与中国历史文化》(银川：宁夏人民出版社，2006年)评述了战后60年来中国历史题材的日本文学，将研究范围扩大到陈舜臣、司马辽太郎等大众文学作家。周阅《"合二为一、一分为二"——唐人小说与川端康成的写作模式》(《中国比较文学》2007年第1期)探讨了川端对唐人小说的翻译及其"合二为一、一分为二"的小说模式与川端文学创作之间的关系。王燕和卢茂君《井上靖中国题材历史小说研究》(北京：九州出版社，2010年)、卢茂君《井上靖与中国》(北京：九州出版社，2011年)对《天平之甍》等中国题材作品进行研究，并对井上靖多次去小说情节发生地考察历史文化、搜集创作素材并与中国文学界以及地方史志工作者进行交流的情况做了实证性研究。郭雪妮《战后日本文学中的"长安乡恋"——以井上靖的长安书写为例》(《陕西师范大学学报（哲学社会科学版）》2013年第5期)分析了井上靖描写长安的矛盾心理，指出对于他而言，长安既是日本文化与宗教在某一特定时期"采蜜的场所"，又是一个空洞的历史符号。

再次是中国美术、古代思想等与日本文学创作的关系，如前述张石和周阅有关川端康成的研究。周阅《比较文学视野中的中日文化交流》(上海：复旦大学出版社，2013年)进一步从美术、文学、哲学、戏曲等五个不同的文化侧面和研究角度探讨了中日之间文学文化的影响与交融的情况。这类研究还有祝振媛《夏目漱石的汉诗和中国文化思想》(北京：中国书籍出版社，2003年)、李莉薇《论大正时期日本作家对京剧的接受》(《国外文学》2013年第2期)、李莉薇和侯丽丽《芥川龙之介的中国戏曲观》(《日语学习与研究》2015年第5期)等。

如果说上述研究是把传统文化作为文学创作现代性的一种补充来看待，那么也有另一种将传统文化当作超越现代性的思想资源的视角。林少阳《"文"与日本的现代性》(北京：中央编译出版社，2004年)从东亚传统概念"文"的角度，讨论了17世纪至20世纪90年代的几位日本思想家和文学家，以期展示日本知识分子思想的一个侧面，并由此尝试探讨汉字文化圈的文本解释理论，寻找西方当代理论与汉字文化圈思想传统之间的理论结合，重新发现在现代化过程中被压抑的"文"，为认识和建构东亚的文化传统提供新的可能。王志松《"直译文体"的汉语要素与书写的自觉——论横光利一的新感觉文体》(《外国文学评论》2007年第3期)认为,横光利一从汉文体的角度切入"书写"问题,对近代的"言文一致体"的口语幻想进行了有力的挑战,形成独特的新感觉文体。王中忱、林少阳《重审现代主义——东亚视角或汉字圈的提问》(北京:清华大学出版社,2013年)明确提出"通过注入现代东亚的视角来重审中国现代主义,志在相对化过于封闭于民族国家内部、以民族国家为单位的现代学术框架"。

最后还有关于日本作家在中国的游历与创作关系的研究,前述的芥川龙之介游记研究是一个典型例子。此外还有李雁南《谷崎润一郎笔下的中国江南》(《解放军外国语学院学报》2009年第2期)、高洁《佐藤春夫〈南方纪行〉的中国书写》(《中国比较文学》2012年第4期)、陈多友《日本游沪派文学研究》(上海:上海外语教育出版社,2012年)、李炜《论金子光晴笔下的天津》(《东北亚外语研究》2013年第3期)、徐静波《日本作家阿部知二的中国因缘和中国意象》(《中国比较文学》2014年第3期)、齐珮《从佐藤春夫的〈星〉看近代日本的中国想象》(《日本问题研究》2014年第2期)等。

另外,关于鲁迅文学在日本接受的研究也是一个重要课题。赵京华《竹内好的鲁迅论及其民族主体性重建问题——从竹内芳郎对战后日本鲁迅研究的批评说起》(《中国现代文学研究丛刊》2006年第3期)从日本战后思想史的角度,考察了竹内好、丸山升的鲁迅论在战后重建民族主体性上的意义。许金龙《"始自于绝望的希望"——大江健三郎文学中的鲁迅影响之初探》(《鲁迅研究月刊》2009年第11期)详细地梳理了大江健三郎接受鲁迅影响的历程。刘伟《李长之〈鲁迅批判〉对竹内好〈鲁迅〉的影响》(《中国现代文学研究丛刊》2010年第5期)认为李长之的《鲁迅批判》是竹内好《鲁迅》的中国蓝本,竹内好受其影响也创造性地改写和发展了李长之的思想。赵京华《在东亚历史剧变中重估鲁迅传统——关于鲁迅对"东亚"的淡漠与他在战后该地区影响力的考察》(《学术月刊》2015年第1期)认为鲁迅生前的工作重心始终在于中国民族的自我改造,而其思想却在异域经历新殖民压迫和民主化运动的日本和韩国得以广为传播,从一个侧面显示出其思想文学的"世界意义"。董炳月《井上厦的"反鲁迅"——〈上海月亮〉的喜剧艺术与意义结构》(《鲁迅研究月刊》2014年第7期)认为,井上厦的《上海月亮》是剧本同时又包含着对鲁迅的认识与理解,从"疾病"和"平等"两个视角提供了一个崭新的鲁迅形象。董炳月《日本的阿Q与其革命乌托邦——新岛淳良的鲁迅阐释与社会实践》(《鲁迅研究月刊》2015年第4期)分析了新岛淳良所塑造的革命者鲁迅形象,指出该形象不仅承载着20世纪60、70年代日本的左翼政治意识形态,与近年中国鲁迅研究界多见的痛苦、绝望的鲁迅形象形成对比与互补,且新岛淳良本人的社会实践被村上春树写入《1Q84》,形成一个独特的中日文学镜像空间。董炳月的系列研究论文被收录进《鲁迅形影》(北京:生活·读书·新知三联书店,2015年)。

第十节　战争文学、伪满洲国文学和沦陷区文学

　　战争文学、伪满洲国文学、沦陷区文学是中日文学关系中的特殊领域，在很长一段时期被忽略，直至冷战结束后才进入研究视野。随着冷战结束，一方面，日本国内社会出现了为第二次世界大战中的侵略行为翻案的思潮，作为对其批判的策略，一些研究者着手殖民地文学的研究。另一方面，在后殖民主义思潮的影响下，对现代国民国家进行反思，解构以民族国家为前提的"国别文学史"，对在日朝鲜人文学以及殖民时期的日本海外文学进行整理。中国21世纪涌现的相关研究与上述动向有关，但也有自身的研究背景。作为抗日文学研究的延伸，吕元明从20世纪80年代开始研究抗日战争时期在华日本人的反战文学，并关注到了伪满洲国的日本进步作家，于1993年结集出版《被遗忘的在华日本反战文学》（长春：吉林教育出版社）。吕元明还与日本学者山田敬三合编《中日战争与文学：中日现代文学的比较研究》（长春：东北师范大学出版社，1992年）。1999年出版的王向远《"笔部队"和侵华战争——对日本侵华文学的研究与批判》（北京：北京师范大学出版社）也是在这条延长线上的，该著共分十四章，历时梳理了日本现代"侵华文学"的

脉络，涉及"笔部队""殖民地文学"等问题。

中国有关战争文学和伪满洲国文学以及沦陷区文学的研究有两个视角。其一是批判和揭露日本现代作家在战争期间与政府的意识形态遥相呼应的行为，如林敏《从〈花之城〉看日本"征用作家"的战争责任》(《四川大学学报（哲学社会科学版）》2003年第5期)、刘春英《"大东亚战争"时期日本殖民主义政策面面观——〈艺文〉第1卷第6号读解》(《日本学论坛》2008年第1期)、潘世圣《火野苇平及其〈麦与士兵〉的历史考察——近代日本"日中战争文学"基础研究》(《浙江学刊》2007年第1期)、陈言《〈大东亚文学〉在沦陷区——日本侵华时期中日文化"交流"个案研究》(《中日关系史研究》2011年第3期)、祝然《殖民语境下日本大众文学对于"哈尔滨"的解读——以〈哈尔滨夜话〉为中心》《（东北亚外语研究》2013年第3期)，王升远的系列论文《明治时期日本文化人的北京体验及其政治、文化心态》(《上海师范大学学报（哲学社会科学版）》2013年第5期)、《晚宴的政治与"大东亚的黎明"——1938年佐藤春夫的北京之行》(《外国文学评论》2014年第6期)、《身份认同与战时文化、政情隐喻——佐藤春夫"时局小说"〈北京〉论》(《中国比较文学》2016年第2期)、祝力新《"境外昭和文学"的困顿与〈满洲评论〉》(《外国问题研究》2015年第2期)，以及李炜《寻求"弃作"中的"记忆"——以森三千代的〈曙街〉为中心》(《外国文学评论》2015年第3期)等。

其二是探究战争时期作品中透露的作者内心的纠葛和反抗情绪。董炳月《1943：武者小路实笃的中国之旅》(《文学评论》

2012年第3期）分析了武者小路实笃在战时日本国家意识形态控制之下的两难境况。刘超《日本左翼知识分子在伪"满洲国"的反殖民文化实践：以"作文派"为例》（《史林》2015年第2期）通过分析伪满洲国文化社团之一"作文派"的文化实践，认为他们的实践既否定了殖民统治的合法性，又颠覆了将日本侵占中国东北视为反封建解放事业的日本马克思主义"转向"话语，开启了战后反战浪潮的先声。此外还有林涛《日本女作家与〈满洲浪曼〉——论横田文子的〈白日书〉》（《东北亚外语研究》2013年第3期）、于长敏《"蝗军"和"女人"的证明——评田村泰次郎的战地小说〈蝗〉》（《东北亚外语研究》2014年第1期）、刘妍《川端康成的"满洲"之旅和战争体验》（《东北亚外语研究》2014年第2期）等。

与上述研究视角不同的还有一种研究，即从现代知识谱系的话语中探寻战争、殖民地问题的更深层次原因。王中忱《东洋学言说、大陆探险记与现代主义诗歌的空间表现——以安西冬卫诗作中的政治地理学视线为中心》通过分析安西冬卫以诗的语言所构筑的地理空间与当时日本的"东洋学"、大陆探险记等言说之间的交涉与互文关系，指出其与殖民地历史、殖民者的支配意识有着无法切断的关联，同时也潜藏着对殖民者意识的怀疑。柴红梅《都市空间与殖民体验——日本殖民时期大连都市空间中的日本侦探小说》（《东北亚外语研究》2013年第3期）探讨了大连都市空间介入日本侦探小说家殖民体验和侦探小说创作的内在机理，揭示了日本作家复杂的精神世界。王升远《"去政治化"与"理智的行动主义"的破产》（《外国文学评论》2013年第1期)、《"近代"的明暗与同情的国界——近代日本文化人笔下的北京人力车夫》(《外国文学评论》2013年第4期)和《"文明"的耻部——侵华时期日本文化人的北京天桥体验》(《外国文学评论》2014年第2期)等论文也是放在现代化话语的大背景下探讨近代日本文化人的北京书写问题,指出他们的自我认同是现代西方"文明观"的产物,在客观上配合了日本官方的侵华策略。刘伟《殖民体验与他者镜像——日本近现代文学中的中国东北人形象》(《东北亚外语研究》2013年第2期)剖析了活跃在中国东北文坛上的日本无产阶级作家文学创作中书写的东北人形象包含着日本知识者更加深刻的殖民体验和复杂的心灵轨迹。熊鹰《从"南蛮想象"到"南方想象":现代日本文学中的异国情调及其与世界的联系》(《外国文学评论》2014年第3期)则将眼光扩展到欧洲文学,探讨了日本明治以降文学中的南方异国情调想象的源流问题,以及后来在日本殖民地的历史语境中所发生的转变。柴红梅、刘伟《地图映像、空间发现、殖民批判:日本作家的大连都市体验与文学书写》(《山东社会科学》2016年第2期)还关注到殖民地体验与日本战后的文学之间的关系,指出日本的战败致使这些作家不仅丧失了地理空间的大连,同时也丧失了精神空间的大连,双重空间丧失的苦涩与无奈、身份认同的悲哀与焦虑、无国籍漂泊感的悲愤与孤独都化作了对日本帝国主义、殖民主义进行猛烈抨击的原动力和文学创作的驱动力。

近年有关殖民地文学的专著陆续出版,其中柴红梅《二十世纪日本文学与大连》(北京:人民出版社,2015年)和单援朝

《漂洋过海的日本文学：伪满殖民地文学文化研究》（北京：社会科学文献出版社，2016年）颇具特色。前者以日本统治时期曾经生活在大连或来大连游历过的日本作家的文学创作与殖民地大连这座城市的关系作为研究主体，探讨了战争与文学、文化与文学、摩登都市与文学、殖民与被殖民等诸多问题，不仅还原了战时日本作家文学创作的历史情境，还分析了战后取材大连的作品中所透露的复杂心路历程。后者以伪满洲国的日本人文学为研究对象，既有对国策文学的分析，也有对日本人作家笔下抗日武装描写的考察，在体裁上广泛涉及写实主义文学、大众文学、翻译文学和纪实作品等，揭示了伪满洲国文学的多重性、矛盾性和复杂性。

第十一节　总结与展望

以上对21世纪以来的日本现代文学研究状况做了走马观花式的梳理，限于篇幅和水平，遗漏不少，也难以详尽评述。最后，尝试将这些研究成果置于中日两国的文学研究史中做一个总体性评价。

如前所述，21世纪之初叶渭渠和唐月梅以"确立自我"和"文学自律性"为评价基准建构起了宏大的文学史叙述。的确，"确立自我"是日本现代文学研究的核心主题之一。但进入20世纪70年代日本学界逐渐认识到所谓的"现代自我"存在着"独我论"的倾向,因此引入"他者"的视角,力图在与他者的关系中重建自我。这样的自我认识随着80年代后殖民主义思潮的冲击也显现出局限性。一方面,因日本的现代化是在抵御西洋殖民和殖民亚洲的过程中实现的,所以有关日本的现代自我的议论,不能排除作为他者的亚洲。与此同时,女性主义批评也对男性中心主义的"确立自我"提出疑问。另一方面,"文学自律性"是战后的"近代文学派"出于反思战时"国策文学"而提出的主张。本来意在排斥政治对文学的干预,但战后却也成为回避研究"殖民地文学""国策文学"的挡箭牌。因此,90年代日本学界涌现的殖民地文学研究、"国策文学"研究、女性文学研究,可以说是对上述两种文学观念的颠覆。中国学界有抗日战争文学研究的传统,也受到这样的学术思潮的影响,在战争文学研究、伪满洲国文学研究和沦陷区文学研究对于史料的挖掘和个案分析上做出许多创新性成果。

随着上述两种文学观念的动摇,学者对迄今在文学史上被奉为经典的作家和作品也展开反思和批判。在这方面中国学者也多有新见。在殖民地文学研究蓬勃展开和经典作家被质疑的情况下,以国民国家建构为前提的"国文学"观被解构。21世纪初以"国文学"为名的两种日本老牌学术杂志终刊绝非偶然,具有很明显的象征性。日本文学研究何去何从成为一个重要的问题。现在出现两种文学研究动向:其一是以"文化研究"替代"文学研究";其二是以"日语文学研究"替代"日本文学研究"。关于前者已经有很多争论,本章暂且不论。关于后者,因与中国的日本现代文学研究现状相关,在此略做探讨。

"日语文学"概念的提出与殖民地文学研究有密切关系。因为传统的"日本文学"概念被认为是"四位一体"的"国文学"观，即日本人在日本阅读由日本人用日语创作的作品。但是殖民地文学研究揭示，日本以外也存在日语文学。因此使用"日语文学"的概念可以将这些地区的文学包括进来。就此而言，该概念的提出具有一定的学术意义。

　　然而进一步思考，"日语文学"概念也存在问题。广义的"日语"包含很多文体，即便现代也有和语言文一致体和汉文文体，但是现有的"日语文学"研究所指的是前者，并不包含后者。而将汉文文学排斥在日本文学史书写之外，其实正是现代"国文学"观形成的关键条件。日本最早的《日本文学史》是由三上参次和高津锹三郎于1891年编撰的。在该书序言中，作者强调了日本文学史的"国文学"性质："所谓一国之文学，即一个国家的国民运用该国的语言表达其独特思想、感情和想象的作品。"根据此定义，作者将日本汉文学从日本文学史中驱逐出去。在此意义上，新提出的"日语文学"概念很难说摆脱了基于单一语言的"国民国家"意识形态。因此，对日本现代汉文学的相关研究在认识日本现代文体和文学的多样性上具有重要的意义。

　　与此同时，还有翻译文学的问题。日本现代文学界也有翻译文学研究，主要集中于明治时期的欧美翻译作品。这种研究有两个特点：其一是将其当作日本现代文学形成的过渡性作品把握；其二是基本上漠视中日之间的翻译文学。而21世纪中国学界的翻译文学研究与此不同。在范围上,包括"日译汉"和"汉译日"。前者是日本文学作品被翻译成汉语,语言虽然不是日语,但中国学界现在倾向于认为,这既是一种独特的"日本文学"(不同于日语的日本文学),也是一种独特的"中国文学"(由汉语书写)。后者是中国文学作品被翻译成日语,语言虽然是日语,但也可以说是一种独特的"中国文学"和独特的"日本文学"[①]。也就是说,翻译文学是存在于两国之间的特殊文学形态,具有独特的审美价值和文化价值,绝不仅仅是现代化过程中的过渡性产物。因此,翻译文学研究可以说真正打破了以国民国家建构为前提的"文学观",形成了一种开放性的"文学观"。如图12-6、图12-7所示。

20世纪80年代日本学界的文学观　　20世纪90年代以后日本学界的文学观

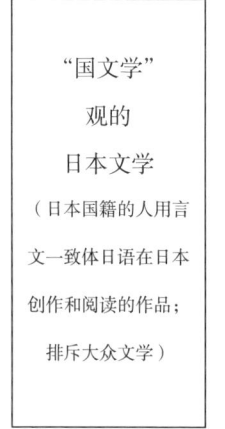
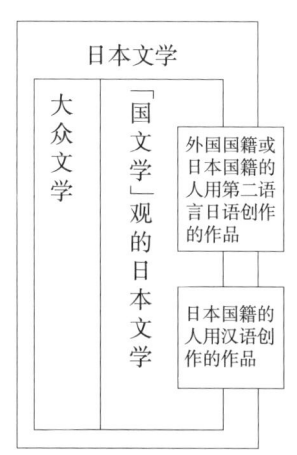

图12-6　日本学界文学观演变

---

① 张南峰.从多元系统论的观点看翻译文学的"国籍"[J].外国语(上海外国语大学学报),2005(5):54-60.

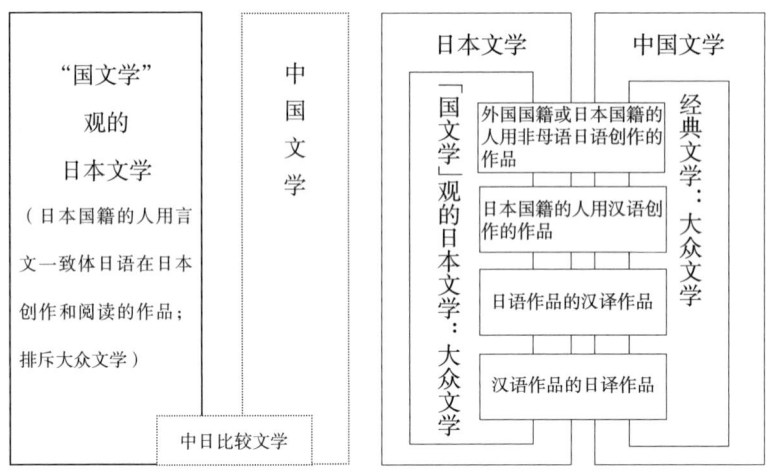

图 12-7　中国学界的日本文学观演变

中日比较文学研究将日本现代文学置于与历史传统的关系，以及与中国的关系之网中进行研究，以此究明日本现代文学的历史性和世界性。这是中国学界对日本文学研究的独特贡献，也对重新把握中国现代文学具有重要意义。

当然，目前的研究也还存在一些值得思考的问题。

1. 热点与冷门的关系

2000年以后比较突出的现象是有关村上春树的研究急剧增多。究其原因，与村上作品的流行和日益高涨的获诺贝尔文学奖呼声有关。但是相较于论文的庞大数量，真正高质量的论著却不多见，主要原因就在于很多论者仅仅看到流行等表面现象而跟风，缺少深层次的思考。这种对诺贝尔文学奖的迷信，其实也造就了对川端康成和大江健三郎研究的偏高数值。1994年以前，有关大江的研究几乎空白，但是在其获奖之后，关于他的论文倍增。而其他大量有价值的课题却少有人问津。其实研究的重要目的之一，正是要揭示迄今被忽略的一些文学现象。需要用心挖掘的是冷门，而非追逐热点。以文学体裁而言，比如现在的研究大多数集中在小说上，而对诗歌、戏剧等门类则较少关注。以题材而论，中国题材的日本小说已经有一定的研究，但有关日本题材的中国小说却很少有人研究。一说到日本题材，恐怕立刻联想到的是抗日题材，其实不然，还有其他值得关注的内容。董炳月《〈留东外史〉的历史位置》(《中国现代文学研究丛刊》2012年第11期）通过《留东外史》探讨了晚清留学生对日本社会的多层面描写，就是一个例子。

2.资料与理论的关系

在研究上要有新的突破，必须要有新资料的准备。很多陈陈相因的论文在资料上往往也缺乏新资料，有些甚至不是对第一手资料的分析，而仅仅是对第二手资料的转引乃至归纳。在资料的查找上，现在可以充分利用互联网上各种数据库的便利。但同时要意识到其局限性，对于互联网以外的资料寻找也需要下功夫。

与此同时，新的理论视野也很重要。如果缺少新的理论视野，即便有新资料也解读不出新的意思，或者无从去发现新资料。有关无产阶级文学的研究是一个老话题，很长时间以来或受僵硬的阶级观的束缚，或被时髦的现代文学观排挤而进展不大，但日本学者岛村辉、竹内荣美子和中川成美等人的研究显示出新的可能性。

3.跨学科与文学边界的关系

跨学科的文学研究正在成为趋势。一方面是研究对象本身的需要，比如翻译文学研究，就同时需要翻译学、语言学、传播学和文学研究等学科的理论和方法的综合运用。也正是在多学科研究的合力之下才创造出现在翻译文学研究的繁荣局面。另一方面一些学科的发展也需要跨学科，或其本身就是跨学科研究发展的结果。翻译研究以前局限于语言学层面，后来文化转向，引入了很多学科，激活了翻译学本身的发展。

但既然是"跨"，也就表明各个学科仍有自己的边界。如果没有以某个学科为立足之本，也容易造成几不像的尴尬。有些研究，说是历史研究，但整个推理完全建立在文学作品基础之上，没有对文学作品作为史料使用的必要技术处理，其结论的客观性难免打折扣；说是文学研究，又缺少对作品的具体分析，只有一连串的概念堆砌。联系到日本盛行的"文化研究"正在不断消解"文学研究"的现实，跨学科与文学边界的关系实在是一个亟待解决的理论问题。

（以《日本近现代文学研究》的题目原载王志松编著《中国当代日本研究（2000—2016）》，社会科学文献出版社，2019年）

后 记

在整理和编辑本书的过程中,我忽然发现所收文章大多是与北京大学学术交流的成果。

第一编《转型期的理论》的写作是缘于参加于荣胜老师主持的"日本现代文论"项目。在项目中我负责当代部分,即1970年至2000年的文艺批评理论。参加该项目对于我是一次难得的学习机会,逼迫自己从狭小的专题研究中跳出来扩大视野。我也将其中的学习心得作为教学内容和研究生们一起分享,但不是为了拿艰深术语装潢门面,而是和他们一起讨论这些理论扩大视野的可能性和局限性。只有认识到局限性,才不至于被这些理论牵着鼻子走,从而使其为己所用,有所发展。

第二编的《从"小说之发达"到"新文学源流"——周作人的文学史观与夏目漱石文艺理论》部分是参加李强老师主持的"日本近代文论在中国的译介与接受研究"项目的成果。《汉语翻译与汉语写作——"日本文学"的另一个面向》部分口头发表于北京大学2018年6月主办的"日本与世界:文明的传播、互动与发展"国际学术研讨会上。

第三编的《中国的日本文学史述评》部分也是口头发表于2000年10月北京大学日本语言文化系举办的"日本文学教学研讨会"上。正是在写这部分内容的时候，我意识到梳理中国的学术史对于建立本土学术传统的重要性，使得我后来比较重视学术史和年度研究综述的撰写。

感谢北京大学举办的这些学术活动，让我有机会对日本当代文艺理论、文学史和学术史问题做持续思考。尤其衷心感谢于荣胜老师和李强老师邀请我参加相关项目。

2021年9月6日于上海浦东新区维纳斯酒店